KB121191

예지몽으로 히든랭커 8

2021년 7월 12일 초판 1쇄 인쇄
2021년 7월 15일 초판 1쇄 발행

지은이 이현비
발행인 김정수 강준규

기획 이기헌 왕소현 박경무 강민구
책임편집 백승미
마케팅지원 배진경 임혜솔 송지유 이영선

발행처 (주)로크미디어
출판등록 2003년 3월 24일
주소 서울시 마포구 성암로 330 DMC첨단산업센터 318호
Tel (02)3273-5135 **편집** 070-7863-8595 **Fax** (02)3273-5134
홈페이지 rokmedia.com **E-mail** rokmedia@empas.com

예지몽으로
히든랭커

이현비 게임 판타지 장편소설

CONTENTS

붉은 산

레벨이 100을 넘겼다는 사실에 잠시 흥분했던 가온은 마음을 가라앉히고 칭호부터 확인했다.

만만치 않은 상대였던 만큼 보상이 궁금한 것이다.

울프 학살자

등급 : 희귀++
상세
-울프 종류를 대상으로 전투력 30% 증가

학살자 칭호가 그렇듯 사냥에 도움은 되겠지만 별로 특이할 것 없는 내용이었다.

하지만 스킬을 확인한 순간, 가온의 눈이 커졌다.

파워 드레인

등급 : S
상세
−상대의 육체에 접촉하는 순간 몸 안에 활성화된 에너지의 일부를 흡수할
　수 있다. 레벨이 오르면 상대의 스텟은 물론이고 능력 일부까지 흡수할
　수 있다.
−사체의 경우 죽은 지 한 시간 이내일 것.
−흡수한 마나는 하루 동안 몸 안에 머물며 연공을 하지 않으면 그 후에는
　방출된다.

S급 스킬은 두 번째로 얻는다.

첫 번째로 얻은 다중 캐스팅은 전제 조건을 맞추지 못해서 아직 써 볼 엄두를 내지 못하는 상황이지만, 이 스킬은 지금 당장 사용할 수 있다.

'안 그래도 마나양이 부족했는데 잘됐다!'

이 스킬을 이용하면 레벨 업이나 영약을 사용하지 않아도 사냥을 통해서 마나양을 빠르게 늘릴 수 있었다.

골드비의 꿀을 다량 보유하고 있으니 금상첨화였다.

'이제 레벨 업 때문에 사냥을 할 것이 아니라 마나를 늘리기 위해서 해야겠네!'

마나 연공만 하면 자신의 것이 되니 플레이어에게 마나 증가에 이보다 더 좋은 방법은 없을 것이다.

설령 상황이 좋지 않아서 마나를 정제하지 못한다고 해도 외부로 방출되니 몸에 아무런 부작용도 없는 것 같았다.

더욱이 경지가 올라가면 마나뿐 아니라 각종 스텟 그리고 나중에는 능력의 일부까지 흡수할 수 있다니 얼마나 대단한 스킬이란 말인가!

가온은 춤이라도 추고 싶을 정도로 기뻤다.

'이럴 때가 아니지.'

마나 포션은 효과는 빠르지만 개당 가격이 엄청나다.

치료 포션이야 포션 조제기로 생산할 수 있지만, 높은 등급이 필요한 마나 포션은 무조건 엄청난 가격에 구입해야만 했다.

가온은 서둘러 스팟울프 보스의 몸에 손을 대고 파워 드레인 스킬을 시전했다.

슈우우우.

잘 닦인 마나로드를 통해서 가공할 양의 마나가 유입되기 시작했다.

하지만 안타깝게도 그 흐름은 오래 유지되지 않았다. 대략 30초 정도가 지나자 흐름이 끊겨 버렸던 것이다.

가온은 대원들이 흙벽을 넘어간 놈들을 악전고투 끝에 모두 죽일 때까지 전장을 돌아다니며 몸집이 큰 놈들을 중심으로 파워 드레인을 통해서 마나를 흡수했다.

준보스라고는 하지만 마나 보유량이 낮아서 보스와 달리

5초에서 10초 정도면 끝나는 파워 드레인 스킬이지만, 숫자가 많았기에 쌓이는 양은 무시무시했다.

스팟울프의 가죽은 보온력이나 방호력이 뛰어나기도 하지만 털의 색깔이 아름다워서 오크 가죽의 세 배까지 받을 수 있었다.

가온은 털 색깔이 아름다운 놈들의 경우 파워 드레인 스킬을 펼친 후 사체를 아공간에 챙겼다.

준보스에 해당하는 50여 마리를 대상으로 파워 드레인과 사체 챙기는 작업을 끝냈을 때 비로소 대원들이 모습을 드러냈다.

"대장님!"

"역시 대장님이 보스를 죽였군요!"

"더 이상 흙벽을 넘어오는 놈들이 없어서 짐작은 했습니다."

타람 남매를 위시한 전투조와 퍼슨 부자의 몰골은 처참했다.

방어구 곳곳이 찢겨 나갔고 핏자국으로 보건대 크고 작은 상처를 입은 상태였다.

다행히 치료를 받았는지 출혈은 그쳤고 심하게 베이거나 부러진 부위도 보이지 않았다.

나중에 들어 보니 준보스 한 마리가 난동 수준으로 날뛰었다고 한다.

제론 일행과 베이트 일행이 합류했고 지원조의 끊이지 않는 버프와 축복 그리고 마법사들까지 모두가 필사적으로 힘을 합쳐 상대하지 않았다면, 사망자 한둘은 나왔을 거라고 했다.

그때 이미 곳곳이 무너진 흙벽이 와르르 내려앉았다. 아마 세르나가 소환한 정령이 한 일일 것이다.

끓인 채소처럼 축 늘어져 있는 헤븐힐과 매디 그리고 바로와 마론이 가장 먼저 눈에 들어왔다.

마나와 신성력은 포션으로 어떻게든 채울 수 있지만 심력의 고갈은 쉽게 회복할 수 없었던 것이다.

그래도 얼굴빛은 다들 밝았다.

탄 대륙 출신 대원들은 이렇게 많은 스팟울프를 상대로 살아남은 건 물론이고 엄청난 전공을 세운 것에 만족했고, 이계인들은 이번 전투를 통해 엄청난 레벨 업을 보상으로 얻었기 때문이다.

"내가 경계를 할 테니 다들 쉬십시오."

사람들은 가온의 말에 따라 나름의 방법으로 한 시간 정도 휴식을 취했다.

가온이야 이제 오행 마나 연공을 할 때 자세에 제한을 받지 않는 수준에 올라 있었고 딱히 심력이 고갈될 이유도 없었기에 따로 쉬지 않아도 충분히 회복되었다.

사람들이 쉬는 동안 연공을 마친 가온은 상태창을 확인하고 깜짝 놀랐다.

'마나가 128이나 늘어나다니! 이게 말이 되는 거야?'

스팟울프의 보스를 포함해서 대략 50여 마리를 상대로 파워 드레인 스킬을 펼친 결과는 엄청났다.

마나가 400을 갓 넘겼던 것이 얼마 전인데 벌써 644가 될 만큼 가파르게 증가했다.

아직 파워 드레인 스킬의 레벨이 낮아서 스텟의 큰 변화는 없었지만 이것만으로도 만족하고도 넘쳤다.

이제 마법을 난사 수준까지는 아니더라도 상황에 따라서 마음 놓고 쓸 수 있었다.

그렇게 한 시간 정도가 지나자 사람들이 하나둘 휴식을 끝냈다.

"자, 일단 마정석부터 적출합시다!"

지시가 떨어지자 사람들은 지체하지 않고 마정석을 적출하기 시작했는데, 죽은 스팟울프가 너무 많아서 이번에는 구덩이를 파서 매몰할 수도 없었다.

"그냥 놔두고 가지요. 어차피 붉은 산이 멀지 않아서 괜찮을 겁니다."

가온은 퍼슨의 말대로 하기로 했다. 어차피 도망친 놈들이 다른 무리를 끌고 온다고 해도 시간은 꽤 걸릴 테니 말이다.

"대장님, 스팟울프 중에서도 혼울프처럼 뿔이 있는 놈들이 있습니다. 그 뿔은 체력 포션의 재료이기도 하니, 챙겨 가면 꽤 큰돈이 될 겁니다."

가온은 스톤의 조언에 따라 그런 개체들을 찾아봤지만 백여 마리밖에 없었다.

'그러고 보니까 아공간에 챙긴 놈들은 모두 큰 뿔이 있었어.'

상위 개체들을 자신이 대부분 챙기는 바람에 적출한 마정석의 등급도 대부분 낮았다.

물론 그래도 중하급이나 중급이 꽤 많았다.

그렇게 뿔과 마정석을 챙긴 가온 일행은 어느새 날아온 독수리 떼와 까마귀 떼를 보고 자리를 비켜 주었다.

이제 저 사체들은 모두 자연의 법칙대로 처리될 것이다.

⸻

전장을 정리한 가온 일행은 다시 이동했다.

저녁이 되기 전에 붉은 산 기슭에 도착해서 레드 스네이크의 위험이 없는 장소에서 숙영을 하기로 한 것이다.

가까워 보였지만 막상 산기슭까지 가는 데는 두 시간이 넘게 걸렸다.

그래도 일찍 도착했기 때문에 레드 스네이크가 접근하기 어려운 지형의 물가 근처에 있는 넓은 공터를 찾을 수 있었다.

사람들이 익숙한 솜씨로 천막들을 치자 스톤과 퍼슨이 숙영지 주위에 하얀 가루를 뿌리기 시작했다.

　"온 대장님, 저들이 뿌리는 게 대체 뭐죠?"

　호기심이 많은 나르멜이 가온에게 물었다.

　"가죽의 무두질에 쓰이는 앨럼의 가루입니다. 뱀을 포함한 파충류는 앨럼 가루를 무척 싫어합니다."

　마수 혹은 마수화가 되었다고 해도 레드 스네이크는 파충류이니 배가 엄청나게 고프지 않은 한 접근하지 않을 것이다.

　"아! 참으로 신기하네요."

　아직 어리니 뭐든 신기할 것이다.

　그사이 패터는 랄프와 제론의 두 종자와 함께 물가로 말들을 끌고 가서 물을 먹이고 땀을 씻겨 주었고 나머지 사람들도 이젠 자신이 맡은 대로 식사를 준비하거나 천막 안을 정리했다.

　그 모습을 유심히 지켜보던 나르멜이 입술을 굳게 다물더니 이내 입을 열었다.

　"온 대장님."

　"네."

　"혹시 저도 기사가 될 수 있을까요?"

　"……왜 그런 생각을 하셨습니까?"

　나르멜은 소베토 영지에 있는 아카데미에서 수학하기로

결정이 되었는데, 기사 아카데미가 아니라 행정 아카데미다.

"마수와 몬스터를 사냥하는 온 대장님이 멋있기도 하고 지금은 난세잖아요. 역사에 무수히 등장하는 정치적으로 혼란한 그런 상황이 아니라 마수와 몬스터 들로 인한 거지만요. 이런 시기에는 행정을 배우는 것보다는 검을 배우는 쪽이 맞는 것 같아요."

"옳으신 말씀이지만 기사가 되기 위해서는 준비가 되어 있어야만 합니다."

자신이야 이계인이니 해당이 없지만 검술을 제대로 배우기 위해서는 일단 육체가 단련이 되어 있어야만 한다.

나르멜처럼 유약한 상태로는 모래 위에 성을 짓는 것이나 다름없었다. 아니, 오히려 몸에 무리가 가서 건강이 위험할 수도 있었다.

"이전에는 몸이 약하기도 했지만 굳이 기사가 될 것이 아니라서 누구도 제게 제대로 된 훈련을 시켜 주지 않았어요."

생각해 보면 나르멜은 태어날 때부터 소영주 자리를 예약했다. 나레인이 서녀였기 때문이다.

랑트 남작가는 아그레브 자작가와 달리 무를 숭상하는 가풍을 가진 것도 아니었고, 어릴 때 몸이 약하다는 이유로 남작조차 나르멜에게 억지로 검술 수련을 시키지 않았다.

이전이라면 영주에게 필요한 행정적인 능력을 습득하기 위해 행정 아카데미를 가는 것이 맞지만, 지금은 상황이 달라졌다.

두 숙부 때문에 작위를 계승하지 못할 가능성이 높아진 것이다.

"나레인 영애께서는 뭐라고 하십니까?"

탄 대륙의 아카데미는 종합 방식이 아니고 기사, 행정, 상업 등 단일 전공 시스템이다. 즉 한번 결정을 하면 자퇴를 하지 않는 이상 다른 아카데미로 옮기기 힘들다는 것이다.

"누나한테는 얘기해 보지 않았어요."

"영주가 꼭 기사일 필요는 없습니다. 몸은 건강해야 하겠지만 말입니다."

"다들 그렇게 얘기를 하는데, 그래도 전 기사가 되고 싶어요. 작위를 계승하지 못한다고 해도 호쾌하고 자유롭게 살고 싶어요."

나르멜이 초롱초롱한 눈으로 가온을 보며 자신의 속마음을 밝혔다.

말하는 것을 보면 남작가의 현재 상황을 어느 정도는 알고 있는 것 같기도 했지만, 아무래도 자신이 나르멜에게 롤모델이 된 것 같았다.

"온 대장이 제게 기초를 가르쳐 주실 수 있을까요?"

"기초를 말입니까?"

"네. 기사 아카데미가 아니더라도 꾸준히 혼자 수련을 하면 몸은 건강해질 것 같아요."

아무래도 자신이 기사 아카데미를 고집하면 통하지 않을 것 같으니 이렇게 타협을 하는 것 같았다.

'기초 정도야 어렵진 않은데.'

나르멜의 말대로 기초라도 검술을 꾸준히 수련하면 몸은 건강해질 수 있었다.

"좋습니다. 검의 기초를 가르쳐 드리지요. 대신 꾸준히 수련하겠다고 약속을 해야 합니다."

"루의 이름을 걸고 약속할게요!"

가온의 대답에 나르멜의 얼굴이 보기 좋게 상기되었다.

"대신 앞으로는 마차가 아니라 말을 타야 합니다. 타실 줄은 아시죠?"

"네, 배웠어요. 그리고 앞으로는 스승님으로 모실 테니 과한 예의는 참아 주세요."

"좋습니다."

아무리 귀족이라도 작위를 받지 못했으며 심지어 지금은 소영주도 아니다.

이런 상황에서 사제의 관계를 맺게 되었으니, 말은 편하게 하는 것이 이상하지 않았다.

"검술 수련에 앞서 일단 체력을 키울 필요가 있습니다. 해서 저녁을 먹을 때까지 숙영지 외곽을 따라 달리는 훈련을 하도록 하지요. 죽을 것 같고, 심장이 터질 것 같아도 멈추라고 할 때까지 참고 뛰십시오."

"당장 할까요?"

역시 의욕이 넘쳤다.

"뛰세요!"

가온의 말이 떨어지자 나르멜이 숙영지 외곽을 따라서 뛰기 시작했다.

나르멜이 숙영지 외곽선을 따라 뛰는 것을 나레인이나 다른 사람들도 봤지만 처음에는 싱긋 웃고 말았다.

마차를 타고 이동하는 것이 힘들어서 몸을 푸는 것으로 생각했던 것이다.

하지만 시간이 지나 나르멜의 호흡이 멀리에서도 들릴 정도로 거칠어지고 전신이 땀으로 범벅이 되어서도 달리기를 멈추지 않자 나레인부터 걱정이 되었다.

"온 대장님, 무슨 일인가요?"

나레인은 아까 동생이 가온과 얘기를 하는 모습을 봤기에 그를 찾아와 물었다.

"공자가 검술의 기초를 가르쳐 달라고 하더군요."

"정말요?"

"아무래도 여행을 하면서 검술의 중요성을 인식한 것 같습니다. 굳이 기사가 되지 않더라도 기초 검술이라도 꾸준히 수련하면 건강해질 테니 그러기로 했습니다."

"우리 나르멜이 정말 검술을 배울 수 있을까요?"

"그건 공자의 의지에 달려 있습니다. 태생적으로 약했다는 말은 들었지만, 성장기이니 안 될 것은 없습니다."

가온이 그냥 하는 소리가 아니었다.

실제로 사람은 동기에 따라서 도저히 안 될 거라고 생각했던 상황을 극복할 수 있는 존재야. 그뿐만 아니라 자신에게는 성장에 큰 도움이 되는 천연 영약도 있었다.

"해서 앞으로는 나르멜 공자를 제자로 대할 생각입니다."

"당연히 그렇게 하셔야지요."

지금으로서는 작위를 물려받을 것도 아니니 자유 기사로부터 하대를 받는다고 해도 문제가 되지 않는다.

⚜

첫 수련부터 무려 30분이나 뛴 나르멜은 그야말로 죽기 일보 직전이었다.

심호흡을 하지 못할 정도로 심장이 거세게 뛰었고 몸은 땀에 흠뻑 젖었으며 얼굴은 핏기 하나 보이지 않을 정도로 창백했다.

가온의 말에 동생의 수련을 찬성했던 나레인도 이때만은 동생이 안쓰러웠는지 아예 눈을 돌렸다.

'조금 더 지켜봐야 하겠지만 의지가 확고해 보이네.'

가온은 대견한 마음을 숨기고 미리 준비했던 포션병을 열어서 내용물을 누워 있는 나르멜의 입안에 넣어 주었다.

시간이 날 때마다 빈 포션병에 골드비의 꿀 한 방울과 물을 넣어서 희석시킨 것으로, 체력 포션 대용으로 사용할 생각으로 만든 것이다.

나르멜은 아무 생각도 하지 못하고 그저 입안에 들어온 액체를 삼켰는데, 얼마 후에 그의 창백했던 얼굴에 핏기가 돌아오고 금방이라도 터질 것 같았던 심장박동도 정상으로 돌아왔다.

"포션? 중급 포션이라도 이렇게 빨리 효력이 나타나지는 않는데."

기사 수업을 받은 나레인도 그렇지만 다른 사람들도 예상보다 훨씬 빠른 나르멜의 회복에 깜짝 놀랐다.

그런데 가온의 조치는 그것이 끝이 아니었다.

나르멜의 이마에 손바닥을 댄 후 손바닥에 청기를 모아서 폭발을 시켰다.

쏴아아!

청기는 거센 바람이 되어 그의 머리 부위를 청량하게 만들었다. 타인에게도 청뇌 명상법의 묘리를 베풀 수 있게 된 것이다.

가온은 거기에 그치지 않았다. 청기가 가득한 그의 손은 나르멜의 전신 주요 부위를 모두 경유했다.

가온의 손이 몸에서 떨어지자 나르멜이 무척 아쉬운 얼굴이 되어 입을 열었다.

"대장님, 대체 어떻게 하신 거죠? 달리기를 끝냈을 때는 꼭 죽을 것 같았는데 지금은 푹 자고 일어난 것처럼 몸과 마음이 상쾌해요!"

그럴 것이다. 골드비의 꿀이 피로를 말끔하게 풀어 주었으며 청기가 세포 단위까지 활성화시켜 주었으니 말이다.

"너는 워낙 움직이지 않았기 때문에 한동안 수련을 하면 땀과 함께 노폐물이 배출될 것이다. 그러니 수련 후에는 항상 몸을 씻어야 해. 당장 물속으로 들어가서 몸을 깨끗이 씻도록 해."

바로 말을 편하게 했지만 나르멜은 그것에는 전혀 신경을 쓰지 않고 느끼는 것이 있었는지 붉어진 얼굴로 자신의 코를 붙잡고 황급히 물가로 달려갔다.

그 모습을 가만히 지켜보던 나레인이 가온에게 다가왔다.

"온 대장님."

"말씀하십시오."

"대체 어떻게 하신 거예요?"

"뭘 말입니까?"

"비록 달리기에 불과하지만 나르멜은 이제까지 이렇게 오래, 그리고 힘들게 몸을 움직여 본 적이 없어요. 아무리 중급 체력 포션을 먹었다고 하더라도 회복 속도가 비정상적일 뿐 아니라 이렇게 악취를 풍길 정도로 많은 노폐물이 배출되지는 않아요. 대체 어떤 마법을 쓰신 거예요?"

"마법이 아니라 특별하게 조제된 비약의 효과입니다. 운동의 효과를 몇 배로 높여 주는 효력을 가지고 있지요. 저는 이 비약을 통해서 적어도 나르멜이 기사의 길을 제대로 걷겠다고 결심하면 그렇게 할 수 있게 해 줄 생각입니다."

"나크 훈 기사님의 탁월한 지도력의 비밀 중 하나가 그 비약이군요."

"육체 수련의 초기에만 효과가 있는 비약입니다."

가온은 왠지 나레인의 눈치가 이상해서 그렇게 끊어 버렸다.

"나르멜을 제자로 받아 주셔서 감사해요. 원래 몸이 약한 데다 귀하게만 자라서 부족한 것이 많은 아이예요. 잘 부탁드릴게요."

"너무 걱정하지 마십시오. 그리고 제자까지는 아닙니다. 그저 자신이 가고자 하는 길을 걸을 수 있는 기초 정도만 닦아 줄 뿐이니까요."

"그래도 한번 스승은 영원한 스승이지요. 그래서 말인데……."

"대장님, 식사하세요!"

안 들어도 불편한 내용이 분명한 나레인의 말을 헤븐힐이 적절하게 끊어 주었다.

"가시지요. 이게 다 먹고살자고 하는 짓이니까요."

"풋! 알겠어요."

나레인은 가온의 태도에서 자신이 할 말을 미리 알고 불편해하는 걸 느꼈는지 실소를 했다.

이른 저녁 식사를 마친 사람들은 충분히 휴식을 취한 후 이제는 루틴이 되어 버린 실전 대련을 시작했다.

어지간한 상처는 바로 치료할 수 있는 헤븐힐과 매디가 있었고 포션도 충분했기에 몸을 사리는 사람은 없었다.

대련이라도 최선을 다하다 보면 어느새 실력이 늘어나는 것을 느낄 수 있었다.

그래도 가온은 좀 걱정이 되었다.

다양한 전투 기술을 보유한 사람들이 많아지면서 크게 다칠 수 있는 상황이 종종 나왔기 때문이다.

'어떻게 하면 좋을까?'

그렇다고 한창 불이 붙었는데 부상의 가능성을 이유로 몸을 사리게 한다면 대련의 효과는 크게 떨어질 것이다.

하지만 가온이라고 마땅한 방안이 나올 리가 없었다.

그러다 결국 나온 방안이 방어구로 보호되지 않는 부위, 즉 머리 부위만 공격하지 않는 것이었다.

이를 실전 대련의 원칙으로 공지하고 유념하도록 몇 번이나 주의를 주었다.

특히 경지가 낮을수록 실전 대련 자체에 푹 빠질 수 있기 때문에 베이트와 타람 그리고 로에니에게 다른 이들의 대련을 참관함과 동시에 위험한 상황이 벌어질 경우 개입하도록 부탁했다.

덕분에 실전 대련의 치열함이 약간 낮아지긴 했지만 다들 가온의 우려를 잘 이해하고 있기에 큰 문제는 없었다.

그렇게 사람들이 대련을 하는 동안 가온은 나르멜을 지도했다.

지도라고 해서 특별한 것은 아니고 적당한 거리를 함께 달려서 몸을 풀게 한 후에 목검으로 상단베기, 중단베기, 대각선베기의 세 기초 검식을 50번씩 쉼 없이 펼치게 하는 것이었다.

"힘보다는 정확한 자세로 검식을 펼치는 것이 더 중요하다는 점을 잊지 마라!"

가상의 목표보다는 눈에 보이는 목표가 낫기에 적당한 굵기의 통나무를 땅에 고정시키고 줄을 감아서 베도록 했다.

수련 경험이 전혀 없는 초보였기에 당연히 자세는 매번 달라지고 통나무를 친 목검이 손에서 날아가거나 손목에 부상을 입는 상황이 계속되었다.

바로 옆에서 나르멜의 수련을 참관하는 가온은 손목 인대가 늘어나거나 근육이 충격을 받은 경우는 자신이 익힌 홀리 큐어를 펼쳐서 치료해 주었고, 자세가 흐트러질 때마다 주의도 주었다.

그렇게 세 베기 검식을 쉼 없이 50번씩을 끝낸 나르멜은 죽을 것 같은 얼굴로 헐떡거렸지만 눈빛만은 강렬해서 수련의 의지가 얼마나 강한지 짐작할 수 있었다.

가온은 그에게 다른 이들이 비약으로 알고 있는 골드비 꿀을 먹인 후 청기를 이용해서 몸 안의 피로물질과 노폐물을 쉽게 배출하는 동시에 세포 단위 수준으로 세세하게 활력을 주었다.

그렇게 나르멜의 호흡이 정상으로 돌아오자 다시 수련이 시작되었다.

"이제 세 베기를 60회씩 쉬지 않고 반복해!"

운동은 강도나 횟수가 이전과 같거나 적으면 안 된다. 이전의 한계를 넘어야만 육체 능력이 올라가는 것이다.

결국 나르멜은 꼬박 세 시간을 수련한 끝에 지칠 대로 지쳐서 하녀들에게 이끌려 천막으로 향했지만, 얼굴에는 뿌듯한 미소가 떠올라 있었다.

다음 날 아침, 사람들은 마침내 붉은 산을 제대로 볼 수 있었다.

소가 누운 것처럼 옆으로 길게 늘어진 산은 나무가 거의 없어서 이름처럼 붉게 보였는데, 점처럼 작은 구역만 풀이 자랄 뿐 대부분은 붉은색 돌과 암반 그리고 흙으로 이루어져 있었다.

붉은 산의 양편으로는 스파인산맥의 지류인 높고 험한 산들이 이어져 있었다.

그래서 왕국의 수도로 통하는 유일한 길은 붉은 산의 중턱에 있는 고개뿐이었다.

노천 철광산들이 있는 붉은 산은 해발 800미터 정도였는데, 양편으로 스파인산맥의 지류인 높고 험한 산들이 이어져 있어서 아그레브에서 수도 방향으로 향하는 대로가 건설되어 있었다.

마수와 몬스터 창궐 사태 전만 해도 막대한 양의 철광석을 채굴하던 노천 광산들은 이미 폐쇄가 된 상태이고 수도와 연결되는 해발 500미터의 고개는 레드 스네이크의 영역이 되어버렸다.

아그레브 영지의 입장에서는 교통이나 물류 유통은 물론 철광산 때문이라도 반드시 레드 스네이크를 박멸해야만 했다.

붉은 산의 초입에 도착한 시간은 정오를 막 넘긴 때여서 아그레브의 기사들은 오늘 바로 레드 스네이크를 사냥할 거라고 생각했지만, 가온은 일단 숙영지부터 건설하라는 명령을 내렸다.

완성된 숙영지에서 든든히 점심을 먹은 후 가온은 사람들을 불러 모았다.

"온 경, 레드 스네이크를 어떻게 사냥하실 생각입니까?"

입안을 개운하게 만들어 주는 차를 한 모금 마신 베이트가 기대감 가득한 얼굴로 물었다.

"레드 스네이크가 밤에는 커다란 구덩이나 동굴에서 한데 모여서 지낸다는 말을 들었는데, 맞습니까?"

가온은 대답 대신 그렇게 질문했다.

"맞습니다. 일반적인 뱀의 경우 동면을 할 때 그렇게 행동한다고 들었는데, 레드 스네이크는 특이하게도 평소에도 그렇게 군집 생활을 하더군요."

"베이트 부단장님, 혹시 붉은 산은 야간에 기온이 많이 떨어집니까?"

이번에는 바로가 물었다.

"맞네. 이곳까지 오는 길은 평지처럼 보였지만 완만한 오르막이어서 우리가 현재 있는 이곳은 아그레브보다 해발고도가 약 300미터 정도 높아. 그래서 요즘 같은 때도 밤에는 불을 피우지 않으면 꽤 춥지."

"그럼 밤에는 레드 스네이크의 행동이 굼뜨겠네요?"

"그렇긴 하지만 워낙 감각이 뛰어나고 공격성이 강해서 놈들의 둥지 가까이 가면 한꺼번에 몰려나와서 공격을 하네. 처음 토벌 의뢰를 맡았던 길루엔 용병단은 그 사실을 잘 모르고 밤에 움직였다가 9할 이상이 놈들의 먹잇감이 되고 말았지."

100명 이하인 용병대와 달리 용병단은 보통 300명 이상이다.

그런데 그런 용병단의 9할 이상이 밤에 놈들을 사냥하려고 하다가 오히려 습격을 당해서 태반이 죽어 놈들의 먹잇감으로 전락하고 만 것이다.

"검광 정도가 아니면 비늘에 손상을 주기 힘들다는 점도 잊지 말아야 하네. 또한 그 거대한 몸으로 똬리를 틀었다가 공격을 할 때는 일반인의 동체 시력을 초월하는 무시무시한 빠르기로 공격을 하는데, 물리지 않아도 충격량이 어마어마하다는 점도 유념해야 하네."

오죽하면 기사단이 출동했다가 피해만 입고 철수를 했을까.

베이트는 그것까지는 밝히지 않았다.

"대장님, 좋은 작전이라도 생각난 거예요?"

뭔가 심각하게 생각을 하는 것 같은 가온에게 집중하고 있던 헤븐힐이 물었다.

"몇 가지 생각하고 있는 게 있기는 한데, 오늘 밤에 한번 시도를 해 보고 말해 주지요."

가온이 주위를 돌아보며 대답했다.

"그게 뭡니까?"

마음이 급한 베이트가 물었다.

"그중 하나만 말해 주자면 화공입니다."

"화공요?"

"놈들이 뒤엉켜 밤을 보낸다는 거대한 구덩이나 동굴에 불을 붙인 장작들을 던져 넣는 겁니다."

가온의 말에 온 클랜원들은 괜찮은 작전이라고 생각했지만 베이트는 고개를 저었다.

"그건 저희도 이전에 시도해 봤는데, 놈들은 워낙 감각이 예민해서 둥지에서 대략 50미터 이내에 생명체가 들어오면 바로 알아차립니다."

"그건 극복할 수 있는데, 다른 문제가 있어서 고심 중입니다."

투명 날개를 활용하면 놈들의 감각에 걸리지 않고 접근할 수 있었다.

문제는 한 번에 놈들의 구덩이 가장자리나 동굴 입구에 뚫고 나오지 못할 정도의 화염을 키우는 것이다.

아공간을 이용하자니 불이 붙은 장작이 들어가면 바로 꺼질 테고 그렇다고 불이 붙은 장작을 옮기는 것도 문제가 있었다.

그것을 극복하기 위해서 세르나 일행에게 확인할 것이 있었다.

"세르나, 불의 정령이 발휘할 수 있는 위력은 어느 정도입니까? 사실은……."

가온은 자신이 생각하는 바를 말해 주고 확인을 구했다.

"유감스럽게도 저희는 숲의 일족이라서 상성이 맞지 않는 불의 정령과 계약하는 경우는 드물어요."

생각해 보니 넷 모두 불의 정령과는 계약을 하지 않았다.

가온이 이맛살을 찌푸리는 모습을 본 샤나가 조심스럽게 입을 열었다.

"설령 불의 정령이 있다고 해도 화염을 만들어 내면 레드 스네이크는 오히려 좋아할걸요. 들은 대로라면 놈들은 기온 때문에 밤에 제대로 움직이지 못하는 것일 뿐이니, 오히려 몸을 데우기 위해서 화염 가까이로 모일 것 같아요."

"아!"

실망스러운 대답이었지만 가온은 샤나의 말에 어쩌면 묘안이 될 수 있는 아이디어 하나를 떠올릴 수 있었다.

"라쟈, 혹시 대지의 정령이 땅굴도 팔 수 있어?"

"당연하지. 나와 달쿤이 계약한 대지의 정령은 하급이기는 하지만 땅굴을 팔 수 있어."

"저와 계약한 노움도 땅굴을 팔 수 있어요. 그런데 정확하게 방향을 알려 주는 것은 불가능해요."

세르나는 가온이 땅굴을 언급하자 그의 생각을 대충 알아차렸지만 원활한 의사소통이 가능한 상급 정령이 아니면 그가 원하는 땅굴을 파기는 힘들었다.

"그 정도면 됩니다."

"대체 대장님은 어떤 생각을 하시는 거예요?"

헤븐힐이 답답한 얼굴로 그렇게 물었다.

"놈들의 인지 범위 끝까지 접근한 후에 놈들의 서식지와 연결되는 땅굴을 팔 생각입니다. 물론 공기를 적당히 데워야겠지요. 그럼 그 땅굴을 통해 레드 스네이크가 이동해 오지 않을까요?"

"싱싱한 먹이의 냄새까지 더해진다면, 반드시 그렇게 되겠죠."

가온의 생각을 알아챈 세르나가 미소를 지으며 말했다.

"그럼 기다렸다가 나오는 놈들을 검기를 발현한 검으로 단숨에 죽이면 끝이겠네요."

바로 역시 가온의 작전을 알아차렸다.

하지만 다른 사람들은 여전히 이해하지 못하는 얼굴이었다가 매디의 보충 설명을 듣고서야 탄성을 질렀다.

"정말 그렇게 땅굴을 팔 수 있다면, 놈들을 쉽게 사냥할 수 있을 겁니다."

베이트는 가온의 절묘한 작전에 감탄했지만, 과연 50미터 길이에, 정확히 놈들의 서식지와 연결되는 땅굴을 팔 수 있는지는 여전히 의심했다.

"어쨌거나 지금은 푹 쉬고 해가 질 무렵에 한번 시도해 보기로 하지요."

가온의 말에 사람들은 기대를 품은 채로 각자 자신만의 방식으로 휴식에 들어갔다.

레드 스네이크

해가 질 무렵, 일단의 사람들이 붉은 산을 오르고 있었다.

하지만 그들 중 가온은 보이지 않았다.

"은신 스크롤을 써도 놈들의 감각을 벗어나기는 힘들 텐데……."

일행의 후미를 맡은 베이트가 걱정스러운 얼굴로 말했다. 기사단이 출정했을 때 그 방법을 써 봤지만 실패했던 경험이 있었다.

"부단장님이 그렇게 설명했는데도 온 대장이 자신 있는 얼굴로 먼저 간 것을 보면, 무슨 다른 수가 있겠지요."

오크들과 스팟울프를 상대한 이후 바튼은 가온에게 경의를 품게 되었다.

"뭐, 그렇긴 하겠지. 어쨌든 우리는 참관만 하기로 했으니까."

바튼과 그렇게 대화를 나누던 베이트는 저 멀리 가온이 서 있는 모습을 보고 발길을 빨리했다.

"이곳은?"

가온이 서 있는 장소는 사람 키를 약간 넘는 덤불이 길게 이어진 곳이었다.

"11시 방향에 레드 스네이크의 둥지가 있습니다. 거리는 대략 55미터 정도 떨어져 있고요. 경사각은 대략 2.4도 정도입니다."

가온의 설명에 베이트와 바튼은 내심 크게 놀랐다. 정말로 이렇게 정밀하게 정찰을 했을 줄은 몰랐기 때문이다.

"대장님, 어떻게 하면 될까요?"

대원들이 가온을 둘러싸고 명령을 기다렸다.

"라쟈와 달쿤은 대지의 정령을 불러내어 깊이는 사람 가슴 정도에 직경은 5미터 정도 되는 구덩이를 파 줘."

"금방 할게요!"

"맡겨 주십시오."

달쿤과 라쟈가 곧바로 대지의 정령을 불러내어 가온이 말한 대로 거대한 구덩이를 만들기 시작했다.

대지의 정령은 디그 마법을 사용한 것에 비하면 엄청나게 빠른 속도로 깊고 넓은 구덩이를 만들어 냈다.

"퍼슨, 손재주가 있다고 생각하는 사람들을 모아서 마랑카 풀잎으로 높이와 직경이 1미터 정도 되는 바구니를 만들어 줘요."

"네!"

그사이 퍼슨과 마론을 포함해서 손재주가 있다고 자부하는 사람들이 모두 달려들어서 이 붉은 산에서는 몇 안 되는 식물인 마랑카의 잎으로 바구니를 짜기 시작했다.

거의 2미터까지 자라는 마랑카의 잎은 세로로는 잘 찢어졌지만 가로로는 칼을 쓰지 않으면 잘리지 않았다.

다들 손재주가 뛰어났기 때문에 바구니를 짜는 것이 어렵지 않아서 얼마 지나지 않아서 빈 바구니가 수북하게 쌓였다.

"모두 수고했습니다. 이제 내가 레드 스네이크의 서식지와 연결되는 작은 구멍을 뚫겠습니다."

구덩이 안으로 들어간 가온이 아공간 주머니에서 작은 막대기 하나를 꺼냈다.

그건 평소에는 피부에 덧씌워져 있었던 파르가 형태를 바꾼 것이었다.

'파르, 10미터 길이로 늘어나!'

대략 방향과 각도에 맞추어서 벽에 파르를 찔러 넣은 가온이 해당 이미지를 선명하게 그렸다.

쑤욱!

가온의 의지를 전해 받은 파르가 단숨에 10미터 길이로 늘어났다.

'어때?'

가온은 미리 앙헬을 소환해 두었다.

─주인님, 현재 위치에서 왼쪽으로 조금만 이동해야 해요. 그리고 각도도 약간 더 높여야 하고요.

파르를 원래대로 축소시킨 후 앙헬의 말에 따라 다시 조정을 한 후 길이를 10미터까지 늘렸다.

─됐어요. 그대로 쭉 늘리면 돼요!

'길이는?'

─제가 됐다고 할 때까지요.

가온은 파르에 집중한 상태로 앙헬의 확인을 받아 가면서 길이를 늘였다.

─그만! 손바닥 길이만큼만 남았어요.

'수고했어. 이젠 돌아와도 좋아.'

앙헬을 불러들인 가온은 파르를 거두어들여 원래처럼 피부에 덧씌운 상태로 변환시킨 후에야 자신을 주시하는 사람들의 의아한 눈길을 의식할 수 있었다.

"세르나, 달쿤, 라쟈, 내가 레드 스네이크의 서식지 바로 앞까지 연결되는 작은 구멍을 뚫어 두었으니, 그걸 기준으로 땅굴을 파면 됩니다. 직경은 대략 팔 길이면 됩니다."

"정말 그사이에 거기까지 연결되는 작은 구멍을 뚫었다고요?"

세르나가 믿기지 않는다는 얼굴로 물었다.

"그렇습니다. 확인해 보고 구멍을 확장하는 방식으로 작업을 하면 됩니다."

가온이 구덩이 밖으로 뛰어오르며 대답했다.

세르나가 가온이 서 있던 자리로 뛰어내려 바로 대지의 정령을 소환했다.

'노움, 정말 구멍이 뚫려 있니?'

그녀와 계약한 대지의 정령은 중급이라서 그래도 어느 정도 의사소통이 되었다.

─응, 있어. 작은 구멍인데, 길게 뚫려 있어.

정령의 대답을 들은 세르나는 잠시 믿을 수 없다는 얼굴과 경의로 가득한 눈빛으로 가온을 쳐다보더니 입을 열었다.

"정말 구멍이 뚫려 있네요. 레드 스네이크의 서식지와 연결되는지는 알 수 없지만."

세르나의 말에 사람들은 깜짝 놀랐다.

'대체 어떻게?'

사람들이 본 것은 가온이 흙벽에 작은 금속 막대를 댄 상태로 지그시 눈을 감고 한참 동안 서 있던 장면밖에 없었다.

'정령사가 아니니 정령을 불러낸 것도 아니고, 마나의 유동도 거의 없었으니 마법을 쓴 것도 아닌데……'

이미 레드 스네이크의 사냥을 나왔다가 실패한 후 이번에 참관 임무를 받고 가온 일행과 합류한 베이트 일행은 궁금해서 미칠 것 같았다.

하지만 물어본다고 얘기를 해 줄 것 같지도 않고, 아직 제대로 된 사냥 모습을 보지 못했기에 묵묵히 서 있었다.

해가 지자 기온은 빠르게 내려갔다.

베이트의 말대로 해발고도가 높아서 그런지 햇볕이 작렬하던 낮과 비교하면 거의 15도 이상 떨어진 것 같았다.

일행은 그곳에서 육포와 말린 과일로 저녁을 간단히 해결하고 여전히 대기했다.

그렇게 두 시간 정도가 지나 더욱 기온이 떨어지자, 가온이 마침내 명령을 내렸다.

"구덩이 안쪽에 불을 피워요!"

스톤과 퍼슨이 기민하게 모닥불을 피우자, 구덩이 안은 금방 훈훈해졌다.

"세르나, 굴을 완전히 뚫어요!"

가온의 명령에 세르나가 노움을 소환해서 손바닥 두께의 막힌 구간을 완전히 뚫었다.

"바로, 윈드 마법으로 열기를 땅굴 안으로 불어 넣어!"

모닥불로 데운 따뜻한 공기가 땅굴 안으로 들어가서 마침내 레드 스네이크들이 엉켜서 밤을 보내는 구덩이까지 전해졌다.

마수화가 된 것인지 마수인지는 알 수 없지만, 냉혈동물이 확실한 레드 스네이크가 따뜻한 곳을 찾는 것은 본능이었다.

놈들은 하나둘 땅굴을 통해 이쪽으로 이동해 올 것이다.

하지만 그런 움직임을 촉진할 필요가 있었다.

"헤븐힐, 마론은 놈들의 둥지 쪽으로 서서히 이동하면서 아이스 포그 마법을 펼쳐요!"

가온의 명령에 두 사람이 놈들의 둥지 쪽으로 아이스 포그 마법을 시전하자, 그쪽의 기온은 한층 더 떨어졌다.

아예 땅속으로 들어가 있는 것이라면 몰라도 이런 상태에서는 잠을 자던 놈도 깰 것이다.

얼마 후 원하던 반응이 나왔다.

"온다!"

바람의 정령을 소환해서 땅굴 안쪽의 동향을 살펴보던 샤나가 소리를 질렀다.

그 소리에 땅굴 입구 양쪽에 자리를 잡고 있던 패터와 랄프가 구덩이 안에 들어가 있는 빈 바구니 양쪽을 단단히 그러잡았다.

얼마 후 레드 스네이크의 거대한 세모꼴 머리통이 땅굴 밖으로 나왔다.

순간 가온의 명령에 따라 대기하고 있던 헤븐힐과 매디가 놈의 머리에 경직 마법을 걸었다.

이 상황을 전혀 알아차리지 못하고 그저 따뜻한 곳을 찾아왔던 놈은 여지없이 마법에 당하고 말았다.

그래 봐야 불과 몇 초 후면 마법에서 벗어나겠지만, 가온에게는 그 정도 시간이면 충분했다.

싸악!

미리 대기하고 있던 가온이 오러를 두른 흑검으로 놈의 머리통을 깨끗하게 베어 버렸다.

하지만 몸통은 아직 그것을 모른 채 땅굴 밖으로 빠져나오고 있었다.

그렇게 잘린 머리통과 몸통이 빈 바구니 안으로 떨어졌다.

패터와 랄프는 그 몸통이 들어 있는 바구니를 구덩이 밖의 제론의 두 종자에게 올려 주었고, 두 사람은 그것을 한쪽에 버렸다.

머리가 잘린 몸통은 나중에 도축할 예정이다.

간혹 먹이를 집어삼키고 아직 소화를 시키지 못한 놈의 경우에는 몸통이 땅굴 밖으로 나오지 못하는 경우도 있었는데, 그러면 랄프와 패터가 힘을 주어서 밖으로 빼내야만 했다.

레드 스네이크의 동체는 직경이 1미터 정도에 길이가 3미터가 넘어서 그런지 열 마리 정도를 처리하자 패터와 랄프가 지쳐 버렸다.

"구멍을 막아요!"

마나가 소진된 것을 느낀 가온이 외치는 순간, 세르나가 노움을 소환해서 구멍을 메웠다.

"교대합시다. 랄프와 패터 대신 퍼슨과 스톤이 바구니를 맡아요. 그리고 세르나가 다시 구멍을 열면 타람은 왼쪽, 로에니는 오른쪽을 맡아서 교대로 목을 자르세요! 헤븐힐과 매디는 두 사람에게 버프와 축복을 걸어 주고!"

안 그래도 손이 근질거렸던 타람과 로에니는 버프와 축복을 받자 힘이 넘치는 것을 느꼈다.

두 사람은 가온이 지시한 대로 구덩이의 양쪽에 서서 검에 마나를 주입하더니 마침내 검기까지 발현시켰다.

가온은 검광으로도 레드 스네이크의 목을 자르는 게 가능할 것 같았지만, 그래도 혹시 몰라서 검기를 사용하라고 했다.

독무를 뿜는 녀석들이니 한 번에 목을 자르지 못하면 사고가 생길 수도 있었다.

그 모습을 본 제론이나 베이트 일행은 입이 떡 벌어졌다.

이제껏 두 사람을 완숙한 검광 실력자로만 알고 있었는데 검기를 발현하다니, 경악할 수밖에 없었다.

'용병이 검기 입문자라니!'

클랜장이야 나크 훈 기사의 제자이니 그러려니 했지만 클랜원들마저 검기에 입문했다는 것을 알게 되자 온 클랜이 완전히 달리 보였다.

세르나가 노움으로 하여금 메운 구멍을 다시 열게 한 것을 확인한 가온은 서둘러 골드비 벌집을 한 조각 떼어 씹어 먹었다.

'역시!'

마나 회복 속도는 마나 포션보다 훨씬 더 빨랐다. 순식간에 마나가 차올랐다.

대지의 정령이 막아 두었던 땅굴의 입구를 다시 열자, 대기하고 있던 레드 스네이크의 머리통이 밖으로 빠져나왔다.

타람이 힘들게 발현한 검기로 아주 짧게 속박 마법에 걸린 놈의 머리를 잘라 냈다.

나머지 과정은 동일했다.

잘린 레드 스네이크의 머리와 몸통이 빈 바구니를 채우는 순간, 퍼슨과 스톤이 위로 끌어 올렸고 두 종자가 그것을 한쪽에 버렸다.

그다음은 로에니의 차례였다.

그녀 역시 타람처럼 검기를 발현한 검으로 땅굴을 빠져나오는 레드 스네이크의 머리를 단숨에 잘라 버렸다.

그동안 레드 스네이크의 몸통이 쌓인 곳으로 가서 파워 드레인 스킬을 펼치고 있던 가온은 타람과 로에니의 검기가 희미해지자 두 사람과 교대를 했다.

이런 과정이 무려 열다섯 번이 넘게 반복된 후에야 땅굴을 빠져나오는 레드 스네이크의 행렬이 끊겼다.

"샤나, 확인해 봐!"

가온의 지시가 떨어지자 샤나는 곧바로 바람의 정령을 소환해서 레드 스네이크의 둥지를 확인했고 활짝 웃었다.

"텅 비었어요!"

"예에에!"

샤나의 말에 일행은 일제히 환호했다.

땅굴과 열기를 이용한 낚시 작전이 제대로 먹힌 것이다.

모두가 자신의 역할을 충실하게 수행했을 뿐인데, 다른 사람들은 검 한 번 휘두르지 않고 아무런 피해도 없이 25마리나 되는 레드 스네이크를 사냥한 것이다.

이 모든 과정을 참관한 베이트 일행은 황당하기만 했다.

"레드 스네이크를 이렇게 쉽게 잡는다고?"

"대체 이게 무슨 일이랍니까?"

"아무리 검기 실력자들이라지만 이건……."

눈으로 봤으면서도 믿을 수 없는 엄청난 성과였다.

기사들도 두려워하는 레드 스네이크를 이렇게 쉽고 황당하게 사냥해 버리다니, 직접 확인을 하고도 믿어지지 않았다.

"그런데 온 클랜에 검기 실력자가 세 명이나 되는 건 부단장님도 알고 계셨습니까?"

베이트는 고개를 저었다.

주군인 아그레브 자작으로부터 가온이 최소한 검기를 발휘할 정도의 실력을 가지고 있을 거란 귀띔은 받았지만, 타람과 로에니까지 검기 입문자인 줄은 전혀 모르고 있었다.

자작령에서 기사단의 단장이나 부단장이 될 수 있는 검기 실력자들이 무려 셋이나 되는 클랜이라니, 믿어지지 않았다.

한참 후에야 베이트의 입이 열렸다.

"아무리 생각해도 온 경은 단순히 기사 수행을 하는 사람이 아니라 뛰어난 전략가이기도 한 것 같아."

"저 또한 같은 생각입니다. 무엇보다 검기 실력자이면서도 최소의 노력으로 최대의 성과를 추구하는 점이나 저희와 같은 사람들은 도저히 생각해 낼 수 없는 기책(奇策)을 사용하는 점이 굉장히 인상적입니다."

비록 전쟁이 아니라 사냥이지만 가온은 자신의 무력을 발휘하기보다는 최소한의 투자로 최대의 효율을 끌어냈다.

당연히 일행의 안전을 생각해서일 것이다.

어릴 때부터 육체 수련을 해 온 기사는 대부분 자신의 전투에만 관심이 있다.

가온처럼 상황 전체를 꿰뚫어 보고 가장 안전하면서 전과를 높일 수 있는 전략, 전술을 구상할 정도의 지략을 가진 이는 거의 없었다.

그런 능력은 조장이 되어 다른 기사들을 지휘하게 되고 독자적인 작전을 수행하는 위치가 되어야 비로소 발현되는데, 기사 아카데미를 졸업한 지 족히 5, 6년은 지나야 하기 때문에 실제로 지략까지 갖춘 기사는 그리 많지 않았다.

전형적인 기사들로서는 신세계를 본 것처럼 충격적인 경

험이었고, 그만큼 가온에 대한 경외감은 커졌다.

⊶⊷

그날 밤 온 클랜은 무려 여섯 곳이나 되는 레드 스네이크의 둥지를 동일한 방식으로 털어 버렸다.

새벽까지 사냥을 했기 때문에 대원들은 정오 무렵이 되어서야 겨우 일어났다.

그래도 나레인과 그녀의 호위 기사들 그리고 제론과 수련 기사들이 자청해서 불침번을 섰기에 푹 잘 수 있었다.

제대로 된 스튜를 끓여 배불리 먹은 사람들이 그늘 아래에서 각자의 방식으로 쉬고 있을 때, 나레인과 제론 그리고 베이트가 찾아왔다.

"어젠 정말 고생이 많으셨어요."

나르멜 때문에 숙영지에 머물렀던 나레인은 얘기만 들었지만 온 클랜원들이 얼마나 대단한 활약을 했는지 충분히 이해하고 있었다.

"뭘요. 다행히 구상한 작전이 먹혔습니다."

"정말 놀라운 방법이었어요. 누구도 레드 스네이크를 그런 식으로 사냥할 수 있을 거라고 생각하지 못했을 거예요. 그런데 이제 남은 놈들은 동굴에 서식하고 있다면서요?"

"그렇습니다. 더 이상 같은 방식으로 사냥하기 힘든 상황입니다."

나레인의 물음에 그렇게 대답을 해 주었다.

"따로 생각해 두신 게 있겠죠?"

상식을 뛰어넘는 기책으로 레드 스네이크의 60%를 단 하룻밤 만에 사냥해 버린 가온이기에 기대하지 않을 수 없었다.

"놈들에게 냉기가 통한다는 사실을 알게 되었으니, 지난밤보다 더 쉽게 사냥할 수 있을 겁니다."

"동굴 안으로 냉기 마법을 퍼부으실 생각인가요?"

"그럼 쉽겠지만 안타깝게도 온 클랜원 중에 그런 실력을 가진 마법사는 없습니다."

"그럼요?"

"아직은 생각 중입니다."

"어떤 기책이 나올지 기대가 되네요. 그나저나 이곳에서 상당히 오래 머물러야 할 거라고 생각했는데, 금방 떠나겠네요."

나레인은 이곳에서 발목이 잡히는 건 아닌지 걱정했었는지 무척 후련한 얼굴이었다.

"온 경, 오늘 밤은 저도 사냥에 끼면 안 되겠습니까?"

"제론 경이요?"

"네, 비록 검기는 사용할 수 없지만 경직 마법에 걸린 레드 스네이크의 머리통은 잘라 낼 수 있을 겁니다."

지난밤에는 가온과 타람 그리고 로에니가 번갈아서 검기를 발현해 레드 스네이크의 머리통을 잘랐다.

　검광으로도 가능할 것 같았지만 혹시 모르는 상황에 대비해서 마나를 아끼지 않은 것이다.

　"저희들도 사냥을 돕고 싶습니다. 굳이 우리까지 필요할 것 같지는 않지만, 구경만 하자니 영 몸이 근질거려서 말입니다."

　베이트도 제론의 말에 용기를 얻었는지 그렇게 부탁을 해 왔다.

　하긴 검기 입문자들이 검기를 활용해서 그 무섭다는 레드 스네이크의 머리통을 순식간에 잘라 내는 장면을 봤으니 피가 끓어오를 만도 했다.

　그리고 이번에 온 클랜이 맡은 의뢰는 아그레시아 왕국의 기사들에게는 아주 큰 의미가 있었다.

　그동안 막혀 있던 왕국 남서부와 수도를 연결하는 가도를 여는 역사적인 일이었다.

　"좋습니다. 그럼 오늘은 제론 경과 베이트 경 그리고 바튼 경이 좀 도와주십시오."

　그동안 한 대련으로 확인했는데, 바튼은 베이트에 좀 못 미치지만 완숙한 검광 실력자였다.

　"하하하, 맡겨만 주십시오."

　"최선을 다하겠습니다."

제론과 베이트는 아그레브와 수도가 통하는 가도의 요지 한 곳을 여는 역사적인 일에 동참하게 되었다는 생각에 크게 만족했다.

"아! 나르멜은 아침에 수련을 제대로 했습니까?"

"네, 아주 열심히더라고요. 달리기는 물론이고 삼단 베기를 120회까지 실시하는 것을 확인했어요."

이제 막 검술을 배우는 단계이니 벌써 그만둘 리는 없지만, 이제까지 운동을 해 보지 않았던 몸이라 쉽지 않았을 텐데 참으로 대견했다.

"그런데 온 대장님이 주신 그 비약은 정말 대단하더군요. 바닥까지 힘을 쥐어짰는데도 비약을 먹고 몇 분 만에 몸이 정상으로 회복되었어요. 그래서 말인데, 제가 따로 좀 구입할 수 있을까요?"

나레인의 요청에 곁에 있던 제론과 베이트도 눈을 빛냈다.

두 사람 역시 비약의 효능을 눈으로 직접 확인했기 때문이다.

그런 비약이 있으면 수련의 효율이 크게 높아진다. 또한 사냥이나 전투에서도 아주 유용하게 사용할 수 있었다.

"그 비약은 마나 회복 효과보다는 체력을 회복시키고 노폐물의 배출을 촉진하는 효과가 크지요. 그래서 주로 단기간에 몸을 단련하고 검술의 기초를 익힐 때에 효과가 큽니다. 그리고 아쉽지만 제가 가진 비약의 양은 나르멜이 사용할 정도밖에 없습니다."

"아!"

가온의 대답에 세 사람은 실망한 얼굴이 되었다.

효과를 떠나서 나르멜을 위해서 쓸 양밖에 없다니 더 이상 부탁할 수가 없었다.

얼마 후 세 사람이 물러간 후 가온은 클랜원들을 불러 모았다.

"오늘 사냥할 놈들은 동굴 안쪽에 서식하기 때문에 어제와 같은 방식을 사용할 수 없습니다."

"아이스 포그 마법을 사용하면 되지 않을까요?"

바로가 먼저 물었다.

역시 머리가 좋은 만큼 효과적일 수 있는 방법을 떠올린 것이다.

"동굴 안쪽의 환경을 알 수 없다는 것이 가장 큰 문제야. 예를 들어 동굴이 아주 깊거나 균열이 많을 경우, 우리 측의 세 마법사가 펼치는 아이스 포그 마법으로는 놈들의 활동성을 약간 떨어뜨리는 정도의 효과밖에 거둘 수 없을 거야."

가온 대신 매디가 대답을 해 주었다.

"확실히 그런 문제가 있군요. 게다가 앞이 잘 보이지 않는다면 우리 측도 위험할 테고요."

레드 스네이크의 가죽은 엄청나게 질기고 신축력이 강하다. 당연히 온도 변화에도 어느 정도 견딜 수 있을 것이다.

낮아진 기온 때문에 몸놀림은 좀 둔화되겠지만, 어젯밤처럼 쉽게 사냥하긴 힘들었다.

다들 같은 생각이었기에 좌중의 분위기는 무거워졌다.

"대장, 이럼 어떨까? 세르나는 운다인과 계약을 했고 샤나는 운디네와 계약을 했으니까, 정령들을 모두 소환해서 동굴 안은 물론 놈들의 동체를 몽땅 물로 적셔 버린 후에 세 마법사가 아이스 마법을 펼치는 거야. 그럼 훨씬 효과적이지 않을까?"

단순 무식이라는 말이 무척 어울리는 라쟈의 입에서 나온 말에 사람들의 안색이 크게 밝아졌다.

"근사한 생각이야!"

가온은 '이거다!' 싶었다.

정령 마법과 정통 마법의 컬래보레이션에 검광 실력자들이 가세한다면, 동굴 안에 모여 있을 레드 스네이크를 충분히 사냥할 수 있을 것 같았다.

그날 저녁은 전날과 달리 바람이 좀 심했다.

산 중턱 쪽은 당연히 낮에 비해서 기온이 크게 떨어졌다.

특히 가도인 고갯길을 중심으로 양편 경사지 곳곳에 있는 동굴들의 경우 바람을 막아 줄 수 있는 나무들이 별로 없어서 그런 현상은 더 심했다.

일단 오늘도 시작은 가온이었다.

스크롤 하나를 꺼내 찢은 그의 몸이 순식간에 사람들의 눈에서 사라졌다.

"대체 대장은 은신 스크롤을 몇 개나 가지고 있는 거야?"

바로가 놀란 얼굴로 매디에게 말했다.

스크롤로 발현되는 지속형 마법의 경우 지속 시간이 대략 3분에서 5분 정도라는 점을 고려해서 한 말이었다.

"대장의 스승이신 볼코트 님의 도움을 받지 않았을까?"

"아!"

바로가 생각해 보니 대장의 마법 스승은 6서클 마도사이기 때문에 직접 만들 수도 있었고 스크롤 정도는 싸게 구입할 수 있을 것 같았다.

두 사람이 그런 대화를 나누고 있을 때 가온은 은신 상태에서 투명 날개를 장착하고 낮게 날아서 어제 정찰해 뒀던 동굴로 향했다.

그가 혼자 동굴로 향한 것은 감각이 예민한 레드 스네이크들이 일행이 이곳까지 올라오는 것을 감지할까 걱정이 되어서였다.

체취를 없애 주는 칠흑의 야행의와 같은 효과를 가진 허브액을 잔뜩 바른 방어구를 입고 있었고 비행해서 날아와서 그런지 동굴 입구에 내려섰지만 안에서는 아무런 움직임도 감지되지 않았다.

'아이스!'

동굴 입구 한쪽을 대상으로 미리 메모라이즈한 아이스 마법을 발현하자, 암석이 얼어붙으면서 주위 기온이 낮아졌다.

그렇게 동굴 입구를 빙 둘러 가면서 아이스 마법을 펼치자, 얼어붙은 암석으로 인해서 주위 기온이 내려갔다.

'윈드!'

이번에는 윈드 마법으로 동굴 안쪽으로 바람을 불게 하자 온도가 낮아진 공기가 안으로 밀려 들어갔다.

마력이 바닥날 때까지 두 마법을 번갈아 펼친 가온은 동굴 안쪽으로 감각을 확장했는데, 별다른 변화가 느껴지지 않았다.

'답답해! 아!'

동굴 안쪽 상황이 궁금한 나머지 답답했던 가온은 순간 자신이 정령들과 계약한 사실을 잊고 있음을 떠올리며 자책했다.

가온은 치환 반지를 활성화시킨 후 카오스를 소환했다.

―호호호, 불러 줬구나.

실시간으로 드레스는 물론이고 몸의 색깔이 바뀌고 있는 카오스가 홀연히 나타났다.

그녀는 세 정령 중 소환하는 데 가장 많은 정령력이 필요하지만, 최근에 마나가 크게 늘었고 파워 드레인 스킬까지 얻었기 때문에 이렇게 소환한 것이다.

'정령이 아니라 인간 같아.'

주먹 크기에 불과했지만 그를 똑바로 올려보고 있었는데 눈빛이 어찌나 고혹적인지 가온은 자신도 모르게 마른침을 삼켰다.

그녀의 몸에서는 기이한 향기가 흘러나왔다. 게다가 작은 몸이지만 비율이 워낙 좋았고 시시각각 변하는 드레스로 인해서 더욱 신비하고 매력적이었다.

하지만 몸집이 너무 작아서 아무리 봐도 인형으로밖에 보이지 않아서 금방 그런 혼란에서 빠져나올 수 있었다.

'카오스, 동굴 안쪽의 상황이 궁금해. 붉은색 뱀들이 무엇을 하고 있는지 알 수 있겠어?'

-그냥 살펴보고 오는 편이 나아, 아니면 온이 직접 보는 것처럼 살펴보고 싶어?

'당연히 내가 직접 보면 좋지만…….'

-그럼 내 허리를 단단히 안아 줘.

카오스는 그의 부탁에 묘한 미소를 지으며 그렇게 말했다.

'허리를 안으라고? 이렇게?'

가온은 두 손의 손가락으로 카오스의 가는 허리를 조심스럽게 안았다.

그때였다.

몸이 부드럽게 떠서 공기의 흐름을 따라 이동하는 감각과 함께 기이하게도 그의 시야가 달라졌다. 방금까지만 해도 동굴 입구에 있었는데, 어느새 동굴 안으로 날아서 들어가고 있었던 것이다.

'이건?'

―나와 동화를 한 거야.

아주 또렷한 카오스의 의사가 전해졌다.

'동화라고?'

―응, 내가 보고 듣는 것을 온도 함께할 수 있어.

계약 직후에 합체를 했지만 그때와는 감각이 전혀 달랐다. 지금은 마치 자신이 정령이 된 것 같았던 것이다.

어쨌든 이건 아주 각별하고 멋진 경험이었다. 마치 바람이 된 것처럼 한없이 가볍고 자유로운 느낌이었다.

동굴은 생각보다 깊었고 양옆으로는 끝을 알 수 없는 크고 작은 균열들도 나 있었다.

'역시 아이스 포그 마법이 제대로 먹히지 않았겠구나.'

카오스가 그런 균열 중 한 곳으로 들어가자, 대략 서른 마리에 달하는 레드 스네이크들이 서로 엉킨 채 잠들어 있었다.

'바람의 영향을 별로 받지 않는 공간을 잘 찾았네.'

놈들이 있는 공간은 동굴의 통로 쪽보다 더 기온이 높았다. 공기의 흐름이 이곳까지 거의 미치지 않는 것이다.

가까이 접근했음에도 우려와 달리 레드 스네이크들은 정

령의 존재나 움직임은 감지하지 못하는 것 같았다.

어쨌든 이래서는 정령 마법과 정통 마법의 컬래보레이션이 실패로 돌아갈 확률이 높았다.

동굴 입구에서 아무리 마법을 펼쳐 봐야 크게 소용이 없었던 것이다.

-그럼 녹스를 불러내 봐.

갑자기 카오스가 의견을 냈다.

'녹스를?'

-응. 녹스는 사람들의 모습은 물론 기척을 숨겨 줄 수 있어.

그럼 계약자만 은신을 시켜 줄 수 있는 것이 아니란 말인가?

-맞아. 원래 성장을 해야 다른 이들까지 은신을 시킬 수 있지만, 현재 녹스의 능력으로도 온을 중심으로 반경 5미터까지는 은신을 시켜 줄 수 있어.

'쯔쯧!'

가온은 자신과 계약한 정령들의 정확한 능력도 모르고 있었던 자신이 한심했다.

-뭐, 내 능력만으로도 저놈들을 모두 얼려 버릴 수 있지만.

'대단하네. 그런데 그래서는 안 돼!'

이 상황에서 자신의 능력을 모두 드러내는 건 안 된다. 다른 이들이 합류한 상태였기 때문이다.

　-그럼 어떻게 하려고?

　'일단 네 능력으로 레드 스네이크들의 움직임을 눈에 보이게 둔화시킬 정도로 이곳의 기온을 확 낮출 수 있어?'

　-당연하지.

　'그럼 그렇게 해 줘.'

　가온의 요청에 카오스는 레드 스네이크들이 있는 공간을 빠르게 한 바퀴 날았는데, 마치 눈이 내리는 것 같은 하얀 알갱이들이 아래로 떨어졌다.

　그러자 얽힌 상태에서도 쉴 새 없이 꿈틀거렸던 레드 스네이크들이 갑자기 몸이 굳은 듯 움직임이 줄어들었다.

　-더 할까?

　'응, 한 번만 더.'

　카오스가 공간을 한 바퀴 돌 때마다 기온이 떨어졌는데, 대략 4, 5도는 내려가는 것 같았다.

　그러자 레드 스네이크들의 움직임이 한결 더 줄어들어서 거의 움직이지 않았다.

　원래 마수이거나 마수화가 된 놈들이라고 해도 체온을 조절하는 능력이 없어 피가 군자 신경 조직 역시 제 기능을 못하는 레드 스네이크이기에 당연한 반응이었다.

　이대로 검광 실력자들만 들어와서 거의 움직임이 없는 놈들의 머리를 베기만 하면 된다.

'아!'

그제야 자신이 카오스와 동화된 상태임을 깨달은 가온은 서둘러 동화를 해제했다.

쑤욱!

의식이 엄청난 속도로 어디로 날아가는가 싶더니 정신을 차려 보니 동굴 입구에 우두커니 서 있는 자신의 상태를 인지할 수 있었다.

가온은 정령과의 동화가 얼마나 대단한지 새삼 실감할 수 있었다.

바로 카오스를 돌려보낸 가온은 상태창을 확인하고 깜짝 놀랐다.

치환 반지를 이용했음에도 어느새 정령력은 물론 마나와 마력까지 거의 바닥이었던 것이다.

서둘러 골드비의 벌집을 한 조각 떼어 먹은 후에야 비로소 마나가 빠르게 차오르기 시작했다.

물론 마나에 비해 인지하기 힘든 마력과 정령력 역시 차오르고 있을 것이다.

'아! 이럴 때가 아니지.'

이 기회를 놓칠 수는 없었다.

"다들 이리로 오십시오!"

가온의 외침에 숨어 있던 사람들은 화들짝 놀라기는 했지만 재빠르게 달려왔다.

"안으로 들어가 보면 레드 스네이크들이 뭉쳐 있는 곳이 보일 겁니다. 마법사들은 놈들을 향해 아이스 마법을 펼치고 검광 실력자들은 움직임이 굼뜬 놈들의 머리를 자릅시다!"

가온의 말을 들은 사람들은 얼떨떨한 얼굴이 되었지만, 이내 그를 따라 동굴 안으로 향했다.

소문

동굴 안쪽의 상황은 가온이 말한 그대로였다.

왼쪽으로 깊이 들어간 넓은 공간에는 레드 스네이크가 엉킨 채 가득 차 있었는데, 몸이 얼어붙은 듯 거의 움직이지 못하는 상태였다.

"우욱! 왜 이곳만 이렇게 춥지?"

세르나의 혼잣말에 다들 의아해했지만, 대답해 줄 여유는 없었다.

그래도 서로 얽히고설켜 있는 상태라서 카오스가 기온을 낮추었음에도 큰 영향을 받지 않은 일부는 위협적인 소리를 내면서 인간들을 향해 날아오를 듯 똬리를 틀려고 했다.

"빨리!"

가온의 외침에 헤븐힐과 마론 그리고 바로가 그쪽을 향해서 아이스 마법을 펼쳤다.

아이스 마법은 1서클 마법에 불과해서 위력이 그리 강하지 않았지만, 세 마법사가 일제히 펼쳐서 그런지 공격을 하려고 준비하고 있던 레드 스네이크들의 몸이 다시 굳어 버렸다.

그러자 가온이 먼저 검광을 발현한 흑검을 휘두르기 시작했다.

서걱!

얼어붙어서 그런지 굳이 검기가 아니더라도 레드 스네이크의 머리를 자를 수 있었다.

그러자 다른 사람들도 일제히 달려들었다.

몸이 굳은 놈들은 인간의 공격을 피하지 못했다.

몸이 얼어붙는 바람에 검광 입문자인 퍼슨과 패터도 별다른 실수 없이 놈들의 머리를 성공적으로 베어 내고 있었다.

그렇게 사람들이 지나간 뒤에 남은 레드 스네이크의 머리통과 몸통은 랄프와 두 종자가 빈 자루에 담아서 가온이 미리 준 아공간 주머니에 집어넣었다.

간혹 아래쪽에 깔려 있던 놈들 중에서 공격을 시도하는 녀석들이 있었지만, 세 마법사가 연신 마력 포션을 마시며 아이스 마법을 시전한 덕분에 놈들의 움직임은 굼떴다.

검광을 발현할 정도면 그 정도의 공격은 충분히 대비할 수 있었다.

이쪽은 검기 사용자 세 명에 검광 실력자들이 모두 달려들었기 때문에 사냥은 그리 오래 걸리지 않았다.

결국 30여 마리에 달하는 레드 스네이크들이 머리통이 잘려 아공간 주머니 안으로 사라졌다.

그렇게 큰 성과를 거두고 검을 거두어들일 때 사냐와 라쟈가 가온을 향해 달려왔다.

"대체 대장은 무슨 방법으로 이놈들을 얼려 버린 거예요?"

"혹시 마법 스크롤을 썼어?"

가온은 두 사람의 질문에 아무 생각 없이 이번에 계약한 정령을 언급하려다 다른 사람들의 눈을 의식하고 그냥 고개를 끄덕였다.

"마법 스크롤 그거 엄청 비싸다고 하던데, 우리 대장은 돈이 많은가 봐요."

"우리도 잘할 수 있는데."

사냐와 라쟈는 이번에는 자신들이 전혀 활약을 하지 못한 것이 서운한지 툴툴거렸는데, 나중에 그에게 가까이 온 세르나와 달쿤은 달랐다.

동굴 안 이곳저곳을 살펴본 두 사람은 가온을 향해 엄지를 들어 보였다.

다른 동굴들도 상황은 비슷했다.

정령사들은 별다른 활약을 하지 못한 것이 걸렸는지 마지막 동굴의 경우 정령을 이용해서 정찰을 하겠다고 나섰다.

하지만 레드 스네이크들의 감각이 얼마나 예민한지 정령들의 움직임에 반응을 하는 바람에 오히려 공격을 받을 뻔했다.

정령사들이 흙벽을 세워 놈들을 간신히 막고 마법사들이 일제히 쇄도하는 놈들을 향해서 아이스 마법을 펼친 후에야 몸의 움직임이 굼떠진 놈들을 공격할 수 있었다.

물론 마법사와 정령사 들이 모르는 것도 있었다.

가온이 소환한 카오스가 그들의 마법에 더해서 놈들 주위의 기온을 확 떨어뜨린 것이다.

결국 마지막 무리는 동굴 안이 아니라 밖에서 모조리 끝장을 냈다.

문제는 도망을 치는 놈들이었다.

공격성이 강하긴 하지만 그렇다고 목숨 귀한 것을 모를 정도로 지능이 낮은 놈들은 아니었던 것이다.

도망치는 놈들은 가온이 맡아서 처리를 했다.

카오스는 너무나 쉽게 놈들을 추격할 수 있었고, 심지어 바람의 채찍을 사용해서 놈들의 몸을 단단히 포박하는 능력까지 보여 주었다.

결국 아그레브 등 아그레시아 왕국의 남서쪽 영지들과 수도를 잇는 가도 중 가장 강력한 마수에게 장악되었던 붉은 산의 고갯길은 이렇게 인간의 품으로 돌아왔다.

사냥이 완전히 끝난 건 서서히 해가 뜨려는 시간이었다.

"모두 수고했습니다. 일단 내려가서 푹 쉬고 내일 얘기를 하도록 하지요."

안 그래도 기습을 해 왔던 마지막 무리 때문에 크게 놀랐던 사람들은 가온의 말에 긴장을 풀고 힘이 풀린 다리로 산을 내려가기 시작했다.

"대박이야!"

"뭐가? 아! 떴다!"

"어멋!"

산을 내려가던 이계인 삼총사는 레벨 업을 알리는 안내음에 깜짝 놀랐다.

셋 모두 레벨이 5나 오른 것이다.

레벨만이 아니었다.

보상으로 스킬 레벨을 1 이상 높여 주는 강화권과 고급 등급의 아이템들도 획득했다.

"한 게 별로 없는 것 같은데……."

직접 레드 스네이크를 처단한 것도 아니고 그저 가온의 지시에 따랐을 뿐인데 레벨이 무려 5나 올랐으니 좋으면서도 이해가 가질 않았다.

"근데 명예 포인트는 뭐지?"

"나도 30의 명예 포인트를 획득했다고 나오네."

"이 세상에 해악이 되는 이레귤러를 처치할 경우 얻는 거라는데."

세 사람은 한 번도 들어 보지 못한 명예 포인트가 너무나 궁금했지만, 일단은 움직여야만 했다.

벌써 일행은 산을 내려가고 있었다.

"그나저나 대장님은 레드 스네이크에 대해서 미리 알고 있었던 걸까?"

"무슨 소리야, 누나?"

매디의 혼잣말에 바로가 물었다.

"그렇잖아. 우리에게 미리 아이스 포그 마법을 익히게 한 것도 그렇고."

"흠, 그러고 보니 정말이네."

확실히 이상하긴 했다. 마치 준비를 한 것처럼 기사들도 두려워한다는 레드 스네이크를 놀라운 방법으로 사냥할 수 있었으니 말이다.

"준비를 했다는 건 확실해. 그런데 그게 문제가 되나?"

"그건 아니고요. 신기해서요."

약간의 힐난이 섞인 헤븐힐의 물음에 바로가 얼굴을 붉히며 그렇게 말했다.

"아무튼 이제 우리 랭킹에 진입했겠지?"

헤븐힐이 묻는 랭킹은 국내 1만 위까지를 의미하는 하이 랭킹이다.

"당연하죠. 지금 시점에서 레벨 50은 그야말로 통곡의 벽이라고 불리잖아요."

인간 같지 않은 속도로 레벨 업을 하고 있는 초랭커들이야 느리긴 하지만 꾸준히 레벨을 올리고 있지만, 그 외에는 그야말로 굼벵이가 기어가는 것처럼 레벨 업 속도가 너무 느렸다.

누군가 올린 글에 의하면 레벨 30이 넘으면 1레벨을 올리는 데 사흘이 걸리고 40이 넘으면 일주일이 걸린다고 했다.

50 이상은 당연히 그것보다 훨씬 더 걸릴 수밖에 없었다.

이런 상황에서 삼총사는 단 이틀 만에 5레벨씩이나 올라 마침내 50이라는 마의 고지를 넘어선 것이니 기쁠 수밖에 없었다.

"안 그래도 게임 프로그램에서 패널로 참여할 수 있겠느냐는 내용의 메일이 왔더라고요. 검사 계열이 아닌 마법사 계열에서 레벨로는 선두권이니까요."

바로는 게임 분야에서는 나름 인지도가 있다 보니 그런 제안까지 오는 것이다.

"그래서 어떻게 하려고?"

"안 나가려고요. 현지인과 함께 다니면서 사냥하는 것도 특이한데 레벨 업 속도까지 알려지면 다들 온 클랜으로 몰려들 것 같아요."

"확실히 엄청난 관심을 끌게 될 거야."

특별나게 플레이를 하는 것도 아니고 그저 가온과 함께 움직이며 사냥하는 것만으로 이렇게 엄청난 레벨 업을 하고 있으니, 그런 방송에 나가도 딱히 할 말이 없었다.

물론 그만큼 뒤처지지 않도록 노력을 하고 있지만, 그 정도는 다른 플레이어들도 하고 있었다.

"아마 운이 좋았다고 하겠죠."

"맞아, 운도 실력이지만 사람들이 그것을 인정하지는 않겠지."

"누나들, 오늘은 기념으로 오랜만에 가온 형과 만나서 제대로 한번 놀까요?"

바로의 말에 헤븐힐과 매디가 고개를 끄덕였다. 생각해 보니 한동안 안 만났던 것이다.

"그럼 좋겠지만 시간이 이래서 안 될 것 같아. 소베토로 출발하는 날에나 만나자."

하긴 지금 이 시간이면 그들이 아는 가온은 아직 자고 있을 터이고, 자신들이 잘 때면 한창 수련을 하고 있을 것이다.

기쁨을 감추지 못하는 사람은 그들만이 아니다.

콜과 드골 그리고 무조도 입꼬리가 위로 올라가 있었다. 직접 사냥에 참여한 만큼 레벨이 올랐다.

"던전도 던전이지만 온 대장만 따라다니면 레벨 업은 물론이고 명예 포인트까지 획득할 수 있어서, 우리가 간절하게 원하는 갓 상점을 이용할 자격을 얻을 수 있겠습니다."

"맞아요. 퍼슨 씨에게 들으니 대장도 앞으로 주로 던전 탐사를 한다고 하니, 어떻게 해서든 붙어 있어야 할 것 같아요."

"내 생각도 그래. 대장 정도의 실력자가 있어야 안전도 확보할 수 있어. 우리 레벨로 죽으면 잃는 것이 장난이 아니잖아. 그러니까 이번에 의뢰한 던전을 클리어하고 나면 우리에게 할당된 던전에 대한 정보를 두고 거래를 해 보자고."

세 사람은 그렇게 알 수 없는 대화를 나누며 가온의 뒤를 따랐다.

⊹

숙영지에 남은 사람들이 급히 조리한 고기 죽으로 허기를 달랜 사람들은 긴장이 풀렸는지 하나둘 적당한 곳에 자리를 잡고 잠에 빠져들었다.

불침번은 사냥에 참가하지 않은 나레인 일행이 정오까지는 서 주기로 했기에 푹 쉬어도 괜찮았다.

가온은 마지막까지 주위를 둘러보고 위험 요소가 없다고 판단을 내리고 나서야 숙영지로 돌아왔다.

"대장님도 이젠 좀 쉬세요."

"감사합니다. 나르멜의 아침 수련을 좀 봐주십시오."

"그건 걱정하지 마세요."

불침번을 자청한 나레인의 말에 가온은 나르멜이 수련 후에 복용할 비약을 준 후 자신 몫으로 친 천막 안으로 들어갔다.

물론 그대로 잠을 청할 수는 없었다. 이틀에 걸친 레드 스네이크 사냥의 결과로 받은 보상을 확인해야만 했다.

'헉! 이게 사실이야?'

마지막으로 확인했을 때만 해도 102였던 레벨이 108까지 올라 있었다.

'레드 스네이크가 그렇게 강한 마수였나?'

─당연하죠. 검광 실력자들은 겨우 놈들의 공격을 막아 낼수 있을 뿐이고 검기 실력자는 있어야 놈들을 사냥할 수 있는걸요.

가온의 감정 동요가 너무 컸는지 벼리가 대답을 해 왔다.

'하긴. 얼어붙은 상태가 아니었다면 검광으로는 목도 제대로 자를 수 없었을 거야.'

─인간을 기준으로 하면 레벨이 120 정도 되는 녀석들을 그렇게 많이 사냥했으니 당연한 결과예요.

레드 스네이크가 공격을 하는 것을 보지 못해서 그렇게까지 강력한 마수라고는 생각하지 못했는데, 기사들도 제대로 토벌을 하지 못했던 점을 고려하면 벼리의 판단이 맞았다.

'그럼 설마 마정석도 중상급 이상인 거야?'

—당연하죠. 그리고 가죽의 경우 얇고 질긴 데다 방호력이 높아서 뛰어난 장인이 방어구로 제작하면 희귀 등급까지 나올 거예요.

이렇게 되면 부산물만으로도 대박을 친 것이나 다름없었다.

보상은 레벨이 전부가 아니었다. 가온이 최근 들어서 가장 신경을 쓰는 명예 포인트까지 획득한 것이다.

'명예 포인트가 3,230이나 된다고?'

1명예 포인트가 대략 40골드에 해당한다는 것을 고려하면 어마어마한 보상이었다.

그게 끝이 아니었다.

클랜 단위의 사냥이라는 점을 시스템이 감안한 듯 레드 스네이크의 가죽으로 만든 아머 세트를 보상으로 주었는데, 희귀 등급 두 세트에 고급 등급은 스무 세트나 되었다.

안 그래도 현재 착용하고 있는 아울베어 아머를 꽤 오래입었던 터라 바로 레드 스네이크 아머를 착용해 봤다.

"오!"

일단 엄청나게 가벼웠다.

아울베어 아머는 털을 제외한 가죽의 두께만 해도 5밀리미터가 넘었는데, 이건 1밀리미터 정도 되는 것 같았다.

그래서인지 일단 착용감이 좋았다.

특히 신축성이 아주 뛰어나서 관절 부위의 움직임이 아주 편했다.

그게 전부가 아니었다.

특이하게도 세척이 가능한 이 아머는 항온과 항습은 물론 항충 효과까지 있어서 많은 시간을 야외에서 보내야 하는 이 들에게는 그야말로 최고의 아머였다.

같은 디자인이어서 달쿤이 말한 대로 대원들이 모두 착용하면 강한 유대감과 소속감을 느끼게 해 줄 것 같았다.

'조금 일찍 얻었으면 좋았을 텐데.'

지금 달쿤과 샤나가 시간이 날 때마다 트롤 가죽으로 전용 아머를 만들고 있었다.

무엇보다 이 아머들을 나눠 주며 할 말이 없었다. 탄 대륙 출신은 사냥을 해도 이런 식으로 보상을 받지 않으니 말이다.

'나중에 기회를 보아서 주는 수밖에.'

칭호 보상도 있었다.

파충류 학살자

등급 : 유일
상세 : 파충류를 상대로 공격력 20% 증가.

예지몽으로
히든랭커

한 종류의 마수를 100마리 이상 사냥했을 때 획득하는 학살자 칭호였다.

'드래곤도 엄밀하게 말하면 파충류에 들어가는 거지?'

탄 대륙은 드래곤이 실존했던 역사가 있었다.

대부분의 게임처럼 이 대륙의 최종 보스는 드래곤일 가능성이 아주 높아서 그런 생각을 잠깐 한 것이다.

그렇게 보상을 모두 확인한 가온은 특성과 스킬 보상이 빠져 있다는 사실을 깨달았다.

'무기를 들고 직접 상대하거나 스킬을 사용한 경우가 아니라서 그런 건가?'

아마 맞을 것 같았다.

그 생각을 하니 조금은 아쉬웠지만, 그래도 예상했던 피해가 전혀 없었으니 그걸로 충분히 만족하기로 했다.

"영주님!"

-아! 베이트 경이군.

푹 자고 일어난 베이트는 바튼과 모네 두 기사와 함께 붉은 산 일대를 샅샅이 수색해서 더 이상 레드 스네이크가 없다는 사실을 확인하고 아그레브 자작에게 통신을 보냈다.

-안 그래도 연락이 오길 기다렸네. 이제 막 도착한 건가?

"아닙니다. 도착은 그제 했는데, 온 클랜이 의뢰를 완벽하게 수행했습니다!"

—……그게 사실인가?

아그레브 자작은 베이트의 말에 어지간히 놀랐는지 잠깐 아무 말도 하지 못하더니 버럭 소리쳐 물었다.

"그렇습니다. 가도 주변을 포함해서 총 열세 곳에서 서식하던 레드 스네이크 400여 마리를 모조리 처치했으며, 더 이상 살아 있는 놈들은 없습니다. 저와 두 기사가 확인을 마쳤습니다."

—하아, 정말 대단하군. 대체 어떻게 그렇게 많은 놈들을 해치운 건가?

"그게……."

베이트의 보고를 끝까지 들은 아그레브 자작은 한동안 아무 말도 하지 못했다.

—검기를 쓰는 자들이 셋이나 되었단 말인가? 3서클 이상의 마법사들에 넷은 정령사고?

"그렇습니다. 온 대장에게만 주의를 기울였는데, 알고 보니 엄청난 전력을 갖추고 있었습니다."

—그들을 우리 영지로 데려올 수 있을까?

주군의 말에 베이트는 쓴웃음을 지었다.

'주군께서도 이번 의뢰의 성공에 큰 기대를 하지 않았던 모양이네.'

하긴 자신만 해도 겨우 열 명 남짓의 클랜이 기사들도 상대하기 어려워하는 레드 스네이크 400여 마리를 토벌한다는 건 애초 불가능하다고 생각했다.

그의 주군은 온 클랜의 클랜장이 페라도 단장보다 실력이 뛰어난 자유 기사이기에 어느 정도는 사냥할 수 있을 테고, 적당히 사냥을 한 상태에서 나머지 기사단이 출동해서 가도 주위에 출몰하는 놈들만 토벌하는 것으로 생각해서 의뢰를 한 것일 터.

그런데 막상 의뢰를 말끔하게 완수하자, 아그레브 자작은 온 클랜의 전력에 욕심이 날 수밖에 없었다.

'온 클랜이라면 아그레브 영지를 장악한 마수와 몬스터 들을 몰아내거나 사냥하는 것은 시간문제에 불과할 테니.'

하지만 그가 생각하기에 온 클랜이 발길을 돌릴 가능성은 전혀 없었다.

"어려울 것 같습니다. 들어 보니 나레인 영애와 나르멜 공자의 호위 의뢰는 가는 길이라서 맡은 것이고 따로 할 일이 있어서 수도로 가는 것 같습니다. 제 생각에는 온 대장의 스승인 나크 훈 기사님을 만나러 가는 길인 것 같습니다."

─하아, 그들의 전력을 제대로 알아보고 움직였어야 했는데.

제대로 된 전력을 알았다면 아그레브 자작은 이렇게 쉽게 온 클랜을 영지 밖으로 내보내지 않았을 것이다.

그건 베이트가 자작 입장이었더라도 그렇게 했을 것이다.

"약속한 보수는 어떻게 할까요?"

혹시 몰라서 약속한 보수는 챙겨 왔다.

─당연히 줘야지. 지금은 어쩔 수 없이 그들을 놔주어야 하지만 나중에 어떻게 다시 만날지 알 수 없으니, 최대한 경의와 감사를 표하면서 전달해 주게.

지금은 이게 최선이었다.

영지 대행을 맡고 있는 베르망은 아그레브 자작으로부터 온 클랜이 붉은 산을 점거하고 있던 레드 스네이크를 모두 토벌했다는 소식을 듣고 크게 기뻐했다.

"이젠 됐습니다! 이제 최소한 다섯 개의 영지와는 통할 수 있게 되었습니다!"

붉은 산의 고갯길을 이용해서 아그레브와 연결이 되는 영지는 모두 다섯 곳으로, 이제는 막힌 물류가 어느 정도 뚫리게 되었다.

붉은 산 너머는 농지와 목초지로 활용되는 평야가 넓게 펼쳐져 있었고, 마수와 몬스터라고 해야 오크나 드물게 트롤 정도여서 지금과 같은 상황에서도 어느 정도 곡물을 재배하고 가축을 기르고 있었다.

반면에 스파인산맥과 이어지는 이쪽은 다양한 등급의 마

수와 몬스터를 사냥할 수 있지만 식량은 크게 부족했다.

그러니 2년 전, 아니 작년 대비로도 무려 2배 이상 오른 곡물과 육류의 공급이 원활해질 것이다.

"그래, 그건 아주 좋은 소식이지만 걸리는 것이 있다."

"그게 뭡니까?"

아그레브 자작은 자신이 온 클랜에 한 의뢰의 문제점을 알려 주었다.

"이제 우리가 어떻게 해야 할 것 같으냐?"

자작의 질문에 베르망은 잠시 고심했다.

'설마 우리가 이용하려고 했던 사실을 알고 있는 건 아니겠지?'

만약 자작이 그에게 레드 스네이크 토벌 의뢰 건에 대해서 의견을 구했다면, 그는 단연코 반대했을 것이다.

직접 경험한 가온은 그런 식으로 이용할 대상이 아니라고 생각했던 것이다.

하지만 아그레브 자작은 나크 훈의 이름에도 불구하고 인지도가 없다는 이유로 사실 말도 안 되는 의뢰를 했다.

그래서 베르망은 미안한 마음에 배웅조차 못 나갔던 것이다.

'이제부터라도 관계를 다져야 해.'

결연한 얼굴을 한 베르망이 입을 열었다.

"그는 실력도 뛰어나지만, 지난번 붉은 갈기 기마대 놈들을 토벌할 때도 상식을 깨뜨리는 기기묘묘한 계책과 전술로 엄청난 전과를 거두었습니다. 이번에도 마찬가지고요. 실력도 실력이지만 나크 훈 님과의 관계를 고려해서 앞으로 좋은 관계를 유지해야 할 겁니다."

"그건 당연하고 그렇게 할 수 있는 방법을 묻는 것이다."

아그레브 자작은 당시만 해도 해독이 되지 않은 상태였기 때문에 자신이 제대로 판단을 내리지 못했음을 인정했다.

예전이라면 절대로 이런 실수를 하지 않았을 것인데, 패륜을 저지른 소체른이 영지의 재산을 거의 탕진한 상황이라서 해서는 안 될 짓을 하고 만 것이다.

물론 온 클랜은 별로 문제가 되지 않는다는 듯 가볍게 의뢰를 완수했지만 말이다.

"그는 드인 상단이나 랑트 남작과 상당히 밀접한 관계인 것 같았습니다."

"흠, 확실히 그렇긴 하지."

그 정도의 실력자가 끈 떨어진 신세가 된 나레인과 나르멜을 챙기는 것을 보면 뭔가 알려지지 않은 내막이 있을 것이다.

"애초에 나크 훈 기사님과 같은 분이 랑트와 같은 한지로 파견된 것도 이상했습니다. 어쩌면 나크 훈 님과 랑트 남작 사이에 뭔가 숨은 사연이 있을지도 모르겠습니다."

"네 말을 듣고 보니 말이 되는구나."

왕국 기사들의 스승이라고 불리는 나크 훈이라면 적어도 후작성 정도에 파견되어야 하는데, 와병 중이라 정신도 차리지 못하는 남작의 성에 파견된 건 확실히 이상했다.

"좋아, 나르멜이 남작이 될 수 있도록 이제부터라도 신경을 써야겠다. 그리고 드인 상단에는 적당한 이유를 붙여서 특혜를 주도록 해. 가능하면 본단을 우리 영지로 옮기도록 유도하고."

"안 그래도 드인 상단이 아그레브에 지부를 낸다고 들었습니다. 성 차원에서 지원을 하겠습니다!"

사냥에 꼭 필요한 포션의 원료가 되는 트롤의 생혈을 구해 온 것이 바로 드인 상단이니, 어느 정도 특혜를 준다고 해도 큰 불만은 나오지 않을 것이다.

"그리고 붉은 산의 레드 스네이크를 온 클랜이 토벌했다는 내용을 퍼트려라."

"네?"

"그들의 명예를 우리가 챙겨 준다면 혹시 그들이 느꼈을 서운함을 풀어 줄 수도 있고 나크 훈 기사 역시 고마워할 것이다."

듣고 보니 좋은 생각이었다.

"어차피 퍼질 소문이고 그들의 실력도 사실이니 문제 될 건 없습니다. 제가 아카데미 동기들과 정기적으로 통신을 하고 있으니, 그쪽을 통해서 소문을 퍼트리겠습니다."

"그래, 예상이긴 하지만 그 나이에 검기 실력자라면 나크훈 기사의 단순한 제자가 아닐지도 모르겠다. 아무래도 은퇴를 앞둔 그분이 제대로 작심을 하고 키워 낸 제자일 것 같구나. 네 미래를 위해서라도 신경을 쓰거라."

"네, 아버님."

아그레브 자작은 회복이 된다고 하더라도 더 이상 영지의 일을 맡지 않겠다고 선언했다.

베르망에게 작위를 계승하게 하고 영지 내에 횡행하는 마수와 몬스터를 토벌하는 데 전념하겠다는 의지를 피력한 것이다.

"설마 나레인을 마음에 두고 있었던 건 아니겠지?"

"아, 아닙니다!"

사실 그런 생각을 안 해 본 건 아니었지만, 심각하게 생각해 본 적은 없었다.

"어쩌면 온 대장이 남작가를 돕는 이유가 나레인과 사귀는 사이이기 때문일 수도 있으니 애초에 마음을 먹지 말거라."

"그런 생각은 한 번도 해 보지 않았으니 심려하지 않으셔도 됩니다."

"그래, 좋은 날이 머지않은 것 같으니, 네 짝은 내가 잘 골라 보마."

어차피 귀족 자제는 정략결혼을 해야만 한다.

그런 의미에서 끈 떨어진 신세의 나레인은 베르망과는 어울리지 않았다.

　영주가 될 그에게 도움을 줄 수 있는 능력이나 배경이 전혀 없었던 것이다.

　온 클랜이 아그레브 영지와 수도를 잇는 중요한 길목 중 하나인 붉은 산을 장악하고 있던 레드 스네이크를 완벽하게 토벌했다는 얘기는 가도 주변의 영지에 거주하는 귀족들을 통해서 삽시간에 퍼져 나갔다.

　"열 명 정도에 불과한 클랜이 그런 대단한 일을 하다니, 실력이 정말 뛰어난 모양이군."

　"들어 보니 젊은 나이에 무려 검기 실력자라는 사실도 대단하지만, 머리가 아주 비상한 것 같더라고. 어떻게 레드 스네이크를 그런 식으로 사냥할 생각을 했을까?"

　"그런데 백작령이나 후작령에서 기사단장은 맡을 수 있는 검기 실력자가 서임조차 받지 않고 자유 기사로 떠돌다니, 참 희한하네."

　"나크 훈 남작이 특별히 키운 제자라고 하지 않던가. 자신이 못 이룬 소드 마스터의 꿈을 제자를 통해 이루려는 것이 아닐까?"

　"듣고 보니 일리가 있군. 나크 훈 남작이 제자가 수행을 하는 랑트로 자청해서 갔다는 얘기가 있는 것을 보면, 정성을 들여서 오랫동안 키워 온 것 같아."

"우리 영지에도 들렸으면 좋겠네. 기사들도 처리하기 힘든 마수들 때문에 골치가 아픈데. 그들은 해결해 줄 수도 있을 것 같은데 말이야."

"우리 영지도 비슷한 상황이네. 그래도 수도로 향한다고 하니 한번 기대해 봐야지."

기사 수업을 받은 젊은 귀족들 사이에서만 퍼지던 소문은 곧 왕실은 물론 상인들을 거쳐서 일반 평민들에게까지 널리 퍼지기 시작했다.

그만큼 레드 스네이크의 악명은 자자했던 것이다.

가온은 베이트로부터 의뢰 완수에 따른 보상금을 수령하자 바로 대원들에게 추가 보너스를 지급했다.

이번에 선금을 합해서 지급을 했기에 기존 대원들은 3%인 300골드를, 그리고 스톤과 랄프를 포함한 신규 대원들은 2%인 200골드의 추가 보너스를 받았다.

물론 추후에 마정석과 가죽을 처리하고 나면 다시 보너스를 추가로 지급하겠다고 약속했다.

대원들의 사기가 올라간 것은 당연한 결과였다.

특히 새로 합류한 정령사들은 단 며칠 만에 무려 200골드나 받게 되고 나중에 그 이상의 보상을 약속하자 눈이 휘둥그레졌다.

"우화하핫! 내가 온 대장만 잡으라고 했지!"

라쟈가 가장 좋아했다.

싸움도 좋아하지만 뭐든 만들기를 좋아하는 그녀는 필요한 재료가 너무 많아서 늘 돈이 필요했다.

"세르나 언니, 아무래도 우리가 제대로 된 줄을 잡은 것 같아요."

"호호호, 그래, 맞아. 그런데 난 돈도 돈이지만 우리 능력을 제대로 활용할 수 있게 되어서 더 좋아."

당장 쓸 수는 없지만 한 번도 가져 보지 못했던 거금을 손에 쥔 샤나와 세르나도 기분이 좋긴 마찬가지였다.

"나 역시 마찬가지야. 돈도 돈이지만 마음껏 대련을 할 수 있고 대장의 조언을 들을 수 있는 점이 가장 마음에 들어."

"달쿤, 나 미리 말해 두는데, 질릴 때나 온 대장이 쫓아낼 때까지 클랜에 붙어 있을 거니까 괜히 돌아가자는 둥 하는 말은 절대로 하지 말라고."

"크하하하, 알았다. 나 역시 돌아가는 건 생각도 하지 않고 있다고."

네 정령사 대원들만 기쁜 것은 아니었다.

"우리도 준다고요?"

얼떨결에 다른 대원들과 함께 200골드씩을 받은 콜 일행은 한쪽에 모여서 서로 황당한 얼굴로 쳐다보면서도 입꼬리를 실룩거렸다.

"그쪽 의뢰는 아직 시작도 하지 않았고 그때까지는 우리 클랜의 임시 대원이니 당연히 받는 겁니다. 우리 대장이 원래 이런 사람이오."

그렇게 알려 주고 대장이 있는 곳으로 향하는 퍼슨의 말에 세 사람은 고개를 끄덕였다.

"어젯밤에도 얘기가 나왔지만 우리도 온 대장을 따라다녀야 할 것 같아. 저 플레이어들은 우리처럼 특혜를 받지도 않았고 클랜에서 지원 역할만 수행했는데도 벌써 50레벨을 넘겼어. 아무리 조직에서 우리에게 던전에 대한 정보를 제공해 준다고 해도, 우리 세 사람만으로 목표 레벨까지 올리고 갓 상점을 열 수 있는 명예 포인트를 획득하는 건 거의 불가능해."

무조의 말에 콜과 드골은 오래 고민하지 않고 고개를 끄덕였다.

"그러니까 이 시간부로 임시가 아니라 정규 대원처럼 열심히 하자고."

"좋아! 그러자!"

그렇게 가온은 의도하지 않았음에도 콜 일행의 마음까지 끌어들이고 있었다.

소베토 백작령

그날 오후 베이트가 독대를 요청했다.

가온은 그를 자신의 천막 안으로 불러들였다.

"기사단이 출발을 했는데 도착할 때까지만 함께 이곳에 있어 주시면 안 될까요?"

"곤란합니다. 이번 의뢰 때문에 이미 일정보다 며칠이나 지체된 상태입니다."

"하지만 저희 셋만으로는 혹시 모를 위험을 감당하기는 어렵습니다. 부탁드립니다."

"검광 실력자인 세 기사를 곤란하게 만들 일이 일어나지 않을 것은 부단장님도 알고 계실 겁니다. 레드 스네이크의 영역을 누가 침범한단 말입니까. 그리고 이번에는 운이 좋아서 기책이 통했지만, 이번 의뢰는 상당히 불합리했습니다.”

베이트는 가온의 말에 더 이상 얘기를 이어 갈 수 없었다.

상대는 아그레브 자작이 직접 의뢰를 했기 때문에 거부하지 못했을 뿐 이번 의뢰가 얼마나 터무니없는지 잘 알고 있었다.

‘이대로라면 안 좋은 인상을 주게 될 거야.’

사실 가온의 말이 맞기는 하다.

오크는 물론이고 트롤조차 레드 스네이크의 영역엔 침범하지 못한다. 영역이 텅 비었다는 것이 알려지기 전까지는 안전했다.

“알겠습니다. 무리한 부탁을 드려서 미안합니다. 주군의 명령을 완벽하게 지키려는 마음 때문에 실례를 범했습니다.”

“베이트 경의 입장은 충분히 이해합니다. 하지만 저 역시 스승님과 약속한 기일이 얼마 남지 않아서 마음의 여유가 없군요.”

가온의 말을 들은 베이트는 더 고집하지 않기를 잘했다고 생각했다.

상대는 왕국에서도 이름난 나크 훈을 만나러 가는 길이다.

만약 자신이나 아그레브 자작 때문에 가온이 약속을 지키지 못한다면, 그리고 그 약속이 굉장히 중요한 것이라면 나중에 책임을 추궁을 당할 수밖에 없었다.

그렇게 베이트가 나가자 기다렸다는 듯 나레인이 들어

왔다.

"무슨 할 말이라도 있으신 겁니까?"

"그건 아니고 베이트 경이 왜 대장님에게 독대를 요청했는지 궁금해서요."

"예상하셨던 그대로입니다."

나레인은 아그레브 자작의 의뢰에 대해서 설명할 때부터 못마땅한 얼굴이었다.

일정이 지체되는 것이야 감수할 수 있지만 자칫 온 클랜이 큰 피해를 입으면 자신과 동생 역시 위험해질 수 있다고 생각한 것이다.

"어떻게 하셨나요?"

"거절했습니다."

가온의 말에 나레인은 눈에 띄게 안색이 밝아졌다.

"잘하셨어요. 나르멜이 다닐 아카데미 개학이 얼마 남지 않았거든요."

"그렇군요. 앞으로는 좀 서두르겠습니다."

그런 사정이 있는 줄은 몰랐다. 말을 해 주지 않았으니 모를 수밖에.

"아니에요. 별다른 일만 없다면 늦지는 않을 테니까요. 그런데 한 가지 의논드릴 일이 있어요."

"뭐든 말씀하십시오."

이제 나레인은 단순한 고용주가 아니다. 자신 역시 두 사람처럼 드인 상단의 지분을 소유하고 있기 때문에 이제는 동업자나 마찬가지였다. 도울 일이 있으면 도와주고 싶었다.

"우리 나르멜이 기사 아카데미로 진학해도 될까요?"

"혹시 기사가 되고 싶다고 했습니까?"

자신뿐 아니라 보호자인 누나에게까지 그런 꿈을 피력한 것이라면 보통 의지가 아니니 존중해 줄 필요가 있었다.

"네. 어릴 때부터 몸이 약해서 그런지 책을 좋아해서 행정 쪽에 관심이 있는 줄 알았는데, 대장님과 동행한 이후에 애가 많이 바뀌었어요. 기사까지는 아니더라도 건강한 몸이 되어 사냥이나 여행도 하고 싶다고 하네요."

"음, 말이 나와서 말인데, 어릴 때 따로 병을 앓았습니까?"

"그건 아니에요. 어머니께서 몸이 약해서 여덟 달 만에 나르멜을 낳았거든요. 그래서인지 특별히 아픈 곳은 없는데, 전체적으로 몸이 약해요."

조금 이르게 태어났다고 해도 잘 먹고 적당히 운동을 하면 건강해지는 경우는 수없이 많다.

'좀 이상하네.'

가온은 그런 생각을 하면서도 입으로는 일단 소베토에 도착할 때까지 훈련을 해 본 후에 결정을 내리자고 얘기했다.

"하긴 운동을 시작한 지 이제 며칠밖에 안 지났으니 그러는 편이 낫겠네요. 알겠어요. 그렇게 말해 둘게요."

싹수만 보인다면 기초는 얼마든지 닦아 줄 수 있었다.

골드비의 꿀이 단순히 마나양만 높여 주는 것이 아니라 육체 능력 전반을 높여 준다는 사실을 잘 알고 있으니 말이다.

—※—

다음 날 아침, 준비를 마친 가온 일행은 이방인 대원들이 접속하자 바로 출발했다.

붉은 산의 주인이었던 레드 스네이크들이 그사이에 영역을 넓힌 덕분에 그날은 종일 위험한 마수나 몬스터를 만나지 못했다.

레드 스네이크들은 숫자가 불어나자 가도를 지나는 여행자나 상단을 공격하는 것에 그치지 않고 먹이를 찾아 꽤 먼 곳까지 이동했는데, 주로 목초지가 광활하게 펼쳐진 수도 쪽이었다.

그래서 어지간한 마수나 몬스터는 그쪽에 자리를 잡지 못했다.

그다음 날부터는 종종 마수와 몬스터 들과 조우를 했지만, 마음이 급한 나레인 때문에 쫓아 버리는 정도에 그치고 사냥은 하지 않았다.

이제 어지간한 마수나 몬스터는 온 클랜을 감당할 수 없었다.

거기에 검광 실력자인 제론과 나레인까지 가세한 전력이

라 가볍게 보고 공격을 해 왔다가 무수한 사체를 남기고 도망치기 일쑤였다.

이번 여정에서 거금을 챙겼기에 대원들도 굳이 위험을 무릅쓰고 사냥할 생각은 없었기에 최대한 빠르게 이동하는 데 중점을 두었다.

이계인 대원들이 접속해 있는 동안은 내내 이동한다고 생각하면 되었다.

그 정도로 강행군이었다.

종일 말을 타는 것은 생각보다 훨씬 힘든 일이었고, 아침과 저녁의 수련까지 지속해야 했기에 대원들은 바닥에 누우면 바로 코를 골 정도였다.

가장 어린 나르멜은 그야말로 힘든 시간을 보내고 있었다.

스승인 가온의 명에 따라서 마차를 타지 못하고 종일 말을 타야만 했으며 아침과 저녁에는 여지없이 강도 높은 수련을 해야만 했던 것이다.

그래도 참 대견한 것이 악착같이 가온이 요구하는 훈련을 해내고 있었다.

아무리 먹는 즉시 피로를 풀어 주는 비약을 복용하고 가온으로부터 청기 샤워를 받는다고 해도 그 과정에서 느끼는 고통으로 인해서 결코 쉬운 일이 아니었다.

그래도 수련을 시작한 지 얼마 안 된다는 점을 고려하면 폭풍 성장을 하고 있었다.

강도 높은 훈련과 수련으로 인해서 파열된 근육들은 비약과 가온의 청기로 인해서 이전보다 더 발달했고 뼈와 연골 그리고 신경계 역시 빠르게 성장하고 있었다.

한창 자랄 때이기는 해도 불과 일주일 만에 키가 손가락 두 마디 이상 자랐고 전신 근육이 골고루 발달한 모습은 매일 보는 사람들도 깜짝 놀라게 만들었다.

가온은 대원들이 빠른 여행 때문에 쌓인 피로를 제대로 풀 수 있도록 불침번 중 가장 힘든 자정부터 새벽 시간을 제론과 둘이 전담했다.

가온 일행이 향하는 지역은 오우거와 트롤의 영역이라고 할 수 있는데, 운이 좋은 건지 나쁜 건지는 모르겠지만 만나지 못했다.

개체 수가 그리 많지 않다는 의미였다.

그렇게 나흘이 흐르자 마수와 몬스터가 출현하는 빈도가 낮아지기 시작했다.

드디어 목적지인 소베토 백작성이 눈에 들어오기 시작했다.

"저기군요."

가온이 자신과 나란히 선두에 서게 된 나레인에게 말했다.

"네, 랑트나 아그레브와 달리 낮은 산의 봉우리를 통째로 깎아 내어서 만든 멋진 성이죠."

멀리 떨어진 곳에서도 보일 정도로 근사한 백작성은 대리

석은 아닌데 흰색 계통의 암석으로 성벽을 쌓아 올렸기 때문에 눈에 들어오는 풍경은 정말 근사했다.

백작성만 근사한 것이 아니었다.

성으로 올라가는 정면의 경사지에는 수많은 건물들이 저마다 개성을 뽐내며 군집을 이루고 있었고, 경사지가 시작되는 곳에는 강물을 끌어들여 무척 큰 해자를 만들어 두었다.

"인구가 꽤 많아 보이네요."

"한창 때는 상주인구가 20만 명 정도였다고 알고 있는데, 지금은 잘 모르겠네요."

그렇게 많은 인구가 상주하려면 필요한 물품도 그만큼 많을 것이다.

이런 시기에 어떻게 조달하는지 궁금했지만, 굳이 그가 알 필요까지는 없었다.

"그런데 백작가의 영애와 친구라고요?"

요즘은 대련 후에 종종 같이 차를 마시곤 하는 제론에게 들은 정보였다.

"네, 로잘린과는 아카데미 동기예요. 어릴 때 입은 얼굴의 화상 때문에 결혼은 포기하고 기사가 되겠다고 열심히 노력하는 좋은 친구지요."

여기사들이 없는 것은 아니지만 보통 기사 가문에서 태어난 여자들 중에서 미모가 떨어지고 체격이 좋은 경우가 대부분이다.

나레인처럼 영지와 작위가 있는 귀족가에서 태어난 경우는 거의 없었다.

하지만 외모에 치명적인 화상을 입은 경우라면 이해할 수 있었다. 귀족들은 상대의 미추를 끔찍하게 따지니 말이다.

"재능도, 노력도 대단한 친구예요. 작년에 검광에 입문했을 정도니까요."

"실례지만 나이가?"

퍼슨이나 패터도 엄청나게 빨리 검광에 입문했지만 신체 조건이 아무래도 남자보다는 뒤지는 여자임을 생각하면 굉장히 놀라운 일이다. 그래서 나이를 물어보는 것이다.

"저보다 한 살이 많아요."

그러고 보니 나레인의 정확한 나이를 모르고 있었다. 그냥 이십 대 초중반으로만 알고 있었다.

가온이 그냥 물끄러미 쳐다보니 얼굴을 붉힌 나레인이 조그만 목소리로 자신의 나이를 밝혔다.

"스물네 살이에요."

생각보다 나이가 꽤 있었다. 아니, 나이 차이가 많이 나는 나르멜 때문에 무의식적으로 어리게 봤던 모양이다.

"대단하군요. 여자를 폄하하는 건 아니지만 그 나이에 검광에 입문하다니."

물론 제대로 된 교육과 지원을 받으면 불가능한 건 아니지만 그래도 재능과 노력이 없었다면 이루기 힘든 경지이기는 했다.

"대단하죠. 그 당시에도 우리 동기 중에서도 가장 강했으니까요."

그렇게 말하는 나레인의 얼굴에는 숨길 수 없는 질시와 본인에 대한 실망감이 느껴졌다.

"나레인 영애는 끝까지 기사의 길을 걸을 생각입니까?"

"네, 동생이 성장해서 제대로 된 영주가 될 때까지 지켜 주려면 그 방법밖에 없다고 생각했거든요."

"결혼은요?"

탄 대륙의 귀족 영애들은 대개 스무 살을 전후해서 결혼을 하는 것이 일반적이다. 물론 정략결혼이 대부분이지만.

"포기했어요."

"왜요? 원하는 가문이 많을 텐데요."

알몬 상단의 유바르만 해도 유부남임에도 불구하고 나레인과의 결혼을 꿈꾸었다고 들었다.

"돌아가신 제 어머니는 정실이 아니었어요. 평민 출신으로 아버지가 소영주가 아닐 때 만나서 절 낳으셨지요."

그녀는 정실 소생이 아니기 때문에 나르멜보다 먼저 태어났지만 장녀로서의 이점을 전혀 누리지 못한 것이다.

가온은 그녀의 처지가 좀 안타까웠다.

동생 나르멜을 통해 대리 만족을 하는 것을 빼면 그녀가 진짜로 살고 싶은 삶을 못 살고 있다고 생각한 것이다.

"그래서 말인데 시간이 되시면 제 검을 좀 봐주실 수 있을까요?"

"제가 말입니까?"

"네, 아버지의 배려 덕분에 어릴 때부터 마나 영약은 꽤 복용해서 마나는 충분한 것 같은데, 빛을 피우지 못하고 있거든요. 뭔가 부족한 게 있다는 것까지는 알겠는데……."

가온은 거절하려고 했다. 자신은 물론 자신이 가르친 퍼슨이나 패터도 별 어려움 없이 검광에 입문했지만 그녀의 어려움을 해소해 줄 능력이 없다고 생각했던 것이다.

그런데 거절을 하려고 했던 그의 마음이 흔들렸다. 자신을 바라보는 나레인의 눈빛이 너무나 간절했다.

'내 눈빛이다!'

예지몽 속에서 아무리 발버둥을 쳐도 앞서가는 플레이어들을 따라잡을 수 없어서 좌절한 그가 느꼈던 온갖 부정적인 감정들이 그녀의 눈빛에 가득 담겨 있었다.

결국 마음을 바꿀 수밖에 없었다.

"자격이 될지 알 수 없지만, 한번 봐드리겠습니다."

"정말 감사해요!"

나레인은 말 위에서 떨어질 뻔할 정도로 크게 기뻐했는데, 그 모습을 본 가온은 자신이 괜한 소리로 그녀의 기대감을 키운 것은 아닌지 후회가 되었다.

소베토 백작성은 랑트나 아그레브와 달리 출입을 체크하고 있었다.

　하지만 이쪽은 나레인이 있었기 때문에 아무런 문제도 되지 않았다.

　신분패를 확인한 경비대장이 화들짝 놀라서 호들갑을 떨면서 반겼던 것이다.

　'나중을 생각해서 신분패를 하나 만들어야겠네.'

　신분패라고 해서 대단한 건 아니고 얼마든지 위조할 수도 있었지만, 혹시 모르는 상황에 대비할 필요는 있었다.

　뭐, 급한 경우에는 나크 훈이 직접 하사한 검집을 사용하면 되지만 말이다.

　외성 안으로 들어간 가온 일행은 대부분 탄성을 질렀다.

　"역시 백작성이네!"

　아래쪽에서 보기에는 낮은 산 위에 자리를 잡고 있었기에 성의 공간은 그리 크지 않을 것으로 생각했지만 아니었다.

　아그레브의 서너 배에 달하는 외성 구역도 그렇지만 중심부가 좀 낮아서 그곳에서 내려다보이는 내성 구역도 상당히 넓었는데, 다양한 건물들로 가득 차 있었다.

　가온 일행은 이곳에는 몇 번 방문한 적이 있는 나레인을 따라서 거침없이 내성으로 향했고, 해가 질 무렵에는 영주부

입구에 도착할 수 있었다.

영주부를 지키던 병사들은 랑트 남작가의 두 자식이 방문했다는 말에 크게 놀란 눈치였지만, 신분패까지 확인하고 나서야 안쪽으로 연락을 했다.

얼마 후 투구를 깊이 눌러써서 눈밖에 보이지 않는 여기사한 명이 병사 십여 명을 이끌고 나타났는데, 나레인이 무척반가운 얼굴로 달려갔다.

"로잘린!"

"나레인!"

두 사람이 손을 마주 잡고 흔들면서 뛰는 등 반가워서 어쩔 줄 모르는 것을 보니 어지간히 친했던 모양이다.

"그런데 네가 이런 시국에 여기까지 어쩐 일이야?"

"널 만나러 찾아왔지."

"정말?"

"호호호, 좀 사연이 길어."

"그래, 사연은 나중에 듣기로 하고 일단 아버지께 인사를 드리자. 많이 반가워하실 거야."

"알았어. 그리고 이쪽은 내 동생 나르멜이야."

이제나저제나 소개를 해 줄 때만 기다리던 나르멜이 그제야 인사를 했다.

"이 꼬맹이가 네가 애지중지하는 동생이구나. 반가워, 나는 로잘린이라고 해."

"처음 뵙겠습니다. 랑트가의 나르멜이라고 합니다."

나르멜이 격식을 차려 인사를 하자 투구 속의 로잘린의 눈이 반달을 그렸다.

"몸이 약하다고 들었는데 전혀 그렇게 안 보이네. 일단 집사에게는 말을 해 두었으니까 들어가자."

"응, 먼저 소개할 사람이 더 있어. 우리 가문의 제론 경은 예전에 한번 본 적이 있지?"

그렇게 제론과 자신의 호위 기사들 그리고 수련 기사들까지 소개한 나레인이 마지막으로 가온을 소개했다.

"마지막으로 무리한 부탁임에도 우리 남매를 이곳까지 무사히 호위해 주신 온 경과 온 클랜이야."

소개 순서는 마지막이지만, 나레인은 존중의 감정을 가득 담아서 가온 일행을 소개했다.

"온 훈이라고 합니다."

가온은 굳이 제론처럼 격식을 차릴 이유가 없어 짧게 자신을 소개했다.

"로잘린이에요. 훈이라면 혹시 나크 훈 님의?"

"부족하지만 그분을 사사하고 있습니다."

"아! 그럼 혹시 며칠 전에 붉은 산을 넘어오셨나요?"

그건 또 어떻게 알았는지 모르겠지만 사실이기에 고개를 끄덕였다.

"레드 스네이크를 사냥하신 분, 온 경이 맞죠?"

"그걸 어떻게?"

"대단한 분이 찾아 주셨네요. 본 백작가를 방문하신 것을 환영해요. 안으로 같이 들어가시죠."

"꼭 그럴 필요까지는 없……."

가온은 탄 대륙 귀족의 예의도 잘 모르고 귀족과 얽히고 싶은 생각도 없기에 거절하려고 했다.

"아버님도 나크 훈 남작님께 배우신 적이 있기 때문에 크게 기뻐하실 거예요. 요즘 몸이 좀 많이 안 좋으신데, 온 경의 방문으로 기운을 좀 찾으셨으면 좋겠네요."

동문이라니 안 만날 수가 없었다. 그건 스승의 명예에 흠집을 내는 짓이니 말이다.

"백작님이 아프셔?"

나레인이 의아한 얼굴로 물었다.

소베토 현 백작은 아그레브 자작처럼 검광 실력자로 유명했다.

곧 검기에 입문한다는 말이 돌 정도로 실력이 대단한 검사였던 것이다.

사실 기사 수련을 한 이들은 병을 앓는 경우가 많지 않다.

대련이나 수련 혹은 전투로 인해 내상이나 외상을 입는 경우가 아니라면, 워낙 몸이 건강해서 어지간한 병은 걸리지 않는다.

거기에 백작 정도가 되면 신전이나 마탑과도 긴밀한 관계를 유지하기 때문에 어지간한 병은 금방 치료를 받을 수 있었다.

"응, 아프신 지는 조금 됐어. 요즘 영주들 중에 와병 중이신 분들이 많잖아. 너희 아버지도 그렇고, 얼마 전 회복하신 아그레브 자작님도 그렇고. 다들 영지를 장악한 마수와 몬스터로 인한 스트레스를 강하게 받고 있잖아."

"그렇긴 하지만……. 그런데 백작님은 어디가 불편하신 거야?"

나레인은 이해가 안 간다는 얼굴로 물었다.

"특별한 병은 아니고 그냥 몸이 안 좋으셔. 조금만 움직여도 숨이 차고 소화부터 시작해서 전반적으로 몸 상태가 안 좋으신 것 같아."

"혹시! 아니, 일단 뵙는 게 먼저지."

"뭔데? 뭔가 걸리는 게 있는 거야?"

"이상하다 싶어서. 영주들이 마수와 몬스터가 창궐하면서 영지 운영에 스트레스를 심하게 받는 것은 사실이지만, 아픈 분들이 너무 많은 거 아닐까 싶어."

"뭐, 그렇긴 하지. 나도 사실 그런 점은 이해가 잘 안 가. 하지만 사제나 마법사 들도 제대로 된 병증을 찾아내지 못했으니 어쩔 수 없지."

나레인은 로잘린의 말에서 강한 기시감을 느꼈다.

자신의 아버지인 랑트 남작이나 아그레브 자작의 경우 역시 신전의 사제들이나 마법사들도 아무런 병증을 찾아내지 못했던 것이다.

"그래서 말인데……. 아니다, 일단 백작님부터 뵙자."

"그래, 그럼."

로잘린은 나레인의 태도에 강한 호기심이 일었지만, 너무 오래 세워 뒀다는 사실을 인지하고 바로 사람들을 안쪽으로 안내했다.

소베토 백작이 언제부터 아프기 시작했는지는 알 수 없지만, 온 일행을 맞이하는 그의 마른 얼굴은 백지장처럼 창백했고 며칠 밤을 새운 사람처럼 다크서클이 길게 내려와 있었다.

"오! 나레인이구나. 어서 오너라!"

그는 나레인을 반갑게 맞이했다. 이전에도 몇 번 만난 적이 있었던 모양이다.

그런 백작은 쳐다보는 가온의 눈이 빛났다.

'아그레브 자작과 비슷해.'

물론 몸도 제대로 움직이지 못했던 아그레브 자작보다는 상태가 많이 좋았지만, 거칠어진 피부나 근육이 빠진 팔 그리고 파리한 낯빛 등 비슷한 부분도 많았다.

백작은 위압감을 풍겼지만 그렇다고 오만하지 않은 태도로 나레인 일행의 인사를 받았다.

"이분은 나크 훈 남작님의 제자로, 얼마 전에 붉은 산의 지배자인 레드 스네이크를 토벌하신 온 훈 경이에요."

백작은 딸의 소개에 얼굴이 확 바뀌었다.

"스승님의 제자라고?"

"온 훈이라고 합니다."

가온은 소개와 함께 나크 훈에게 받은 검집을 통째로 넘겨 주었다.

"오오! 스승님께서는 잘 계시지?"

검집의 문양을 본 백작은 감회가 깊은지 한참을 어루만지 더니 돌려주며 물었다.

"랑트에 계시다가 얼마 전 수도로 귀환하셨습니다."

"그렇군. 우리 영지로 제발 파견을 와 달라고 부탁을 드렸지만 랑트로 가시더니, 그게 사제 때문이었던 모양이군. 서임은 받았나?"

사실 여부는 확실하지 않지만 백작이 아그레브 자작과 달리 사제라고 부르는 것을 보면 제대로 가르침을 받았던 모양이다.

"아닙니다. 아직 수행이 미흡해서."

"미흡하긴, 나보다 강한 것 같은데. 몇 개 영지의 기사단도 결국 토벌하지 못한 붉은 산의 레드 스네이크를 토벌한 것만 봐도 알 수 있네. 대체 스승님께서는 자네와 같은 젊은 이를 어디에서 찾으신 걸까? 확실히 스승님께서는 인재를 알아보는 눈이 있어."

"아닙니다."

"하하하, 아니야. 내 비록 몸은 안 좋아도 사람 보는 눈은 아직 그대로야."

스승이라는 공통분모가 있어서 그런지 소베토 백작은 마치 나레인을 대하듯 친근한 얼굴로 가온을 대했다.

"그런데 어디가 불편하신 겁니까?"

가온은 자신이 나설 상황은 아니라고 생각했지만, 상대가 백작이라는 신분임에도 불구하고 기껏해야 자유 기사인 자신을 사제로 대해 주었기 때문에 그냥 넘어갈 수 없었다.

"특별히 불편한 건 아니고 전반적으로 몸이 많이 약해졌어. 마수와 몬스터의 창궐 때문에 나뿐이 아니라 많은 영주들이 스트레스를 심하게 받아서 이렇게 골골거리고 있다네."

"혹시 중독이 되신 건 아닙니까?"

"내가? 그럴 리가 없네. 독에 당했다면 그 많은 사제들이나 마법사들이 모를 리가 없지 않은가."

소베토 백작은 가온의 질문에 강하게 부인했다.

그래도 다행한 건 가온의 말에 백작이 화를 내지 않았다는 것이다. 그래서 가온은 말을 더 이어 갈 수 있었다.

"사실은 아그레브 자작님을 살펴볼 일이 있었는데, 백작님과 상태가 비슷했습니다. 알 수 없는 독에 중독이 되어 있었습니다."

"그게 정말인가?"

"네, 이대로 시간이 흐르면 아그레브 자작님처럼 작은 움직임조차 버거워서 침대를 벗어나지 못할 겁니다. 혹시 조금 격하게 움직이면 심장박동이 크게 증가하고 근육이 이상하게 반응하지 않습니까?"

가온의 말에 백작의 눈빛이 강렬해지더니 한쪽에 서 있던 집사를 쳐다봤다.

"……델론, 사람들을 쉴 곳으로 안내해 주게. 나는 사제와 함께 긴한 얘기를 좀 나누어야겠네."

"네, 각하!"

가온 일행은 느닷없는 퇴실 조치에 반발하지 않았다. 이제까지 들은 두 사람의 대화로 보아서 뭔가 심각한 분위기를 감지했던 것이다.

이제 백작의 집무실에 남은 사람은 백작과 가온, 나레인 그리고 백작의 큰아들인 쿠베른과 딸인 로잘린이 전부였다.

"사제!"

"네, 백작님."

"자네는 내가 현재 중독되었다고 확신하나?"

"혹시 모르니 일단 살펴봐야겠지만, 밖으로 드러난 병증을 보면 그렇습니다. 랑트 남작님은 눈으로 확인하지 못했지만 아그레브 자작의 병증과 아주 비슷한 것 같습니다."

"으음, 나도 독을 의심해 보지 않은 것은 아니지만, 사제나 마법사 들이 전혀 언급하지 않아서 '단순히 내가 너무 스트레스를 많이 받아서 이런 건가?' 하고 생각해 왔네. 혹시 가능하면 내 상태를 한번 봐 주겠나?"

백작은 스스럼없이 진단을 허락했다.

"마나를 사용하기 때문에 마나의 유동이 느껴질 수도 있습니다. 그럼."

가온은 백작의 눈과 얼굴 피부 등을 살펴보면서 녹스를 소환했다.

'녹스, 이분의 체내에 독이 있는지 살펴봐 줄래?'

—알았어.

녹스의 그림자가 길어지나 싶더니 순간적으로 소베토 백작의 몸 전체를 감쌌다.

백작은 이질적인 마나의 유동에 움찔했지만, 가온이 미리 한 말이 있기에 크게 놀라지 않고 침착하게 상황을 주시했다.

얼마 후 녹스의 의념이 전해졌고, 가온의 고개가 끄덕여졌다.

"어떤가?"

백작이 기대가 가득한 얼굴로 물었다.

"백작님의 경우 심장 한쪽에 알 수 없는 독이 쌓여 있습니다. 그래서 독 기운이 심장 기능을 떨어뜨리고 있었습니다. 아시는 얘기겠지만 피는 육체 활동에 필요한 영양분을 중요 장기는 물론 전신 곳곳으로 전달합니다. 그런데 피의 흐름이 원활하지 않으면 장기는 제 기능을 제대로 수행하지 못하고 근육은 빠르게 퇴화할 수밖에 없습니다. 독의 영향력이 더 커지면 조금만 무리해도 심장박동이 약해지고 결국 머리로 피가 흐르지 않아서 자주 기절을 하게 됩니다."

가온은 녹스가 파악한 중독 현상을 그대로 말해 주었다.

"흐음, 증상은 맞긴 한데 독이라면 사제나 마법사 들이 벌써 찾아냈을 텐데?"

"사실 정말 독인지는 잘 모르겠습니다. 다만 동일한 병증을 보였던 아그레브 자작님의 경우에는 중상급 해독제가 어느 정도 효과가 있었고, 마침 제가 인연이 닿아서 구입해 둔 상급 해독 포션을 드신 이후에 빠르게 상태가 좋아졌습니다."

"말씀 중에 끼어들어서 죄송한데, 혹시 온 경에게 다른 상급 해독 포션이 더 있습니까?"

소개할 때를 제외하고는 묵묵히 있었던 쿠베른이 가온에게 물었다.

"지금은 없지만 구할 방도는 있습니다."

잠시 망설이던 가온은 그렇게 대답했다.

상급 해독 포션은 여유가 있기도 했지만 갓 상점에서 100포인트에 판매하는 것을 봤던 것이다.

1명예 포인트가 대략 40골드 정도이니, 4천 골드면 구입할 수 있었다.

"얼마라도 살 테니 꼭 구해 주십시오."

"말을 꺼냈으니 당연히 구하겠습니다. 그 전에 아그레브 자작님과 통신을 해 보고 확인을 해 보는 편이 좋을 것 같습니다."

"얼마나 걸릴까요?"

가온은 신중하게 결정을 내리길 바랐지만, 쿠베른은 마음이 급해 보였다.

"적어도 사나흘 정도는 걸릴 것 같습니다."

사실 바로 구할 수도 있지만 환자의 상태가 급한 것도 아니고 여유를 가질 필요가 있었다.

"자금은 어느 정도로 잡으면 되겠습니까? 아무래도 시세로는 구하기 힘들겠지요?"

상급의 해독 포션 시세는 5천 골드 남짓이지만, 재료 수급 문제 때문에 품귀 현상을 겪고 있다는 사실을 이 자리에 있는 모든 사람이 잘 알고 있었다.

이미 소베토 백작도 혹시나 싶어서 중급 해독 포션을 복용했지만 별 효과는 없었다.

그래서 중상급이나 상급 포션을 유일하게 만들 수 있는 연금술사 본부에 주문을 했지만, 지금까지도 구할 수가 없었다.

그쪽에서는 재료 문제라고 했기에 뭐라고 할 수도 없었다.

시중에서 암암리에 구해 봤지만, 1만 골드를 주어도 확실한 상급 포션을 구하기가 힘들었다.

"1만 2천 골드를 드리겠습니다. 부족하면 말씀하십시오."

"스승님의 인맥을 이용할 생각인데, 그 정도면 구할 수 있을 겁니다."

"오! 확실히 나크 훈 님이라면 가능할 겁니다."

나크 훈은 아그레시아 왕국에서는 기사의 교관으로 불리는 이다.

그동안 가르친 기사들만 해도 수백 명이니 인맥이야말로 엄청날 수밖에 없었다.

쿠베른은 소베토 백작이 가리키는 금고로 가서 무거운 돈주머니 하나를 빼 왔다.

골덴으로 가득한 큰 주머니였다.

가온이 담담한 얼굴로 돈주머니를 받아 들자, 쿠베른과 로잘린은 물론 백작까지 얼굴이 밝아졌다.

암류

가온과 백작의 일이 일단락되자 나레인이 자리에서 일어났다.

"백부님, 부탁이 하나 있어요."

인사를 한 이후 조용히 앉아 있던 나레인이 조심스럽게 입을 열었다.

"뭐든 말해 보거라. 혹시 네 숙부들의 횡포가 더 심해진 것이냐? 아무리 내가 네 아버지와 친구라고 해도 네 집안일에 관여하기는 힘들다."

"그건 잘 알고 있어요. 제가 부탁드리려는 것은 워프 마법진을 사용하는 거예요."

"워프를?"

"네, 확인할 것이 있어서 당장 영지로 돌아가 봐야 할 것 같아서요."

"혹시 독 때문이냐?"

나레인의 말을 들은 소베토 백작은 바로 나레인의 의중을 알아차렸다.

"네, 온 경의 말을 듣기 전까지는 아버지께서 워낙 병약해서 몸져누우신 거라고만 생각해서 중독은 생각도 하지 않았거든요."

"음, 그러고 보니 그 친구가 평소에 강건하지는 않았어도 그리 병약하지는 않았다. 충분히 가능성이 있어."

그는 매일 연공을 통해서 육체의 약화를 최대한 억제할 수 있지만, 기사 수업을 제대로 받지 않은 랑트 남작은 달랐다.

"그럼 네 숙부들 중 한 명이 독을 쓴 거라고 생각하느냐?"

"네, 그럴 가능성이 높아요. 공교롭게도 두 숙부가 수도에서 돌아온 직후에 쓰러지셨으니까요. 그리고 아그레브성의 경우 망나니 큰아들이 아그레브 자작을 중독시켰으니, 충분히 가능성이 있어요."

"하아, 세상이 어떻게 돌아가려고."

소베토 백작이 그렇게 탄식을 할 때, 그의 큰아들인 쿠베른과 딸 로잘린의 얼굴이 이상해지더니 서로 눈빛을 교환했다.

"설마 후버른 숙부가?"

너무 큰 충격에 결국 쿠베른이 심중의 말을 내뱉었다.

"후버른이 왜?"

"아버님께서 쓰러지기 약 한 달 전에 후버른 숙부가 수도에서 귀환했잖습니까. 그리고 얼마 후 쓰러지신 아버지를 대신해서 돌로체 요새를 장악했고요."

"그거야……."

아들의 말에 무심코 반응하던 백작의 얼굴이 딱딱하게 굳었다.

그의 머릿속에 당시 그의 동생이 선물로 가지고 와서 거의 한 달 동안 마셨던 천상의 허브차가 떠올랐다.

음식의 경우 주방장은 물론 집사들이 매번 음식을 먹을 때마다 일일이 독의 유무를 확인하기 때문에 독에 당했다면 그것밖에 없었다.

그렇기에 애초부터 중독되었다고 의심도 하지 않은 것이고.

"돌로체가 위험합니다!"

돌로체는 소베토 백작령의 화수분이나 다름없는 금광과 은광을 보호하기 위해 지은 요새로, 영지 기사의 절반 이상이 항상 주둔하고 있다.

백작과 비교하면 경지는 낮지만 검광 실력자인 후버른이 벌써 1년 가까이 그곳에서 사령관으로 근무를 하고 있었다.

만약 그곳에 있는 기사들을 설득해서 그의 세력으로 만

든다면 백작령이 두 동강이 날 수도 있었다.

　원래 기사들은 분기에 한 번씩 교체를 하지만 오가는 길이 험하고 창궐한 마수와 몬스터를 상대해야만 했기 때문에 그곳 기사들은 벌써 1년 동안 갇힌 것이나 다름없는 생활을 하고 있었다.

　"아무래도 온 사제가 좀 서둘러 주어야 할 것 같네."

　"알겠습니다."

　가온은 백작이 구구절절하게 설명하지 않아도 그의 말이 의미하는 바를 충분히 짐작했다.

　"그런데 어디로 워프를 할 생각이냐? 랑트에는 마탑 지부가 크지 않아서 워프 대응진이 없는 것으로 아는데."

　백작이 나레인에게 물었다.

　"이렇게 사용하려고 한 것은 아닌데, 얼마 전에 저희 영지로 잠시 파견을 나오신 볼코트 마도사님에게 특별히 부탁을 드려서 드인 상단의 지하에 간이 워프 대응진을 마련해 두었어요. 사실 유사시 나르멜을 피신시키기 위해서 비상금까지 털어서 만든 건데, 이렇게 쓸 줄은 몰랐어요."

　"좋아, 허락하마. 그런데 돌아올 때 사용할 상급 마정석은 있느냐?"

　워프 마법진을 사용하는 데 드는 비용이 비싼 것은 구동원으로 사용하는 상급 마정석도 한몫했다.

　"네, 다행히 있어요."

"그럼 빨리 다녀오거라. 온 경도 함께 가겠지?"

"네, 중독인지 제대로 확인하려면, 온 경이 직접 봐 주셔야 해서요."

"온 사제, 힘들겠지만 부탁하네. 나도 나지만 그 친구의 상태가 더 위중하니."

소베토 백작이 진심을 다해서 부탁했다.

"너무 걱정하지 마십시오. 자금만 넉넉하다면 충분히 구할 수 있을 겁니다."

"서둘러 주게."

백작은 마음이 급해졌다.

배다른 동생인 후버른이 자신의 기사들을 회유해서 요새를 장악하게 되면 백작가의 전력은 두 쪽이 나게 되고, 시간이 흐르면 자금력에서도 뒤지게 되어 열세에 빠질 수 있었던 것이다.

위이이잉.

마법진이 구동하면서 마나의 유동이 엄청나게 강해졌다.

얼마 후에는 이용료가 큰 폭으로 내린다고 하지만 그래도 너무 비싸서 가온은 예지몽 속에서도 워프 마법진을 사용해 본 적이 없었기에 불안했지만 불안한 티를 내지는 않았다.

대원들은 모두 함께 가고 싶어 했지만, 사람 수에 따라서 소요되는 상급 마나석의 숫자가 차이가 나기 때문에 이번 워프는 가온과 나레인만 이용하기로 했다.

몸이 원자 단위로 분해되는 것 같은 감각과 함께 의식이 아득히 멀어졌다가 정신을 차린 가온은 대응진에 서 있는 자신을 발견했다.

'정말 마법은 놀랍네.'

순식간에 말을 타고 가도로 보름 정도는 가야만 하는 거리를 단숨에 이동한 것이다.

"나레인, 연락도 없이 웬일이냐?"

두 사람을 반기는 사람은 허겁지겁 뛰어 내려온 것으로 보이는 드인 상단주 헤론이었다.

그는 가온에게 묵례를 한 후 마음이 급했는지 나레인에게 물었다.

"죄송해요, 숙부님. 마음이 급해서 연락도 못 했어요."

"무슨 일이기에?"

"사실……."

나레인은 아그레브 자작과 소베토 백작이 중독된 상황을 상세하게 설명했다.

"음, 그럼 네 두 숙부 중에서 한 명, 혹은 둘이 공모해서 형님을 중독시켰을 가능성이 높다는 거구나."

"네, 숙부께서도 아시겠지만 아버지가 강건하시지는 않

앉지만 그렇다고 최근 몇 년처럼 병을 앓으실 정도는 아니었 잖아요."

"그렇긴 하지. 평소에 건강에 신경을 많이 쓰기도 했고. 성격도 낙천적인 편이어서 스트레스를 크게 받는 스타일은 아니지. 사실 나도 그 점이 잘 이해가 가질 않는다."

"그래서 말인데, 아버지를 은밀하게 뵐 수 있을까요?"

"네가 말이냐?"

"아니요, 온 대장님이 직접 살펴보실 거예요."

"온 경이?"

헤론이 아는 온은 천생 기사이기에 의아할 수밖에 없었다.

그의 시선에 가온은 내심 쓴웃음을 지었지만, 이왕 관여가 된 상황이라 어쩔 수 없이 나서기로 했다.

"치료사는 아니지만 중독이 되었는지는 알 수 있습니다."

"하지만 남작님을 만나 뵙기는 쉽지 않아. 네 두 숙부가 남작님의 요양과 안정을 핑계로 영주부 전체를 철통같이 막고 있거든. 나도 열 번은 요청해야 한 번을, 그것도 잠시만 뵐 수 있을 정도야."

참 곤란하게 되었다. 막상 남작령까지 왔지만 남작을 만날 수 있는 기회가 없으니 말이다.

"만약 남작님께서 건강해지시면 지금과 같은 상황을 타개 할 수가 있습니까?"

가온은 일단 이 점부터 확인하고 싶었다.

그가 들은 바에 따르면 남작가의 가신들과 기사들은 대부분 나레인의 두 숙부에게 줄을 섰다고 했던 것이다.

"당연하죠. 본 영지의 가신들은 나르멜의 나이와 유약함 때문에 남작령의 미래를 생각해서 각자 내린 판단대로 두 숙부를 밀고 있지만, 본 영지의 진짜 주인이 건재하다면 다시 제자리로 돌아올 거예요!"

나레인이 그렇게 말했지만 가온의 시선은 여전히 헤론을 응시하고 있었다. 그녀는 권력을 좇는 인간의 추악함을 아직 잘 모르고 있었다.

그런 가온의 태도에 헤론이 쓴웃음을 지으며 입을 열었다.

"그, 그게 실은 남작님이 건강해지셔도 단시간 내에 예전처럼 남작령을 장악하기는 힘들 겁니다. 두 동생에게 어느 정도 권력은 나눠 주어야 하겠죠. 그래도 다행한 점은 둘이 싸우고 있는 중이고, 기사 일부와 병사들은 남작님을 따르고 있기 때문에 잘만 이용하면 어느 정도의 권위와 이권은 지켜 낼 수 있다는 겁니다."

"그럼 본채에만 들어갈 수 있으면 됩니까?"

"그럴 수만 있다면 가능합니다. 본채는 선대 남작님을 보좌하던 두 기사님이 번갈아서 지키고 있거든요."

"그럼 당장 가도록 하지요."

"네? 하지만 영주부 전체를 기사단 병력이 지키고 있는데……."

"방법이 있습니다."

헤론은 의구심이 들었지만 자신만만한 가온의 태도에 끌려가듯 상단 건물을 나섰다.

밖은 이미 밤이었다.

세 사람은 바로 영주부로 향했는데, 거기까지는 주로 골목을 사용해서 사람들의 눈길을 피했다.

그리고 영주부가 눈에 들어오자 그때부터는 당당히 대로를 통해서 이동했다.

헤론과 나레인은 가온이 장담하긴 했지만 대체 어쩌려고 이렇게 모습을 드러내고 움직이는 건지 이해가 가질 않았다.

그런데 놀라운 일이 벌어졌다.

가온의 말대로 영주부를 지키는 병사들은 물론 기사들조차 자신들이 움직이는 것을 전혀 감지하지 못한 것이다.

달빛이나 곳곳에 있는 마정석 등의 빛에도 불구하고 사람들은 마치 그들이 투명 인간이라도 되는 양 전혀 알아보지 못하고 있었다.

당연히 헤론과 나레인은 경악했다.

가온이 모습은 물론 소음까지 은폐해 주는 매직 아이템을 쓸 거라는 사실은 알려 주었지만, 이렇게 신통한 것이 있을 줄은 몰랐다.

세 사람은 정말 유유자적 정문의 샛문을 통과해서 본채

까지 이동할 수 있었다.

영주부 외곽은 경비가 철통같았지만 안쪽은 의외로 사람이 없었다.

작위를 둘러싸고 신경전을 벌이던 나레인의 두 숙부는 한동안 별채에 묵었지만 지금은 각자의 저택에서 지내기로 합의를 했다고 한다.

본채 바로 앞에 도착한 가온은 그제야 녹스를 돌려보내고 아공간에서 골드비의 벌집을 몇 조각 떼어 먹었다.

'생각보다 정령력 소모가 심하네.'

녹스의 능력을 계속 쓰느라, 치환 반지를 사용했음에도 골드비 꿀을 두 번이나 먹어야만 했던 것이다.

'뭐, 그래도 이렇게 수월하게 영주부 안으로 들어올 수 있었으니 다행이지.'

자신을 마치 마도사라도 되는 것처럼 보는 경외감이 가득한 두 사람의 시선이 느껴지는 순간, 본채 안에서 날카로운 살기가 흘러나왔다.

"감히!"

문을 박차고 나온 이는 백발이 성성한 노기사였다.

"미리 통지를 하지 않으면 본채 출입을 불허한다고 했…… 엉? 영애가 아니십니까? 자네는 헤론?"

"미렐 경, 보고 싶었어요!"

나레인은 미렐이라는 노기사와 굉장히 친한 사이인 듯 그의 품으로 뛰어들었다.

"대, 대체 이게 무슨 일인가? 지금쯤이면 소베토에 있어야 할 영애가 왜?"

"안으로 들어가서 말씀드리겠습니다."

나중에 들었는데 기사 출신인 미렐은 집사장이 사망하자 그 자리를 겸직하고 있다고 했다.

그는 헤론의 다급한 얼굴을 보고는 더 이상 말하지 않고 세 사람을 본채로 들였다.

"아버지는요?"

"여전합니다. 치료를 받으면 좀 나아지시는 것 같다가 조금 움직이시면 다시 정신을 잃는 일이 반복되고 있습니다."

나레인과 미렐이 그렇게 대화를 나누며 본채 안으로 들어가자, 푸짐한 몸매의 중년 여인이 손님들을 반겼다.

"라지느, 다른 하녀들은요?"

"일찍 쉬라고 보냈죠. 밤에야 저와 데린만 있으면 되는걸요."

그래서인지 2층 건물은 텅 빈 것처럼 느껴졌다.

"잘됐어요. 빨리 아버지를 뵙고 싶어요."

"그제부터 상태가 다시 나빠지셔서 오늘은 채 한 시간도 깨어나지 못하셨는데……."

"치료사를 모셔 왔으니 어서요!"

치료사라는 말에 처음 보는 가온을 흘끗 쳐다본 중년 여인은 고개를 갸웃거렸지만, 나레인의 재촉에 발을 재게 놀렸다.

녹스는 가온의 부탁으로 누워 있는 랑트 남작의 중독 여부를 확인했다.

물론 그동안 가온은 랑트 남작의 손을 잡고 진단을 하는 시늉을 했다.

'어때, 녹스?'

―소베토 백작과 같아. 양은 적지만 심장에 독이 쌓여 있어. 장기나 뼈 그리고 혈관 등에도 극소량이 쌓여 있고.

그럴 수도 있다고 생각했지만, 정말 중독된 것일 줄이야.

'대체 이 왕국은 어떤 암류가 흐르는 거지?'

자신이 경험한 영주들이 모두 중독되어 있다니, 어떤 대형 세력이 음모를 꾸미고 있는 것 같았다.

'어떤 독인지는 모르고?'

―그 백작이라는 인간을 중독시킨 독과 같은 종류인 것 같아. 다만 현재로서는 다양한 물질이 섞여서 심장의 기능을 떨어뜨리고 혈액의 흐름을 방해하고 있다는 것 정도만 알 수 있어.

'그럼 독이 아니라는 거야?'

―대략 30개 정도의 물질이 섞여 있는데, 독도 있지만 대부분은 아니야.

예지몽으로
히든랭커

그래서 치료사들이나 마법사들이 독이라고 의심하지 못한 모양이다.

　─원래의 혼합물은 독이 아니야. 인체에 들어가서 심장이나 뼈 혹은 근육에 일정량이 쌓여야만 독성을 발휘하는 종류인 것 같은데, 아마 아주 오랜 세월 동안 연구해서 만들어 낸 걸 거야.

　'상급 해독 포션이면 듣겠지?'

　─그렇기는 한데 원래 건강한 편이 아니어서 그런지 독으로 인해서 몸 상태가 굉장히 안 좋아졌어. 포션의 효과를 제대로 끌어내리려면 몸의 기능부터 올려야 할 거야.

　그런 거라면 좋은 게 있다. 바로 골드비의 꿀이었다.

　가온은 바로 골드비의 꿀이 들어 있는 포션병을 꺼냈다.

　자신은 물론 기초 수련을 하고 있는 나르멜에게 큰 도움을 주는 비약이다.

　"어때요?"

　가온이 아공간 주머니에서 포션병을 꺼내자 나레인이 초조한 얼굴로 물었다.

　"역시 아그레브 자작님이나 소베토 백작님과 동일한 독에 당한 상태입니다."

　독이라는 말에 주변에서 매서운 눈으로 가온을 쳐다보고 있던 미렐과 하녀장인 라지느가 깜짝 놀랐다.

　독에 대한 설명을 듣지 못한 혜론도 놀란 것은 마찬가지였다.

"독이라고?"

"그럴 리가 없는데……."

세 사람은 남작이 독에 당했다는 사실을 믿지 못하는 얼굴이었지만, 나레인이 찬찬히 설명을 하자 서서히 납득하는 얼굴로 변해 갔다.

"어쩐지! 지난번에 볼코트 마도사께서 선천적인 경우가 아니면 독이나 저주에 당한 것이 확실한데, 해독 포션이나 사제의 해주가 통하지 않는 것이 너무 이상하다고 하셨어요!"

"결국 그것들이 작위에 욕심을 내고 천벌을 받을 짓을 벌인 거군."

라지느와 미렐은 결국 남작이 중독되었음을 받아들였다.

"이것을 남작님께 복용시키십시오. 해독 포션은 아니고 일단 몸 상태를 좋게 해 주는 비약입니다."

가온이 나레인에게 비약, 즉 골드비의 꿀을 물에 녹인 용액이 담긴 포션병을 내밀었다.

"그럼 나르멜이 복용하는 그건가요?"

"맞습니다. 남작님의 현재 몸 상태로는 해독 포션을 복용하면 잘못될 확률이 높기 때문에 몸 상태부터 끌어올리려고 합니다."

"알겠어요. 라지느, 부탁해요."

라지느는 익숙한 솜씨로 의식이 없는 남작에게 비약을 복용시켰다.

골드비의 꿀을 먹인 지 얼마 지나지 않아서 창백했던 남작의 얼굴에 홍조가 떠올랐다.

그것을 본 리자느가 조심스럽게 남작의 손과 발을 만져 보더니 눈이 커졌다.

"세상에! 주무르지도 않았는데 남작님의 손발이 따듯해지고 있어요!"

신체 말단까지 피가 통하고 있다는 얘기였다.

가온은 다시 녹스를 불러내서 남작의 변화를 확인하도록 했다.

─이상해. 심장에 쌓인 독 덩어리들이 작아졌어.

'뭐? 그럼 골드비의 꿀이 해독 작용까지 한다는 거야?'

─그건 모르겠고 신체 주요 부위와 혈관에 붙어 있는 자잘한 독들이 어느 정도 사라졌어. 그래서 혈액의 흐름도 원활해지고 있고.

그렇다면 굳이 상급 해독 포션이 필요하지 않을 수도 있었다. 아니, 오히려 남작의 경우에는 몸 상태를 끌어올리면서 해독이 되니 더 나을 수도 있었다.

하지만 중독이 확실한 상황이고 남작이 빨리 해독이 되어야 하니 해독 포션을 사용할 필요가 있었다.

'혹시 골드비의 로열젤리가 효과가 있을까?'

—그거야 알 수 없지만 몸에는 해가 없을 거야.

혼자만의 생각임에도 녹스가 대답을 해 주었다.

그런 생각을 하고 있을 때 남작이 침음을 흘렸다.

"으으으."

"남작님!"

"아빠!"

사람들의 기대에 찬 눈빛을 받으며 남작이 서서히 눈을 떴다.

그는 고개를 돌려 주위를 한번 살펴보더니 나레인을 보고 깜짝 놀랐다.

"나레인, 대체 어떻게 된 일이냐?"

지금이면 동생을 데리고 소베토에 있어야 할 나레인이 보이니 놀랄 수밖에 없었다.

"그게요!"

나레인은 일단 가온부터 소개했다. 그러고 나서 차분하게 아까 했던 설명을 반복했다.

"그럼 정말 내가 독에 당한 거라고?"

"네, 저는 그렇게 확신해요. 아그레브 자작님이나 소베토 자작님 모두 '천상의 허브차'라는 차를 마시고 중독이 되셨다고 하는데, 혹시 아빠도 그 차를 마신 적이 있어요?"

"으음, 가만! 헉스가 수도에서 돌아올 때 수도의 귀족들 사이에 그 차가 크게 유행을 했다고 비싸게 구입했다고 해서 한동안 마셨었는데.”

“저도 생각이 나요! 귀한 차라서 아껴서 드렸었는데, 절반 정도는 쥐가 먹어 치워서 남작님이 크게 화를 내셨잖아요!”

라지느의 말에 나레인이 안도의 숨을 내쉬었다.

“쥐에게 고마워해야겠네요. 그걸 다 드셨으면 마나를 사용하지 못하는 아빠는 벌써 돌아가셨을 거예요!”

“아! 그러고 보니 그 무렵에 영주부의 쥐들이 죽은 상태로 곳곳에서 발견되어 하녀들이 난리를 친 적이 있었어요!”

라지느가 소름이 끼치는 듯 온몸을 쓸면서 그렇게 말하자, 사람들은 남작이 중독된 사실을 확실하게 인지했다.

“두 분, 저는 잠깐 다녀올 곳이 있습니다.”

“네, 어딜?”

“아무래도 스승님이 계신 곳에 다녀와야겠습니다. 따로 말씀하신 건 아니지만, 스승님께서 상급 해독 포션을 가지고 계실 것 같거든요.”

“정말요? 그럼 당장 부탁드릴게요!”

나레인은 남작이 해독 포션을 복용하면 바로 해독이 될 거라고 믿는지 얼굴이 잔뜩 상기되었다.

‘이 자리에서 텔레포트를 해야 하나?’

스승에게 받은 텔레포트 스크롤이 있긴 하지만 지금과 같은 상황에서 쓰기엔 너무 아까웠다.

그렇다고 멀리 있는 스승에게 다녀온다고 하면서 텔레포

트 스크롤을 쓰지 않는 것도 이상해서 잠시 고민했다.

그런데 그 모습을 본 나레인이 아차 싶은 얼굴로 남작에게 귀엣말을 했다.

"온 경, 부탁하겠소. 아! 미렐 경, 금고에서 그것 좀 가지고 오시오."

"그거라면 그거 말입니까?"

"그렇소. 상급 해독 포션이 지금은 1만 골드를 호가한다고 하는데, 자금은 두 녀석이 틀어막고 있으니 그거라도 내놓아야겠소."

"……알겠습니다. 주군의 목숨이 먼저이니 당연합니다."

미렐은 왠지 침통한 얼굴로 침실을 나갔다.

얼마 후 돌아온 미렐의 손에는 작은 함이 들려 있었다.

"온 경, 이 안에 들어 있는 스피릿 미러는 본가의 보물입니다. 평소에는 정신을 맑게 해 주는 기능밖에 없지만, 마계에서 흘러나온 사악한 존재를 상대할 때는 거울만 비추어도 어지간한 존재는 소멸시킬 수 있는 보물입니다."

그 말과 함께 함을 여는데 손바닥 크기의 고풍스러운 청동 거울이 드러났다.

"오래전에 검기 실력자이셨던 선조 한 분이 고대의 유적 던전에서 얻은 아이템으로, 그 후 본가에서는 검술에 뛰어난 실력자가 배출되지 않아서 가문 금고에서 오랫동안 잠만 자고 있었습니다. 딸에게 들으니 경은 던전 탐사를 주로 한다고 하더군요. 이 물건이라면 능히 상급 해독 포션의 가치에 해당할 겁니다."

"유물이라니 과합니다."

고대 문명의 유물이라고 판명이 난 것은 마탑에서 경쟁하듯 챙겨 간다는 점을 고려하면 당연히 상급 해독 포션의 가치를 뛰어넘을 것이다.

"아닙니다. 나레인은 물론이고 나르멜까지 챙기려면 내가 반드시 건강해져야 합니다. 그러기 위해서는 상급 해독 포션이 반드시 필요한데, 내가 운용할 수 있는 자금이 없으니 그것으로 대신하려는 겁니다."

그렇게까지 얘기를 하니 안 받을 수가 없었다.

"감사합니다. 잘 쓰겠습니다. 그럼 잠시 다녀오겠습니다."

가온은 양해를 구하고 본채 뒤편의 정원으로 나가서 적당한 곳에서 녹스를 불러내어 은신을 했다.

적어도 텔레포트를 한 것처럼 해야만 했기 때문에 일부러 마나의 유동까지 일으켰다.

'녹스야, 정말 골드비의 로열젤리가 해독에 효과가 있을까?'

─그건 알 수 없지만 꿀이 그 정도의 해독 효과가 있다면 가능하지 않을까?

그래, 맞다. 그래도 모르니 일단 상급 해독 포션 하나를 더 꺼냈다. 그런 뒤 빈 포션병에 로열젤리를 소량 떼어 내어 집어넣은 후 물에 녹여 비슷하게 만들었다.

하지만 해독 포션은 맑은 하늘색인데 반해서 로열젤리를 녹인 용액은 혼탁한 누런색이라 큰 차이가 있었다.

'이걸 어쩌지?'

―내가 비슷하게 만들어 볼게.

녹스의 긴 손가락이 포션병 안으로 들어가서 몇 번 휘젓는다 싶더니 놀랍게도 맑은 푸른색으로 바뀌었다.

'어떻게 한 거야?'

―색깔이나 내용물은 동일한데 인간의 눈에는 이것과 동일하게 비치게 만들었을 뿐이야.

그게 어떻게 가능한 건지 알 수 없지만, 더 이상 물어봐도 자신이 이해할 수 있게 설명을 해 줄 것 같지는 않았다.

얼마 후 다시 모습을 드러낸 가온은 본채로 향했는데, 나레인이 초조한 얼굴로 문 앞에서 기다리고 있었다.

"온 경, 어떻게 됐나요?"

"다행히 구했습니다."

"아아! 자애로운 루께서 돌봐 주셨네요."

잔뜩 긴장하고 있던 나레인이 눈물을 흘리며 루를 향해 감사의 기도를 올렸다.

"어서 복용시켜 보십시오."

가온은 골드비의 로열젤리가 들어 있는 포션병을 내밀었다.

만약 이것이 통하지 않으면 아공간에서 따로 꺼낸 상급 포션을 추가로 복용하도록 할 생각이다.

"네!"

서둘러 침실로 향한 나레인은 바로 남작에게 포션을 먹였다.

가온은 다시 녹스를 불러내어 부탁을 했다.

'녹스, 해독이 되는지 확인을 좀 해 줘.'

-알았어.

쑤욱!

랑트 남작의 몸 안으로 손을 넣은 녹스가 눈을 이리저리 돌렸다.

-일단 혈관과 마나로드에 붙어 있는 작은 독 입자들은 소멸되고 있어. 위를 비롯한 장기들 역시 마찬가지고. 와아! 해독 효과가 아주 뛰어난데. 그런데 단순히 해독만 하는 것이 아니야.

'그럼?'

-염증을 유발하거나 세포 단위를 변형시켜서 독으로 작용하는 물질들까지 소멸시키고 있어.

그럼 해독 포션의 효과에 더해서 상급 치료 포션의 효과까지 일부 있다는 소리였다.

―이제 심장 쪽으로 가고 있어! 와아! 정말로 독이 소멸되고 있어. 이제 더 이상 이 인간의 몸에는 독이 없어. 단순히 해독만 된 것이 아니라 독소까지 모두 사라져서 아주 개운한 기분을 느낄 거야.

이렇게 되면 재생 효과를 제외하면 상급 해독 포션보다 더 효능이 뛰어나다.

'아니지. 랑트 남작은 애초에 체내에 쌓인 독의 양이 적었지. 고생했어, 이제 돌아가도 좋아.'

―그런데 나도 골드비의 꿀을 조금만 맛볼 수 있을까?

'너도 먹을 수 있는 거야?'

정령이 무언가를 먹는다니 이해가 가질 않았다.

―인간을 기준으로 먹는다는 것이고 내게는 물질을 구성하는 에너지를 흡수한다는 것이 정확한 표현일 거야. 확실하지는 않지만 골드비의 꿀에는 나와 같은 존재를 성장시켜 줄 수 있는 에너지가 들어 있는 것 같아. 그리 많지는 않지만.

'아! 알았어. 대신 나중에 줄게.'

―꼭이야!

그렇게 녹스를 돌려보내고 난 후 생각을 해 보니 골드비의 꿀은 마나와 마력은 물론 정령력까지 높여 주었다.

그러니 당연히 정령인 녹스에게도 도움이 될 것 같았다.

'아무래도 시간이 날 때 던전을 한 번 더 들러야겠구나.'

예지몽으로
히든랭커

골드비의 꿀과 로열젤리가 이 정도의 효능이 있다면 반드시 더 확보해야만 했다.

가온이 그런 생각을 하고 있을 때, 방 안은 그야말로 기쁨과 감동의 도가니로 변해 있었다.

남작이 침대에서 내려와서 앙상하게 마른 몸으로 후들거리면서도 걷고 있었던 것이다.

"살면서 이렇게 몸과 마음이 개운한 적이 없었던 것 같아!"

그렇게 말하는 남작의 얼굴은 희열로 가득했다.

"리자느, 고마워, 누워 있는 동안에 자네와 데린이 내 근육이 퇴화되지 않도록 시간이 날 때마다 자극을 준 덕분에 해독이 되자마자 이렇게 걸을 수 있게 되었어."

"아니에요, 남작님. 이게 모두 루께서 남작가를 돌보고 있다는 증거예요."

라지느는 얼마나 감동을 했는지 눈물을 줄줄 흘렸다. 미렐과 헤론 역시 눈가가 촉촉했다.

흥분의 시간이 가라앉자 랑트 남작은 사람들을 의자에 앉도록 했다.

"두 녀석 중 한 명 혹은 둘이 공모해서 내게 독을 먹였을 가능성이 크군. 당시 두 녀석 모두 수도에서 벌어진 행사에 참가했다가 돌아오면서 내게 선물한 차이니 말이야."

"당장이라도 둘 모두 잡아다가 고문을 해서라도 자백을 받아 내야 합니다!"

미렐이 비분강개해서 소리를 높였지만, 헤론은 고개를 저으며 입을 열었다.

"남작님."

"형님으로 부르거라."

"네, 형님. 지금은 섣불리 움직여서는 안 됩니다."

"왜 그렇게 생각하느냐?"

"하녀장은 알겠지만 남작가의 실권은 바크 군무관과 베런 재무관이 절반씩 장악한 상황입니다."

군무관은 병력을 관할하며 재무관은 영지 재정을 관할한다.

"당장 형님의 건재를 알려도 지난 시간 동안 두 사람에게 붙은 가신들이나 기사 그리고 행정관 들의 마음은 쉬이 돌아오지 않을 겁니다."

헤론의 말에 남작은 라지느를 쳐다보았고 그녀는 고개를 끄덕여 그게 사실임을 확인해 주었다.

"그럼 내가 어떻게 했으면 좋겠느냐?"

"라지느 하녀장, 두 사람은 얼마나 자주 찾아옵니까?"

"예전에는 거의 매일 들렀는데, 지금은 남작님 상태가 안 좋다고 할 때만 들러요. 보름이나 한 달에 한 번 정도요."

"그럼 그때만 형님을 아픈 사람처럼 꾸며 주실 수 있습니까?"

"화장술에 뛰어난 데린이라면 가능할 거예요."

"그럼 한동안 두 사람을 속이면서 미렐 경과 라이트 경을 통해서 기사들과 행정관들을 개별적으로 만나서 충성을 확인하십시오. 당연히 두 사람과 가까이 지내지 않는 이들만 선택해야만 합니다."

"그렇게 해서?"

"더 이상 회유할 대상이 없을 때, 아그레브 자작가와 소베토 백작가에 도움을 요청하십시오. 친분도 친분이지만 같은 상황이었던 두 분이라면 도와주실 겁니다."

"괜찮은 생각입니다. 그때 일시에 쓸어버리면 될 겁니다."

미렐도 동의하자 참는 것이 쉽지 않은 듯 남작은 몇 번 얼굴을 실룩이더니 결국 고개를 끄덕였다.

"좋습니다. 그렇게 합시다. 이 기회에 마정석과 돌을 골라 냅시다!"

그렇게 향후 입장이 정리되자 가온과 나레인은 다시 백작가로 돌아갈 준비를 했다.

"온 경, 참으로 감사합니다. 온 경의 스승이신 볼코트 마도사님 덕분에 당시 위험했던 순간을 몇 번이나 넘겼는데, 이렇게 제자인 온 경을 통해 해독을 하고 건강을 되찾았습니다. 언젠가는 반드시 이 은혜를 제대로 갚을 테니, 꼭 다시 우리 영지에 들러 주십시오."

그사이에 나레인이 가온의 두 스승에 대해서 말을 했던 모양이다.

"아빠, 그건 걱정하지 마세요. 온 경은 우리 나르멜의 검술 스승이세요."

"오오! 이런 경사가! 그럼 우리 나르멜이 훈 경에게도 가르침을 받을 수 있는 길이 열린 것이 아닌가!"

가온은 랑트 남작의 격한 반응을 통해 스승인 나크 훈이 얼마나 대단한 존재인지 새삼 인식할 수 있었다.

가온과 나레인은 랑트 남작과 잠시 환담을 나누다가 아쉬운 얼굴로 헤어져 다시 드인 상단으로 향했다.

오크라강의 괴물

온 클랜은 소베토 백작성에서 사흘을 머물렀다.

가온은 상급 해독 포션 대신 로열젤리의 양을 좀 더 넣어서 희석을 시킨 비약을 주었는데, 걱정했던 것과 달리 효과가 있었다.

백작은 가온이 구해 온(?) 상급 해독 포션을 복용한 후 빠르게 건강을 회복하고 있었다.

이제까지 독 때문에 제대로 운용을 하지 못했던 마나가 몸에 긍정적인 영향을 주기 시작한 것이다.

백작이나 두 자녀는 크게 기뻐하며 가온에게 몇 번이나 감사 인사를 했다.

그들은 심지어 가온을 이곳까지 오게 한 나레인과 나르멜에게도 감사할 정도였다.

그만큼 백작의 해독은 그들에게 큰 의미가 있었다.

가온은 백작이나 두 자녀의 만류에도 불구하고 영주부에서 지내는 것이 불편하다는 대원들의 의견을 받아들여서 내성에서 가장 좋다는 여관에서 지냈다.

대원들은 이곳에서도 수련을 이어 갔지만, 자유 시간에는 시장을 누비고 다녔다.

이곳에 도착한 후 레드 스네이크의 마정석을 판매한 대금에 대한 분배를 받아서 주머니가 빵빵했다.

특히 이번에 가온으로부터 빈 아공간 주머니 하나를 받은 헤븐힐 일행은 아공간을 가득 채우겠다는 생각인지 시간이 날 때마다 내성 시장이며 외성의 이계인 구역을 돌아다니고 있었다.

그래도 다들 수련은 빼먹거나 설렁설렁 넘기지 않았다.

이곳에 와서도 변함없이 수련을 하는 가온을 보면서 부단한 노력만이 실력을 높이는 정도라는 사실을 확실하게 깨달았던 것이다.

아직 시간 여유가 있어서 기사 아카데미와 행정 아카데미를 두고 고민을 하는 나르멜이지만, 치열하게 수련을 했다.

가온이 이곳에 언제 다시 들를지 알 수 없으니 기초 수련 과정은 확실하게 머리와 몸에 익혀 두어야만 했다.

가온은 나레인에게 피로 회복과 성장에 특별한 효과가 있는 골드비 포션 6개월분을 건네주고, 동생인 나르멜의 수련을 대신 지도하도록 부탁했다.

"제 동생의 수련이니 제가 최선을 다할게요. 그런데 이 포션, 저에게도 효과가 있을까요?"

"당연히 있습니다. 100병 정도 여유가 있는데, 드릴까요?"

"주시면 감사하게 받을게요."

나레인이 골드비 포션에 욕심을 내는 건 이유가 있었다.

'이 포션이 있으면 한계까지 수련할 수 있어!'

나르멜도 그렇지만 온 클랜원들도 체력이 완전히 바닥까지 소진되도록 수련을 한 후 이 포션을 먹고 잠시 쉬면 거짓말처럼 몸이 회복이 되는 것을 직접 확인했다.

심지어 과도한 수련으로 인해서 파열된 근육과 인대가 빠른 시간 내에 회복이 되는 것은 물론 마나까지 소량이지만 늘어나는 기적과 같은 효능이 있으니 욕심을 안 낼 수가 없었다.

'이 포션을 이용해서 내 실력을 한 단계 높여야 해! 그런 후에 당당하게 온 클랜에 가입을 해야지.'

아버지와 마법 통신을 통해 수시로 논의를 하고 있는 나르멜의 진로가 결정되고 아카데미에 입학하면 그녀를 옭아매는 일은 더 이상 없다.

그때가 되면 나레인은 온 클랜에 가입을 할 생각이다.

일단 아버지도 어느 정도 받아들였으니, 자신이 검광에 입문하면 온 대장도 거부하지는 못할 것이다.

검광을 피울 수 있는 단서도 가온을 통해 얻었다.

자신의 경우에는 어릴 때부터 복용해 온 마나 영약이 오히려 벽이 되었다는 것이다.

물론 해결책도 있었다.

현재 그녀의 마나양은 충분하기 때문에 꾸준히 마나 연공을 통해서 순화를 시키고 마나로드를 확장하면 검광을 피우는 것은 시간문제라고 했다.

그런 생각을 하는 건 그녀만이 아니었다.

붉은 산의 레드 스네이크를 토벌한 사건에 크게 감명을 받은 친구 로잘린도 온 클랜에 관심이 많았다.

특히 앞으로 주로 던전을 탐사할 거란 사실에 큰 흥미를 느꼈다.

아마 소베토 백작령이 이런 상황이 아니었다면 고집불통인 로잘린은 아무리 백작이 반대를 해도 온 클랜에 가입을 하겠다고 난리를 쳤을 것이다.

로잘린이야 이제 해독을 하고 회복기에 들어선 소베토 백작으로 인해서 꼼짝도 할 수 없지만 자신은 달랐다.

'온 클랜이 다시 들를 때까지 기필코 검광에 입문하고 말 거야!'

가온이 제시한 가르침에 더해서 그녀의 사정을 딱하게 여긴 온 클랜원들의 조언도 받았다.

사람마다 조언은 달랐지만 그래도 그 설명을 통해서 어느 정도 감을 잡을 수 있었다.

수련을 통해서 체력은 물론 마나를 한계까지 소진한 후 연공을 통해서 회복하는 것을 되풀이하는 과정이 필수적이었다.

그리고 회복에 특효가 있는 포션도 있으니, 이제 남은 건 자신의 치열한 노력밖에 없었다.

노력하는 건 자신이 있었다.

그리고 예전과 달리 혼기를 많이 놓친 지금은 아버지도 자신에게 더 이상 결혼을 강요하지 않았다. 오히려 그녀의 꿈을 지지해 주고 지원해 주기로 한 것이다.

여기까지 동행했던 제론 일행이나 나레인 남매는 물론이고 소베토 백작과 로잘린이 좀 더 머무를 것을 요청했지만, 가온은 더 이상 지체할 수가 없었다.

사람들과 아쉬운 이별 인사를 마친 온 클랜은 나흘째 새벽, 아직 동도 트지 않은 시간에 소베토성을 나섰다.

목적지는 마론이 고대 유적 던전이 있을 거라고 예상한 녹색 지옥이라는 수림으로, 일단 오크라강 쪽으로 방향을 잡았다.

소베토성 주변에도 이계인들이 활발하게 사냥을 하고 있어 반나절 정도 말을 달릴 때까지는 마수나 몬스터를 만나지 못했다.

소베토성은 오래전부터 농경지로 개발된 평야 지대 한복판에 세워져 있어서 주변에서 울창한 숲을 찾아보기는 쉽지 않았다.

그래서 아그레브처럼 울프 종류가 무리 지어 몰려다니는 것을 제외하면, 특별한 마수나 몬스터는 서식하지 않았다.

그 때문에 스톤이나 퍼슨은 굳이 정찰을 하지 않아도 되었다. 육안 정찰만으로도 충분히 상황을 파악할 수 있었던 것이다.

기껏 조우한 몬스터라고 해 봐야 100마리 규모의 그레이울프 무리로, 그야말로 순식간에 도살을 해 버렸다.

가온을 포함한 검기 실력자들은 아예 그 사냥에 참여하지도 않았다.

여섯 이계인 대원들과 나머지 대원들의 역량으로도 그 정도 숫자는 충분히 사냥할 수 있었던 것이다.

물론 마구잡이는 아니고 이전의 사냥을 통해서 효과가 입증된 전술을 썼다.

먼저 지원조의 버프를 받은 원거리 전투조원들이 마법과 활 그리고 석궁을 이용해서 무리의 예봉을 꺾고 무리를 찢어놓았다.

그렇게 분리가 된 작은 울프 무리는 순식간에 녹아 버렸다.

검광 실력자인 콜과 드골 그리고 무조가 선봉이고 입문 단계라 짧게 검광을 사용할 수 있는 퍼슨과 패터가 그 뒤를 따르며 전과를 확대했다.

그들은 잘 훈련된 전투마의 전력 질주와 마상도로 1차 공격을, 그리고 자신의 주 무기로 2차 공격을 가했는데, 10여 마리 정도는 정말 순식간이었다.

마지막으로 특이하게도 활과 검을 동시에 쓰는 스톤과 한 손에 방패를, 그리고 다른 한 손으로는 대형 도끼가 장착된 핼버드를 휘두르는 랄프가 다른 무리가 합류하는 것을 막았다.

가온이 준 성물과 매디의 꾸준한 신성 치료 덕분에 이제 마나만 쓰지 못할 뿐 몸을 움직이는 데는 큰 무리가 없는 샐리조차 석궁으로 한몫했다.

그렇게 손발이 잘 맞자 대원들은 더욱 사기가 올랐지만, 아쉽게도 그런 무리는 하루에 두세 무리밖에 만나지 못했다.

한창 기세가 오른 일부 대원들은 트롤이나 오우거가 출현하길 바랄 정도였다.

어쨌든 1차 목적지인 오크라강까지 가는 여정은 순탄했다.

아그레브 지역처럼 대형 울프 무리는 거의 없었고 오크 정도는 백 단위가 넘지 않는 이상 위험하지 않았다.

거기에 드디어 안전 텐트를 사용할 수 있게 되어 이전보다 편하고 안전하게 밤을 보낼 수 있었다.

성을 나온 지 닷새째가 되는 날 저녁 무렵.

가온은 다른 날과 마찬가지로 숙영과 동시에 식사를 준비하는 대원들을 남겨 두고 비행 정찰을 시작했다.

이 지역에 많은 울프가 이전처럼 큰 무리를 이루어 기습을 할 경우 골치가 아팠던 것이다.

조금 멀리 원을 그리며 비행하던 가온의 시야에 평야와 녹색의 수해 지대를 가르는 넓은 강줄기가 들어왔다.

"저게 바로 오크라강이군."

황토 강이라는 의미를 가진 오크라강은 이름대로 황토색이었는데, 생각보다 강폭이 넓어 보였다.

오크라강 건너편은 이쪽과 달리 울창한 수림 지대로, 녹색의 수해가 끝없이 펼쳐져 있었다.

마론의 말에 따르면 고대 유적지로 추정되는 장소는 강을 건너서 숲으로 대략 서너 시간 정도 더 들어가야 한다고 했다.

'고생 좀 하겠네.'

작은 숲이 드문드문 있는 이런 초원이 낫지 숲은 시야도 짧고 수없이 많은 독충들과 독사들이 들끓어서 이동하기가 쉽지 않았다.

숙영지로 돌아온 가온은 정찰 내용을 사람들에게 알려 주었다.

"그럼 내일 정오 정도면 오크라강에 도착할 수 있겠군요."

마론의 말에 사람들의 분위기가 한결 밝아졌다.

그렇게 고생을 많이 한 건 아니지만 목적지가 멀지 않다고 생각하니 기뻤다.

"제발 고대 유적이 맞아야 하는데……."

"기대해 봅시다!"

사람들은 기대를 하면서 저녁 식사를 시작했다.

오늘 저녁 메뉴는 스튜였다.

여기까지 오는 동안 자주 보이는 설치류를 가끔 사냥하곤 했는데, 그게 재료였다.

오랜만에 스튜와 빵으로 식사를 하는 대원들의 표정은 무척 밝았다.

빠르면 내일 저녁 무렵에는 고대 유적으로 추정되는 장소에 도착할 수 있다는 기대감 때문이었다.

그렇게 식사를 마친 대원들은 여느 때와 마찬가지로 휴식에 들어갔다.

이계인 대원들도 오늘은 일찍 로그아웃하기로 했다. 내일 새벽에 출발할 예정이기 때문이다.

다음 날 정오를 조금 넘긴 시간, 온 클랜원들이 탄 말들이 오크라강에 도착했다.

강변에는 갈대들이 자라고 있었지만, 강물의 흐름이 빠르다 보니 잘 자라지는 못했다.

하지만 1킬로미터가 넘는 강폭을 확인하니 힘이 빠졌다. 건너는 게 쉽지 않아 보인 것이다.

강물의 흐름은 그다지 빠른 편이 아니었지만 누런 황토물이어서 시야가 전혀 확보되지 않아서 헤엄을 쳐서 건너가는 건 너무 위험했다.

마론의 말에 따르면 오크라강은 평균 수심이 거의 7미터 이상이어서 꽤 많은 종류의 수생 마수가 서식한다고 하니 헤엄을 쳐서 건너가는 건 아예 선택지에서 빼야만 했다.

사람도 그렇지만 말들도 있으니 이곳에서 도강을 하는 건 어려울 것 같았다.

"마론, 근처에 도강할 곳이 있습니까?"

혹시나 해서 물었다.

"강폭이 좀 좁은 곳이 있기는 하지만, 그런 곳은 격류가 흘러서 도강하는 건 더 어렵습니다."

"그럼 마론 씨는 어떻게 건넜습니까?"

"그게…… 건기 절정기에 와서, 그리고 지난번에 건넜던 장소는 이곳보다 훨씬 상류였습니다."

건기라면 강물이 크게 줄어들어서 말이 충분히 건널 수 있었을 것이다.

하지만 이 지역은 얼마 전에 상류 쪽에 큰 비가 왔었는지 지금은 누런 강물이 강둑 가까이 차오른 상황이다.

"일단 강폭이 좁은 부분을 찾아서 강물의 흐름을 확인해 보도록 하지요."

곧바로 투명 날개를 착용한 가온은 높이 날아올랐다.

의외로 상류 쪽은 강폭이 좁은 곳이 보이지 않았다. 아마 한참을 더 올라가야만 그런 곳이 있을 것이다.

문제는 거기까지 가려면 한참 더 이동을 해야 한다는 점이다.

그래서 혹시나 하는 생각으로 하류 쪽으로 내려가다 보니 의외로 하류 쪽에는 강폭이 좁은 곳이 몇 군데 있었다. 아마 마론이 말한 곳일 터.

그중에서도 한 군데는 유난히 강폭이 좁았는데, 위에서 내려다보니 강물의 흐름이 빠르긴 했다.

'일단 의논을 해 보자.'

정찰을 마친 가온이 아래로 내려와서 얘기를 하니 일행의 반응은 다양했다.

약간의 논쟁 끝에 일단 눈으로 확인이라도 해 보자는 의견이 나와서 가온은 일행을 이끌고 하류로 향했다.

한 시간 뒤, 가온 일행은 강폭이 불과 100여 미터에 불과한 곳에 도착했다.

강 양쪽이 높은 절벽 지형인 곳이었다.

하지만 사람들의 얼굴은 딱딱하게 굳어 버렸다.

호호탕탕 흘러내리는 강물은 그야말로 격류라고 불러야할 정도로 빠르고 거센 흐름을 보이고 있었던 것이다.

"아무래도 어렵겠는데요."

누구도 이곳의 격류를 헤치고 반대편으로 이동할 방법을 떠올릴 수 없었다.

배가 있다고 해도 이렇게 격류가 흐르는 곳에서는 제대로 조종하기 힘들 정도였던 것이다.

참으로 난감한 상황이다.

그렇다고 더 하류로 내려가면 이쪽과 달리 건너편은 길도 없는 밀림인 만큼 고대 유적지로 추정되는 장소를 찾아가는 것이 더욱 힘들 것이다.

서로 머리를 대고 한참을 의논했지만, 안전하게 도강할 방안은 도출되지 않았다.

결국 오늘은 이곳에서 휴식을 취하기로 했다.

가온은 답답한 마음에 투명 날개를 사용해서 하늘로 올라갔다.

비행을 하다 보니 답답한 마음이 한결 가벼워지고 머리도 맑아지는 것 같아서 그러지 못하는 대원들에게 미안할 정도였다.

아무 생각 없이 강 건너편 쪽 상공을 날던 가온은 유독 높이 솟은 나무를 발견하고 얼굴이 밝아졌다.

'일단 내려가 보자.'

천천히 날갯짓을 하면서 나무 꼭대기에 착지해서 나무를 타고 내려가며 확인하던 가온의 얼굴에 실망감이 어렸다.

나무의 높이는 대략 100미터가 넘었지만 삼나무 종류처럼 곧게 자란 것이 아니라 지면에서 40미터 지점부터 가지가 사방으로 퍼져 나간 형태였다.

통나무 다리를 생각했던 가온은 실망할 수밖에 없었다.

그렇다고 나무를 이어 붙일 수도 없는 노릇이고 참으로 안타까운 상황이다.

그때였다.

─오빠, 그럼 뗏목을 만들어요.

벼리의 말에 가온의 머릿속에 뇌전이 쳤다.

'그래!'

굳이 100미터 이상으로 곧게 자라는 나무를 찾아서 나무다리를 놓으려고 할 필요가 없었다.

강폭이 좁은 곳은 격류뿐 아니라 상공에도 거센 바람이 불고 있으니 말이다.

하지만 뗏목의 재료가 문제였다. 강변의 갈대로는 사람은 몰라도 말까지 운반할 수는 없을 것 같았다.

물론 갈대로 뗏목을 만들 수 있는지는 차치하고 말이다.

'벼리야, 너 혹시 지구의 발사 나무처럼 단단하면서도 가벼운 나무를 찾을 수 있겠니?'

나무를 잘라 건조할 시간이 없었다.

—광맥의 경우 에너지 파동이 되돌아오는 것을 통해 알 수 있지만 그건 좀…….

하지만 대신할 수 있는 존재가 있었다.

—주인님, 제가 그런 나무를 찾을 수 있어요.

앙헬이었다.

'정말?'

—제 격을 생각하면 너무 하찮은 일이긴 하지만 가능해요.

'좋아! 부탁할게.'

—뭐, 정 그렇다면.

앙헬의 입꼬리가 슬쩍 올라갔다.

그녀는 가온이 원하는 나무를 금방 찾아냈다.

높이는 대략 50미터에 직경은 평균적으로 0.7미터 정도의 상록 교목으로, 밑동에서 나무 윗부분까지 직경이 그다지 차이가 나지 않았다.

대신 가지가 정말 무성했고 굵었다.

수종은 알 수 없었지만 잎이 매달린 굵은 가지 하나를 부러뜨렸는데, 생각보다 강도가 높아서 제법 힘을 써야만 했다.

그런 가지를 손에 들어 보니 부피에 비해서 확실히 가벼
웠다.

아마 제대로 건조시키면 더 가벼워질 테지만, 건조를 시킬
방법이 없었다.

'제대로네. 수고했어.'

가온은 앙헬의 머리를 쓰다듬었다.

자신이 서큐버스퀸이라고 주장하는 존재치고는 할 수 있
는 일이 거의 없기는 하지만, 그래도 이렇게 도움이 될 때가
있긴 했다.

-헤헤헤! 그럼 또 찾아볼게요.

칭찬을 들어서 그런지 날아가는 앙헬의 얼굴이 확 풀려 있
었다.

나무 위로 올라간 가온은 땔감으로 사용하려고 굵은 가지
들을 먼저 정리해서 아공간으로 챙겨 넣은 후 마지막으로 흑
검에 마나를 주입해서 생성한 검기로 나무를 잘라 버렸다.

그리고 대략 10미터 길이로 자른 후 아공간에 챙겨 넣
었다.

그렇게 앙헬의 도움으로 단단하면서도 가벼운 통나무를
50개 정도나 만들어서 챙긴 가온은 벼리의 추가 조언을 받아
들여서 질긴 덩굴을 되는대로 챙겼다.

"헉! 이건 레비스 나무! 대체 대장님은 어떻게 이 나무를 찾은 겁니까?"

가온이 뗏목을 생각하고 잘라 왔다며 일행 앞에 굵은 가지를 꺼내자, 마론이 대번에 알아보고 잔뜩 흥분했다.

"레비스? 혹시 다른 나무보다 서너 배는 가볍고 단단한 그 나무를 말하는 건가?"

마론의 호들갑에 퍼슨 역시 나무를 알아보고 깜짝 놀랐다.

"그래! 강을 오가는 배를 만들거나 말이나 소의 구유 등 다양한 용도로 사용하기 때문에 하도 벌목을 많이 해서 이젠 찾기 힘든 레비스라고!"

"그럼 정말 대장님 말대로 말리지 않고 바로 뗏목을 만들 수 있는 거야?"

"당연하지. 적당한 크기로 만들면 말까지 태울 수 있어!"

다시 돌아올 생각을 하면 말은 반드시 데리고 가야만 했다.

마론와 퍼슨의 대화를 듣는 사람들의 얼굴이 다시 밝아졌다.

"그럼 당장 만들어야지! 그런데 괜히 이곳까지 내려왔네."

"그게 무슨 문제라고!"

퍼슨의 말대로 기껏 한 시간 정도 다시 이동하는 건 도강

문제에 비하면 아무것도 아니다.

결국 가온 일행은 오후 늦게 처음 도착했던 강변으로 돌아왔다.

"뗏목은 오늘 밤까지 만들어 둘 테니, 오늘은 일찍 돌아가십시오."

이계인들의 게임 제한 시간이 거의 다 되었다.

"일을 거들어야 하는데 죄송해요."

"괜찮아요."

이런 일에 큰 도움이 되지 않을 것이 분명했기에 누구도 이계인들을 탓하지는 않았다.

헤븐힐이나 매디 남매는 물론이고 콜 일행도 무척 미안한 얼굴로 서둘러 로그아웃을 했다.

"자, 해 떨어지기 전에 마쳐야 하니 서둡시다!"

다행히 마론이 뗏목을 수차례 만들어 본 경험이 있어서 작업을 감독하기로 했다.

사람들은 그가 지시하는 대로 나무를 다듬고 알맞게 자르는 등 작업에 돌입했다.

크게 어려울 것은 없었다. 이미 잘라 온 그대로 질긴 덩굴로 단단히 얽어 고정하면 되는 일이었다.

그렇게 모두가 달려들어 한 시간 만에 만든 세 개의 뗏목은 길이가 10미터에 너비 7미터로 중앙에는 말을 묶어 둘 말뚝도 고정했고 노도 충분히 만들어 두었다.

레비스 나무는 가벼운 대신 단단해서 도끼나 칼로 작업하기가 힘들었다.

결국 검광 실력자들이 마나를 아끼지 않고 작업을 해야만 했다.

시험 삼아 띄워 봤는데, 사람 네 명과 말 네 필이 타고도 물에 잠기는 부분이 절반 정도밖에 되지 않았다.

이제 홀가분한 마음이 된 사람들은 늦은 식사를 할 수 있었다.

"그런데 오크라강에 위험한 마수는 없겠지?"

식사 말미에 갑자기 퍼슨이 마론에게 물었다.

"강물이 줄었을 때는 수심이 깊은 하류 쪽으로 내려가기 때문에 없었는데, 지금은 알 수 없지."

마론의 말에 따르면 강에도 위험한 놈들은 많다.

대표적인 것이 리자드맨과 같은 수생 몬스터지만, 거대 악어나 사람 하나는 가볍게 삼켜 버리는 무시무시한 크기의 물뱀을 포함한 괴물 같은 어류들도 많다고 했다.

"마수화된 놈들이 가장 위험한데, 그런 놈들이 안 나타나길 바라야지."

맞는 소리였다. 마음대로 움직일 수 없는 뗏목 위에서 그런 놈들의 공격을 받게 되면 그야말로 횡액이나 다름없었다.

퍼슨의 말에 육포나 빵을 먹던 사람들의 움직임이 순간 굳었다. 그런 상황을 떠올리니 불안해졌던 것이다.

그때 가온이 나섰다.

"너무 걱정하지 마십시오. 전격 마법 스크롤이 몇 장 더 있으니, 나타나는 즉시 통구이로 만들어 버릴 겁니다."

"하하하, 역시 대장님이 최고!"

패터가 일부러 활기차게 반응하니 비로소 사람들이 안도하는 것 같았다.

드디어 목적지가 코앞이라는 생각에 기대감이 높아졌지만 뗏목을 만드느라고 힘을 쓴 사람들은 곧 곯아떨어졌다.

다음 날 일찍 이계인들이 접속하자 온 클랜원들은 바로 도강을 시도했다.

가온이 선두의 뗏목에 탔다. 강에 뭔가 위험한 존재가 있다면 그가 처리할 생각이었다.

그래도 혹시 몰라서 마론이 부인 샐리와 함께 타고 평소처럼 랄프가 그녀를 챙기기로 했다.

다른 뗏목의 경우 타람과 로에니가 각각 하나씩 맡고 마법사 한 명, 그리고 두 명이 타기로 했다.

뗏목의 중앙에는 바닥에 단단히 고정시킨 통나무가 있어서 말들은 거기에 묶어 두었다.

가온은 아무 일도 없기를 바랐지만 그의 기원은 허사로 돌아갔다.

가온이 탄 선두의 뗏목이 강 중간 부분에 도달했을 때 좌측 앞부분에서 노를 젓고 있던 랄프가 소리를 질렀다.

"배, 뱀이다!"

노에 걸려 잠깐 수면 위로 올라온 것은 시커먼 뱀의 거대한 몸통이었다.

놈은 바로 뗏목 아래쪽을 지나고 있었거나 혹은 습격을 위해서 뗏목 밑에 숨어들었던 것 같았다.

가온은 즉시 아공간에서 트라이던트 몇 자루와 함께 꺼낸 전격 마법 스크롤을 막 찢으려고 하다가 순간 문득 일행의 부츠가 젖어 있다는 사실을 발견하고 황급히 손을 멈추었다.

'제기랄!'

엮은 통나무 사이에 틈이 있을 거란 생각은 하지 못했다.

"모두 뗏목 중앙으로 들어와서 고정목을 꽉 잡아요!"

가온의 명령에 랄프와 마론이 노를 뗏목에 고정한 후 황급히 이미 샐리가 자리를 잡고 있는 말들 사이를 지나 중앙 쪽으로 자리를 옮겼다.

그 모습을 확인한 가온이 꺼내 놓은 트라이던트 중 하나를 들고 마나를 주입했다.

쑥!

갑자기 뗏목이 우측으로 올라가는 순간, 시야에 길고 시커먼 물체가 들어왔다.

그건 아주 거대한 뱀이었다.

반사적으로 메모라이징한 속박 마법을 그 뱀에게 건 가온의 손에서 하얗게 빛나는 트라이던트가 날아갔다.

푹!

속박 마법에 거대한 검은 뱀이 아주 잠깐 몸이 굳은 사이에 놈을 향해 날아간 트라이던트는 날이 세 개였기에 어지간하면 목표를 놓치지 않는다.

트라이던트가 놈의 몸통에 깊이 박힌 순간, 가온은 놈의 동체가 거세게 요동치는 것을 볼 수 있었다.

"모두 꽉 잡아!"

그 말과 함께 가온이 혹시 몰라서 장착한 투명 날개를 움직여 날아오르자, 뗏목이 미친 듯 요동쳤다.

금방 뗏목이 부서지거나 전복될 것 같아서 세 사람은 혼비백산했지만, 가온이 말한 대로 뗏목 중앙에 세운 고정목을 붙잡고 버텼다.

덕분에 그들의 몸은 이리저리 흔들렸지만 뗏목에서 떨어지지는 않았다.

걱정했던 말들 역시 생존 본능이 발휘되었는지 네 다리로 바닥을 단단히 지지했다.

그때 뗏목 위 4, 5미터 상공으로 날아오른 가온은 뒤를 따르던 뗏목의 대원들에게 돌아가라고 지시를 내렸다.

그러곤 검은 뱀의 동체가 수면 위로 완전히 드러나는 순간, 다시 속박 마법을 펼치고 마나를 주입한 트라이던트를 던지기 시작했다.

무서운 속도로 날아간 트라이던트는 날아가는 족족 목표에 깊이 꽂혔다.

속박 마법은 순식간에 해제되었지만 그것만으로 충분했다.

총 열 자루의 트라이던트가 날아가고 나서야 뗏목의 요동이 멈추었다.

그중 한 자루가 뗏목을 삼킬 듯 아가리를 쩍 벌리고 달려들던 거대한 뱀의 머리통에 제대로 박혔던 것이다.

그리고 드러난 것은 동체의 지름이 2미터에 길이는 대략 25미터에 달하는 거대한 검은 뱀이었다.

"쾨르!"

샐리가 경악한 얼굴로 소리쳤다.

그때 뗏목 위로 내려앉은 가온은 아직도 꿈틀거리는 거대한 검은 뱀을 가까이 끌어온 후 머리통에 손을 댔다.

'파워 드레인!'

순간 빨려 드는 엄청난 마나!

'뭐야?'

이 정도면 처음 파워 드레인 스킬의 대상이었던 스팟울프 보스보다 대여섯 배는 더 많았다.

그저 거대한 뱀 정도로만 생각했던 가온은 예상치 못한 마나의 엄청난 유입에 깜짝 놀랐지만, 입꼬리를 올리며 스킬을 지속했다.

얼마 후 마나의 유입이 끊기자, 콰르라고 불리는 거대한 검은 뱀은 완전히 움직임을 멈추었다.

가온은 검은 뱀을 뗏목 옆으로 끌어와서 트라이던트를 모두 뽑았다.

철창과 달리 리자드맨에게서 얻은 트라이던트는 수량이 제한적이었으니 당연한 일이었다.

그런데 트라이던트를 뽑다 보니 뱀의 껍질이 무척 얇음에도 불구하고 매우 질기다는 사실을 알 수 있었다.

마나를 주입하지 않았으면 트라이던트도 제대로 박히지 않았을 거란 생각이 들었다.

'챙기자!'

도축은 나중에 걱정해도 된다. 일단 챙기고 봤다.

거대한 검은 뱀이 아공간으로 사라지는 모습에 입을 쩍 벌렸던 마론이 잠시 후 진정을 하고 조심스럽게 물었다.

"대장님, 제자리로 돌아가도 될까요?"

"아! 그러세요. 그런데 아까 부인이 콰르라고 부르던데, 이놈 이름입니까?"

"네, 콰르는 이곳 오크라강에서 수심이 깊은 지역에 서식하는데, 강의 지배자라고 할 수 있습니다."

"이 뱀이 말입니까?"

동체가 워낙 거대해서 요동을 치면 상당히 큰 배도 뒤집어질 수 있기 때문에 위험해 보이기는 하지만 강의 지배자까지는 생각할 수 없었다.

　"네! 수는 그다지 많지 않지만 다 자란 콰르를 만나면 사람이든 마수든 몬스터든 거의 놈의 먹이가 될 수밖에 없습니다."

　"그 정도라고요?"

　"네. 독이 없거나 독이 있더라도 독성이 낮은 보통의 물뱀과 달리 콰르는 오우거라도 물리는 즉시 심장이 멈출 정도로 강력한 독을 안개처럼 뿜어내는 능력을 가지고 있습니다. 게다가 조이는 힘도 강해서 샤벨 타이거와 같은 거대 마수도 온몸의 뼈를 몇 초 이내에 부러뜨릴 수 있습니다. 무엇보다 위험한 건 놈이 짧은 시간 동안 수면 위로 몸의 절반 이상을 꼿꼿이 세울 수 있으며 조금이라도 맡으면 정신을 혼미하게 만드는 독무를 내뿜는다는 겁니다. 아가리도 커서 물소 정도는 가볍게 삼켜 버릴 수 있고요."

　그렇다면 참으로 다행이다. 이어지는 속박 마법과 트라이던트 공격에 놈이 독무를 뿜어낼 여유가 없었던 것이다.

　"대단한 놈이군요. 그런데 마정석을 가지고 있습니까?"

　"당연히 가지고 있겠지만, 콰르의 마정석에 대해서는 들어 본 적이 없습니다. 상급 마수들도 물가에서 이놈을 만나면 여지없이 먹잇감이 되고 만다고 하니 최소한 상급을 가지고 있겠지요."

오랜만에 상급 마정석 하나를 추가했다.

레드 스네이크의 경우 무리의 보스들만 상급을 가지고 있었다.

"콰르는 비늘은 없지만 껍질이 엄청나게 질기고 견고해서 마나를 주입한 무기가 아니면 상처를 낼 수 없지요. 게다가 공격성이 엄청나게 강해서 강을 항해하는 배를 종종 습격하는데, 운이 좋아야만 피할 수 있다고 합니다. 뿜어내는 독연이 얼마나 지독한지 어지간한 나무는 다 녹아 버릴 정도로 강하고요."

마론의 설명을 들으면 들을수록 위험한 놈이었다.

'운이 좋았네……'

만약에 투명 날개가 없었다면 참으로 곤란할 뻔했다.

거세게 흔들리는 뗏목 위에서 무기에 마나를 주입한 상태로 놈을 상대하는 것은 생각만 해도 어려웠으니 말이다.

거기에 놈이 독무를 뿜어낼 여유를 주지 않고 사냥을 했기에 망정이지 자칫했으면 사람들은 물론 말들까지 죽을 뻔했다.

"또 다른 콰르가 있다면 다른 뗏목들이 위험한데."

"콰르는 영역에 아주 민감해서 동족이라도 짧은 번식기를 제외하고는 제 영역에 들어오면 즉각 공격을 한다고 들었으니 괜찮을 겁니다."

그런 거라면 더 이상 나타날 일은 없을 것이다.

"정말 대장님은 대단합니다! 전 살면서 콰르를 사냥했다는 사람은 들어 본 적이 없습니다."

"이제라도 눈으로 보게 됐네요."

"하하하, 그러게 말입니다. 덕분에 한동안은 대장님 얘기로 공짜 술을 얻어먹을 수 있을 것 같습니다."

"그건 참아 주십시오. 남들 입에 오르내리는 건 원치 않으니까요."

"그건…… 알겠습니다."

뒤의 뗏목들은 가온이 완전히 도강을 할 때까지 움직이지 않았다.

검은 뱀, 즉 콰르가 선두 뗏목을 공격할 때 가온의 경고를 듣고 뒤로 물러났던 것이다.

그렇게 무사히 도강한 가온은 투명 날개를 이용해서 강 건너편으로 다시 돌아온 후 두 번째 뗏목을 타고 출발했고 세 번째 뗏목도 바로 그 뒤를 따랐다.

다행히 마론의 말대로 이 구간에 다른 개체는 없는지 콰르는 더 이상 출현하지 않았다.

"무슨 뱀이 저렇게 커?"

"뱀이 아니라 지구의 전설에 등장하는 동물 중 하나인 용 같은데."

가온이 강변 모래톱에 꺼내 놓은 콰르는 정말 무시무시

했다.

입안에는 짧고 날카로운 몇 겹의 이빨이 나 있었고 머리에는 사슴뿔처럼 생긴 뿔이 돋아 있었으며 굵고 긴 몸통에는 두 쌍의 굵고 짧은 다리가 달려 있었다.

'정말 전설에 나오는 수룡처럼 생겼네.'

수룡이든 뭐든 가온에게는 고마운 존재다. 아직 연공을 통해 완전히 자신의 것으로 만들지는 못했지만, 파워 드레인을 통해서 엄청난 양의 마나를 챙겼으니 말이다.

"대장님, 콰르의 가죽은 어떻게 할까요?"

마론이 물었다.

"벗겨 내려면 꽤 시간이 걸리지 않을까요?"

광택이 뛰어난 콰르의 검은색 가죽은 한눈에도 질겨 보였다.

"그렇게 오래 걸리지는 않을 겁니다. 대신 검기를 사용할 수 있는 실력자의 도움이 필요합니다."

"좋습니다."

가볍고 질기면서도 검기가 아니면 손상을 별로 받지 않는 거대한 가죽, 혹은 비늘을 얻는다면 언제고 유용하게 쓸데가 있을 것이다.

두 사람의 대화를 듣던 타람과 로에니가 콰르 도축에 자원했다.

명색이 검기 입문자인데 놈을 잡는 데 아무런 기여도 하지 못했다는 생각 때문이었다.

　그렇게 세 사람이 콰르를 도축을 하는 동안 나머지 일행은 혹시 몰라서 뗏목을 물이 닿지 않는 강변까지 올려놓은 후 주위를 돌아보거나 휴식을 취했다.

후와

　대원들이 쉬는 동안 가온은 한쪽에 앉아서 연공을 시작
했다.

　가볍게 몸을 푼 후 평상시의 루틴대로 청뇌 명상법에 이어
마력 서킷을 돌린 뒤 오행 마나 연공법을 운공했다.

　처음에는 루틴에 걸리는 시간이 대략 한 시간 정도였지만
지금은 20분 정도로 확 줄었다. 그 정도로 익숙해졌던 것
이다.

　연공을 마치고 반개했던 눈을 뜬 가온은 바로 상태창부터
확인했다.

　'헙!'

　레벨은 6이, 그리고 마나양은 무려 143이나 늘었다.

그만큼 콰르라는 괴물 뱀이 보유했던 마나의 양이 엄청났었던 모양이다.

그런데 기쁜 것은 그것만이 아니었다. 놀랍게도 마력 역시 133이나 늘어났다.

증가한 숫자로는 마나보다 작았지만, 마력의 경우 기존보다 50% 이상이 늘어난 것이라 의미가 달랐다.

'대체 얼마나 많은 마나를 보유했었기에?'

파워 드레인 스킬은 대상이 보유한 마나의 일부만 흡수할 수 있다.

아직 스킬 레벨이 낮아서 그 효율이 낮음을 고려하면 콰르가 얼마나 엄청난 마나양을 보유했었는지 짐작이 가고도 남았다.

'내가 그런 놈을 사냥한 거구나.'

아무리 생각해도 투명 날개와 파워 드레인 스킬을 얻은 것은 가온에게는 성장의 날개를 얻은 것이나 다름없었다.

'나만 이렇게 빠르게 성장해서 어쩐지 미안하네.'

파워 드레인 스킬을 익힌 후로는 자신도 믿기지 않을 정도로 성장세가 가팔라졌다.

그래서 지금 한창 콰르에 대해서 얘기를 나누고 있는 플레이어들과 다른 대원들에게 좀 미안했다.

'골드비 꿀이라도 풀어야겠네.'

아무래도 꿀을 물에 녹여 빈 포션병을 채운 후 내성이 현저히 적은 마나 영약이라고 거짓말을 해야 할 것 같았다.

그런 생각을 하면서 천천히 강변을 걷던 가온의 눈에 주먹 크기의 열매들이 많이 보였다.

그중 하나를 들어 보자 상당한 무게감과 함께 단단한 껍질을 확인할 수 있었다.

'이건 또 뭐지?'

시선을 위로 돌리자 강가를 따라서 동일한 크기와 모양의 열매들이 주렁주렁 매달린 키가 높은 나무들이 자라고 있는 풍경이 눈에 들어왔다.

"대장님, 그건 카농이라는 나무의 열매예요."

매디와 함께 다가온 샐리였다.

그녀는 여정을 함께하면서 매일 자신에게 신성 치료를 해 주는 매디와 자주 어울리고 있었다.

"카농이라고요?"

"크기는 작은데 돌멩이처럼 되게 단단하네요."

매디가 카농 열매를 만져 보더니 그렇게 말했다.

그녀의 말대로 카농은 한 손에 딱 잡힐 정도의 크기였지만 굉장히 단단했다.

"카농의 열매는 안 익은 경우 어지간한 돌보다 더 단단하지요. 과육 안에는 두 겹의 씨가 있는데, 깨기가 어려워서 그렇지 작은 속씨는 무척 맛이 있다고 해요. 오래전에 오크라강에서 번성했던 원주민들은 싸울 때 돌 대신 던지기도 했고 전사들은 카농 열매의 속씨를 즐겨 먹었다는 얘기를 이 근방에 살던 노인에게 들은 적이 있어요."

샐리의 설명에 가온은 퍼뜩 생각나는 것이 있었다.

'그러고 보니 돌팔매질을 하기에 최적의 재료네.'

야구공보다 약간 컸지만 돌처럼 단단해서 투명 날개를 이용해서 높은 상공에서 아래를 향해 던지면 파괴력이 엄청날 것 같았다.

"설명 감사합니다."

샐리에게 감사 인사를 한 가온은 사람들을 불러 모았다.

"여러분! 쓸 곳이 있으니 바닥에 떨어진 카농 열매를 좀 모아 주십시오. 되도록 겉이 단단한 것들로요."

강변에는 엄청난 양의 카농 열매가 떨어져 있었고 굳이 주워서 나를 필요가 없이 한곳으로 던져 모으면 되었다.

과육이 돌처럼 단단한 것들이 대부분이지만 과육이 썩은 것들은 엄청난 악취를 풍기고 있었다.

사람들은 그런 것들을 빼고 단단한 카농 열매를 모았고 곧 열매가 쌓인 무더기가 수십 개나 만들어졌다.

가온은 그것들을 모조리 아공간 주머니에 챙겨 넣었다. 아마 못해도 만 개는 될 것 같았다.

대원들이 거의 30분에 걸쳐 카농 열매를 모았을 때 마침내 콰르의 도축이 끝났다.

"마정석이 보통의 상급보다 더 크고 광택도 뛰어납니다."

퍼슨의 말대로 상급 중에서도 최고 등급으로 보면 될 것 같았다.

그리고 가죽은 얇으면서도 질기고 단단해서 검기가 아니면 제대로 자르거나 뚫을 수가 없었다.

"수고했습니다."

마정석과 가죽은 물론 도축을 한 콰르 사체까지 아공간에 챙긴 가온은 대원들에게 식사를 겸해서 휴식을 지시했다.

그 후에 바로 숲 안으로 들어갈 예정이다.

대원들에 비해 빠르게 식사를 한 가온은 혹시 위험 요소가 있을까 봐 주변을 돌아보았다.

대원들이 그렇게 많이 모아 왔지만 아직 강변에는 썩어 가는 카농 열매들이 발에 차일 정도로 많았다.

중간에 썩은 것들이 있어서 악취가 대단했지만 참지 못할 정도는 아니었다.

걸으면서 바닥의 썩은 카농 열매들을 무심코 쳐다보던 가온의 미간이 어느 순간 좁아졌다.

'이상하네.'

과육이 익어 썩은 경우 마치 복숭아씨처럼 생긴 큰 씨만 남는데, 근처를 돌아봐도 그런 씨가 거의 보이지 않았다.

물론 썩고 있는 것들은 씨가 들어 있었다.

'카농의 씨앗만 주워 먹는 동물이라도 있나 보네.'

그런데 한눈에도 그 씨는 무척 단단해 보였다.

가온이 하나를 집어 들고 힘을 가해 봤다.

'어랏!'

쉽게 부서지지 않는 단단하고 커다란 씨 안에 엄지손톱 크기의 또 다른 씨가 들어 있었다.

그렇다면 복숭아씨처럼 단단하고 큰 씨는 씨가 아니라 씨를 보호하는 겉씨라고 할 수 있었다.

손이 큰 편인 가온의 주먹 크기에 해당하는 카농 열매를 생각하면 손톱만 한 속씨가 얼마나 작은지 알 수 있었다.

'이 씨가 맛있나?'

맛이 있으니 주위에 썩은 것들이 지천인데 겉씨조차 찾아보기 어려울 것이다.

그때 가온의 손에서 그의 의지와 관계없는 마나의 파동이 그 씨를 향해 발출되었다.

'벼리니?'

─네, 오빠. 궁금해서 한번 살펴보려고요.

'이런 식으로 대상을 분석할 수 있는 거야?'

이제까지는 한 번도 이런 모습을 보여 주지 않았다.

─지난번에 광맥을 살펴볼 때 이런 방식으로 확인했었어요.

그러고 보니 그때 벼리는 광석의 종류나 매장량까지 파악했었다.

'분석은 됐어?'

-일단 맛을 보자면 아주 희한해요. 오미(五味)를 모두 느낄 수 있어요. 거기에 추가로 고소한 맛이 더해지고요.

그래서 씨앗이 주위에 별로 보이지 않는 모양이다.

-그런데 더 놀라운 것은 이 씨가 마나 영약과 비슷한 효과를 가지고 있다는 거예요.

'정말?'

-네. 이 씨 안에는 연공을 통해 바로 흡수할 수 있을 정도로 순수하면서도 활성화된 마나가 들어 있어요. 그 마나의 양이 하급 마나 영약과 비교하면 절반 정도지만요.

그렇다고 하더라도 이건 엄청난 발견이다. 골드비의 꿀보다는 못하지만 말이다.

'내성은?'

-수십 개 정도까지는 내성도 생기지 않을 것 같아요. 품고 있는 마나의 성질이 굳이 분류를 하면 생명력이라고도 할 수 있을 정도로 세포 단위의 활성화나 재생에 큰 효과를 발휘하는 쪽이니까요.

이건 대발견이다!

벼리의 추측이 맞다면 내성 없이 엄청난 양의 마나를 늘릴 수 있었다.

자신은 물론이고 대원들에게도 마나양을 늘릴 수 있는 아주 좋은 기회였다.

어떻게 이런 대단한 효능을 가진 씨가 인간들에게 알

려지지 않았는지 정말 궁금했다.

─겉씨 때문인 것 같아요.

'겉씨가 왜?'

─단단하고 거친 표면을 가지고 있는 겉씨는 단단하기도 하지만 시안 화합물이 다량으로 들어 있어요.

벼리가 설명한 바에 따르면 시안 화합물은 그 자체로 사람의 몸에 영향을 주는 건 아니지만 체내에 들어가면 특별한 종류의 효소에 의해서 시안화수소라는 유독성 물질로 변한다.

시안화수소는 생체의 호흡 작용을 방해하는 성질이 있으며 어지러움, 두통, 구토 등을 유발하는데, 양이 많을 경우 생명을 잃을 수도 있을 정도로 위험했다.

'속씨에는 시안 화합물이 없고?'

─있긴 하지만 겉씨에 비하면 10분의 1 정도예요. 사람이 먹으려면 볶거나 익히는 등 열을 가하는 과정이 필수적이에요.

'벼리야, 네 덕분에 대단한 것을 알게 되었어.'

벼리가 아니었으면 큰일이 날 뻔했다. 가온은 그냥 속씨를 대원들에게 먹일 생각이었던 것이다.

─아니에요. 저도 궁금했는걸요.

'가끔 이렇게 날 도와주렴.'

─그거야 당연하죠. 답답할 정도로 느리긴 하지만 르테

인 흡수량이 높아지면 오빠에게 더 큰 도움이 될 수 있을 거예요.

'아니야! 지금도 큰 도움이 되고 있어.'

사실 가온이 플레이를 하는 과정에서 벼리나 앙헬의 존재 자체는 직접적으로 큰 도움이 되지 않았다.

무엇보다 벼리의 경우 앙헬과 달리 영체조차 없기 때문에 물리력을 아예 발휘할 수 없었다.

하지만 이렇게 가온이 꼭 알아야 하거나 조심해야 할 것들만 지금처럼 조언해 주어도 큰 도움이 될 수 있었다.

가온은 생각난 김에 앙헬을 소환했다.

─왜요, 주인님?

'바닥에 보이는 것들이 카농 열매거든.'

─우우욱, 썩어 가고 있는지 냄새가 아주 지독해요.

앙헬은 오만상을 찡그리며 코를 손으로 막았다.

풋!

정령이 냄새를 맡는 것이 좀 생경하면서도 웃겼다.

'맞아. 그런데 내가 이 열매의 씨가 좀 필요해. 네가 좀 따로 모아 주었으면 좋겠어.'

볶거나 익히는 과정이 필요했지만, 최하급 마나 영약의 절반 정도 효과를 가지고 있는 귀중한 열매를 그냥 놔두고 갈 수가 없었다.

자신에게는 골드비의 꿀이 있으니 이건 대원들에게 나눠

줄 생각이다.

　─이잉! 싫은데…….

　정말 싫은지 오만상을 찡그리고 있었다.

　앙헬과 만난 이후 이렇게 강하게 부정적인 반응을 보이는
건 처음이다.

　가온은 대원들에게 부탁을 할까 고민했는데, 자신조차 고
역인 악취를 생각하고 고개를 저었다.

　'좋아, 이번 한 번만 더 네가 정기를 흡수하는 능력을 사용
하게 해 줄게.'

　가온은 고민 끝에 앙헬에게 걸어 두었던 금제 하나를 풀어
주기로 했다.

　처음 만났을 때 꾸었던 꿈 때문에 너무 놀라서 그녀의 능
력을 봉인했지만, 앞으로 그녀를 더욱 많이 활용할 생각이기
에 성장에 필요한 정기는 확보하게 해 주어야만 했다.

　'다만 네가 흡수할 수 있는 대상과 숫자는 내가 지정한다.'

　─호호호, 좋아요! 대신 가능하면 지능이 높고 강한 사람
들로 부탁드려요.

　지난번에 서큐버스 종족 특유의 능력으로 붉은갈기 기마
대 포로들의 정혈을 흡수하고 크게 성장한 앙헬은 이제 사체
를 대상으로 모든 것을 에너지화시켜 흡수할 수 있는 능력을
개화했다고 했다.

　'좋아! 그럼 시작해!'

앙헬은 엄청난 속도로 움직이면서 썩은 카농 열매를 챙기기 시작했는데, 그냥 주워서 아공간에 챙기는 것이 아니었다.

그녀의 손이 닿는 순간 썩은 과육은 떨어져 나가고 겉씨만 남았기 때문에 가온이 원하는 그대로 씨만 챙기고 있었다.

앙헬이 가온에게 다시 돌아온 것은 거의 한 시간이 지나 대원들이 출발 준비를 하고 있을 때였다.

'많이 챙겼어?'

ㅡ네, 주인님이 놀랄 정도로 많이요.

일단 주위에 썩은 카농 열매가 더 이상 보이지 않을 정도이니 많이 챙기긴 한 모양이다.

ㅡ그런데 저도 벼리의 말을 듣기는 했지만, 이상하게 강변의 일부 지역에 떨어져 있는 카농 열매만 영약의 효과가 있는 것 같아요.

앙헬도 벼리와 비슷한 능력이 있는 모양이다.

'그래?'

ㅡ네. 숲 안쪽이나 일정 거리 밖에 있는 카농 열매의 속씨는 마나 함유량도 적었지만 독성을 제거하는 과정을 거쳐도 인간들이 곧바로 흡수하기는 힘들 것 같아요.

어쩌면 콰르라는 거대한 검은 뱀은 이 근방에 떨어져 있는 카농 열매의 씨를 먹고 그렇게 진화했을지도 모르겠다는 생각이 잠깐 들었다.

　─참! 아까 약속한 것, 오늘 밤에 해도 되는 거죠?

　'그래. 대신 탄 대륙 사람들은 안 돼.'

　고대 유적 던전으로 의심하는 장소에 언제 도착할지는 몰라도 일단 들어가게 되면 탄 대륙 사람들은 제대로 쉴 수 없는 상황이 될 것이다.

　그러니 그들이 대상이 되면 안 된다.

　─호호호, 알았어요.

　'고생했어. 돌아가서 쉬어.'

　앙헬을 돌려보낸 가온은 마지막으로 마론이 진행하는 브리핑에 집중했다.

　"사실 전에 제가 고대 유적이 아닐까 짐작하고도 그냥 돌아올 수밖에 없었던 이유가 있습니다."

　마론의 말에 대원들이 집중했다.

　"이제부터 우리가 진입할 숲은 한 달 동안 밤낮없이 이동해도 벗어나지 못해서 녹색 지옥이라는 별명이 있는 잉겐시미아입니다. 이 거대한 숲의 주인은 마수화된 유인원으로, 이름은 '후와'라고 합니다. 물론 모험가들이 놈들의 특이한 울음소리를 듣고 붙인 이름이지요."

　"유인원이라면 나무는 잘 타겠네요?"

　울창한 숲에 친숙한 샤나가 그렇게 물었다.

　"당연히요. 문제는 놈들의 덩치가 보통 원숭이의 서너 배에 달하고, 심지어 마나를 사용할 수 있는 놈들도 있다는 겁니다. 그 때문에 숲에서는 거의 무적이지요. 성정도 아주 포악해서 자신들의 손쉬운 사냥감인 초식동물들을 빼고는 영역에 들어오는 모든 존재를 죽일 정도입니다."

마론의 설명에도 불구하고 다들 후와를 원숭이 정도로만 생각했기에 그의 설명이 크게 다가오지 않는 얼굴이다.

마론은 그런 대원들의 반응이 마음에 들지 않는지 주변에 떨어져 있는 카농 열매 하나를 집어 들더니 대략 10미터 정도 떨어져 있는 나무를 향해 힘껏 던졌다.

마법사이기는 하지만 모험가로 활동을 해서 그의 근력은 낮지 않았다.

'퍽' 하는 소리와 함께 나무에는 카농 열매가 만든 선명한 흔적이 남았다.

"저보다 몇 배는 더 힘이 좋은 후와가 높은 나무 위에서 이렇게 단단한 열매를 아래를 향해 던진다고 생각해 보십시오."

그제야 사람들의 안색이 달라졌다. 돌만큼이나 단단한 저런 열매가 수백 개씩 자신을 향해 날아온다고 생각하니 모골이 송연해졌다.

"게다가 한두 마리도 아니고 수천, 수만 마리가 한꺼번에 몰려든다고 생각해 보십시오. 수림 지대의 제왕이라는 샤벨 타이거도 놈들에게 걸리면 뼈도 못 추립니다. 오죽하면 후와의 영역은 고블린이나 오크는 물론 트롤이나 오우거조차 들어오지 못하겠습니까. 놈들이 이곳에 자리를 잡기 전에 오크라 강변에는 인구가 3만에 달하는 커다란 자유 도시를 포함해서 많은 마을이 있었는데, 지금은 모두 폐허가 되었습니다."

마론의 설명에 사람들의 얼굴이 진지해지더니 소름이 돋는지 몸을 떠는 대원들까지 나왔다.

"이제 지금부터 우리가 얼마나 위험한 길을 가는지 이해하셨습니까?"

"그럼 어떻게 해야 하는 겁니까?"

콜이 손을 들고 물었다.

"최대한 후와의 이목을 피해서 조심스럽게 이동을 해야 합니다. 다른 방법은 없습니다. 그래도 더 아래쪽으로 내려가면 놈들이 좋아하는 카농 나무가 거의 보이지 않으니, 후와의 숫자가 그리 많지는 않을 겁니다."

콰르가 도사리고 있는 오크라강을 건넜기에 이제 곧 던전 예정지에 도착하겠다고 마음을 놓았던 사람들은 다시 긴장을 해야만 했다.

*

잠자코 마론의 이야기를 듣던 가온은 대원들의 사기가 현저하게 낮아진 것을 느끼고 입을 열었다.

"마론 대원의 설명을 들으니 후와가 얼마나 위험한 존재인지 알 것 같습니다. 하지만 여러분이 조금만 돕는다면 내가 처리를 할 수 있습니다. 그러니 굳이 더 아래쪽으로 내려갈 필요 없이 곧장 목적지로 직진해도 됩니다."

"네? 정말입니까?"

설명을 한 마론이 믿기 힘들다는 얼굴로 물었다.

"나무는 후와만 잘 타는 게 아닙니다. 그리고 돌팔매질 역시 마찬가지고요."

"확실히 대장님이 그 날개를 이용하면 후와들보다 더 높은 위치해서 이동할 수 있을 거야!"

가온이 사용하는 투명 날개를 떠올린 대원들의 사기가 바로 높아졌다.

"아! 설마 그럼 대장님이 안 익은 카농 열매를 모으라고 한 것도!"

"대장님은 이미 놈들을 사냥할 방법을 생각하고 있었어!"

가온은 후와까지 고려하고 내린 지시가 아니었는데, 대원들이 생각하기에는 그렇지 않은 모양이다.

"그럼 우리는 나무 아래쪽으로 이동을 하다가 대장님이 카농 열매를 던져 떨어뜨리는 놈들이 비명을 지르기 전에 처리를 하면 되겠다!"

"그런 수가 있었네! 역시!"

가온은 대원들의 뜨거운 눈빛에 내심 민망했지만, 내색은 하지 않았다.

"자, 준비가 됐으면 가 봅시다!"

그렇게 말한 가온이 대원들이 보는 앞에서 바닥을 박차고 뛰어올라 나무를 가볍게 걷어차는가 싶더니, 순식간에 40미터 높이의 나무 꼭대기로 올라갔다.

투명 날개를 사용하지 않고도 가볍게 나뭇가지를 차고 다른 나무로 건너가는 가온의 움직임에 맞추어 대원들도 빠르게 그를 따라 이동하기 시작했다.

가온이 처음 후와를 본 건 숲에 진입한 지 약 3분이 흐른 뒤였다.

성체 수컷인 듯 굉장히 큰 몸집을 가진 후와는 카농 나무 위 20미터 지점에 있는 굵은 나뭇가지에 걸터앉아 있었다.

놈은 주기적으로 주위를 매서운 눈으로 둘러보면서 날카로운 이빨로 단단한 카농 열매의 과육을 뜯어내고 있었다.

'설마 카농 열매의 씨를 먹는 건가?'

가온은 어쩌면 후와의 강력함이 천연 영약이나 마찬가지인 카농 열매의 속씨를 즐겨 먹기 때문이 아닐까 의심했다.

'그나저나 역시 후와의 영역이 넓게 펼쳐져 있구나.'

아마 저놈들은 일정 구역의 경계를 맡고 있는 말단 후와일 것이다.

샤벨 타이거도 피할 정도로 위험한 놈들이지만 그건 샤벨 타이거가 놈들만큼 나무 위에서 빠르고 자유롭게 움직이지 못해서 피하는 것뿐이다.

게다가 자신은 튜토리얼을 위해서 한동안 돌멩이를 던지는 훈련을 했었다.

그때도 튜토리얼에서 큰 도움이 된 투구지만 마나를 사용할 수 있게 된 지금은 더욱 쓸 만할 것이다.

은신 스킬로 몸을 완전히 감춘 가온은 후와를 발견하자 굳이 앙헬을 부르지 않고 아공간 팔찌로 옮겨 두었던 익지 않은 카농 열매를 꺼냈다.

쐑! 빡!

무성하게 자란 나뭇가지와 나뭇잎 사이로 날아간 카농 열매는 여지없이 후와의 머리통을 강타했고 카농 열매에 정신이 팔린 놈은 비명조차 내지 못하고 바닥으로 떨어졌다.

떨어진 후와가 즉사를 했는지는 중요하지 않았다. 가온을 따라 나무 사이를 이동하고 있는 온 클랜원들이 마무리를 할 테니 말이다.

그래도 일단 첫 놈이라서 아래로 내려간 가온은 마무리를 할 것도 없이 머리통이 크게 함몰되어 기이한 모습으로 죽은 후와를 확인할 수 있었다.

"체구가 엄청나네요!"

숲의 종족인 샤나와 세르나가 감탄할 정도로 후와의 체구는 컸다.

하체보다 상체가 더 발달한 기형적인 모습이지만, 놈의 손바닥은 일행 중 체구가 가장 큰 달쿤의 얼굴을 덮고도 남을 정도였다.

혹시 몰라서 단검으로 검광을 발현해서 놈의 심장을 찌른 퍼슨이 놈의 뱃가죽을 갈랐다.

마정석의 유무를 확인하려는 것이다.

얼마 후 피가 범벅이 된 그의 손에는 중하급으로 보이는 마정석이 들려 있었다.

"이 정도면 마수화가 된 것이 아니라 마수 혹은 몬스터일 가능성이 높군요."

마수화가 된 경우 마수에 비해서 마정석의 등급이 낮은데 이놈의 경우에는 성체에 불과한데도 중하급 마정석을 가졌으니 퍼슨의 말이 맞을 것이다.

그게 아니더라도 살려 둘 생각은 없었지만 인간에게 본능적인 공격성을 보이는 마수라면 어떻게 해야 할지는 확실했다.

"가죽이 쓸 만하기는 하지만 털이 너무 길고 거칠어서 무두질에 공이 많이 들어갈 것 같습니다. 손톱과 발톱이 날카롭고 단단하지만 길이가 짧아서 활용도는 높지 않습니다. 송곳니 정도가 가치가 있는데, 적출하려면 꽤 시간이 걸릴 것 같습니다."

퍼슨이 그렇게 말하자 가온이 바로 결론을 내렸다.

"그럼 굳이 챙길 필요가 없지요. 앞으로는 마정석만 적출하고 구덩이를 판 후 그냥 넣어 버리세요. 굳이 흙을 덮을 필요도 없습니다."

"네!"

물론 가온은 그런 후와의 사체를 그냥 버릴 생각은 없었다.

'앙헬, 후와 사체들은 네 몫이야. 대신 나도 파워 드레인 스킬을 펼쳐야 하니 강한 놈들은 일단 아공간에 넣어만 둬.'

─호호호, 살펴보니 꿈도 구체적으로 꿀 정도로 지능도 꽤 높은 편이고 보유하고 있는 마나도 적지 않네요. 이 정도면 제 성장에 어느 정도 도움이 될 것 같아요. 그런데 쟤네들보다는 꿈을 통해서 인간의 정기를 흡수하는 편이 훨씬 나은데.

'추가는 없으니까 욕심내지 마. 그리고 이계인 대원들의 경우에도 정기를 1% 이상 흡수하면 안 되고.'

─쳇! 알았다고요!

앙헬은 처음부터 기대를 하지 않았는지 샐쭉한 얼굴을 했지만 금방 풀렸다.

'그런데 후와 사체에서 피 냄새가 많이 나면 안 될 텐데.'

후와의 후각이 어느 정도인지는 모르겠지만 피 냄새를 맡고 몰려들면 골치가 아프다.

─사체를 통째로 에너지화시켜서 흡수할 테니 걱정하지 마세요.

그게 어떻게 가능한지는 알 수 없지만 그럼 걱정할 필요가 없다.

그냥 짧은 시간 동안 피 냄새가 퍼지지 않도록 마법사들이 디그 마법으로 판 구덩이 안에 던져 넣으면 바로 앙헬이 처리할 테니 말이다.

애초부터 앙헬에게 맡길 생각으로 흙을 덮지 못하도록 한 것이다.

디그 마법으로 구덩이를 파는 것은 쉽지만 흙을 덮는 것은 일일이 삽으로 해서 시간이 걸린다.

'희귀한 마수이니 갓 상점에 팔 수 있을지도 몰라.'

가온은 앙헬로 하여금 열 마리당 한 마리 정도는 사체를 아공간에 챙기도록 했다.

그렇게 후와의 영역에 진입한 가온은 은신한 상태로 투명 날개를 사용해서 나무 꼭대기의 가느다란 나뭇가지들을 밟으며 이동했다.

그러다 아래쪽에 있는 후와를 보는 대로 속박 마법을 건 후 카농 열매를 던져 떨어뜨리기 시작했다.

뻑! 뻑! 뻑!

카농 열매는 날아가는 족족 섬뜩한 타격음과 함께 속박 마법에 걸린 후와들을 가격했고, 놈들은 여지없이 나무 아래로 추락했다.

대원들은 세 그룹으로 나뉘어서 움직이고 있었다.

각 그룹에는 마법사가 한 명씩 포함되어 후와가 추락하면 사망 여부와 상관없이 바로 놈에게 사일런스 마법을 걸었고 전사 한 명이 추락한 후와를 마무리하면 최소한 검광을 사용할 수 있는 다른 한 명은 마정석을 적출했다.

마정석을 적출하는 사이에 마법사는 디그 마법으로 구덩이를 팠고, 전사는 마정석을 적출한 후와를 집어넣었다.

그사이에 전진한 다음 팀은 카농 열매에 맞아 추락하는 다른 후와를 처리했고, 나머지 한 팀은 대기했다.

처음에는 일련의 그 과정을 수행하는 데 시간이 좀 걸렸지만, 익숙해지자 기계적으로 빠르게 이루어졌다.

그렇게 쉼 없이 후와 사냥이 이루어졌다.

물론 이동 방향에서 벗어나는 일은 없었다.

간혹 남다른 체구를 가진 개체들도 있었지만, 가온이 던지는 카농 열매를 피하는 놈들은 없었다.

애초에 은신 스킬에 투명 날개를 사용해서 접근하는 가온을 인지할 수도 없었고 속박 마법도 큰 몫을 했다.

그리고 근력만으로 던져도 엄청난 파괴력을 가지지만 마나까지 주입했기 때문에 그 속도가 엄청나서 후와가 피할 수가 없었던 것이다.

'암컷이나 새끼들이 안 보이는 것을 보면 영역의 외곽이겠구나.'

다행이다. 아무리 마수라도 해도 암컷이나 새끼들에게 카농 열매를 던지는 건 약간이라도 마음에 부담이 되니 말이다.

가온에게는 어려운 일이 아니었지만 아래쪽에서 이동하는 온 클랜원들은 3교대로 움직였지만 숨을 돌릴 시간도 없을 정도였다.

그만큼 많은 후와들이 계속 추락했다.

어느새 두 시간이나 지났다.

그 질긴 가죽 방어구가 푹 젖을 정도로 땀을 흘리며 바쁘게 움직였던 것이다.

어느 순간부터 후와의 영역을 벗어났는지 나무에서 추락하는 놈들의 숫자가 현저히 줄어들어서 대원들도 비로소 숨을 돌릴 수 있었다.

'대단해!'

성과도 대단했지만 대원들은 가온이 더 대단하게 느껴졌다.

'벌써 두 시간이나 사냥을 했는데, 대장님은 전혀 지친 것 같지 않네.'

'대체 마나 보유량이 얼마나 되기에?'

'대체 얼마나 사냥한 거야? 우리 팀이 처리한 놈들만 해도 300마리가 넘을 것 같은데.'

앙헬이 가온의 상태를 실시간으로 확인하면서 골드비 꿀이 주 원료인 포션을 먹여 주는 것을 모르는 대원들은 오해할 수밖에 없었다.

아무튼 마론이 강력하게 경고했던 후와들이 비명조차 지르지 못하고 추락했기 때문에 대원들은 마론이 말한 대로 그렇게까지 무서운 놈들이 맞는지 의심스러울 정도였다.

일단 후와가 추락하는 빈도가 낮아지자 사람들은 급격히 엄습하는 피로감에 힘이 들었지만 가온은 쉬지 않았다.

30분 정도 더 지나자 더 이상 추락하는 후와는 없었다.

하지만 가온은 쉴 생각이 전혀 없었고, 대원들은 그런 가온을 따라 묵묵히 이동했다.

그렇게 이동하던 온 클랜은 결국 세 시간 만에 후와의 영역을 완전히 통과할 수 있었다.

놈들의 영역은 오크라강을 크게 벗어나지 않았다.

카농 나무들이 거의 보이지 않자 수량이 꽤 많은 작은 개울 앞에서 드디어 가온의 발이 멈추었다.

"놈들의 영역에서 벗어난 것 같으니 이곳에서 좀 쉽시다."

가온의 말이 떨어지자 스톤과 퍼슨이 일단 개울물의 안전부터 확인했다.

그들이 안전하다는 신호를 보내자 대원들은 안도의 숨을 내쉬더니 아머를 벗어 던지고 모두들 개울로 뛰어들었다.

그만큼 힘도 들었지만 빠르게 움직이는 바람에 아머가 땀에 푹 젖을 정도로 더웠던 것이다.

개울물은 앉아 봤자 가슴이 겨우 잠길 정도였지만, 사람들은 그것만으로도 충분히 만족했다.

맑고 차가운 물 속에 들어앉자 피로가 풀리는 것 같았다.

물론 여자들은 조금 떨어진 곳으로 따로 향했고 가온 역시 방어구를 벗고 물속으로 뛰어들었다.

잔뜩 긴장한 상태에서 후와를 상대하며 후텁지근한 숲을 통과해서 그런지 시원한 강물에 몸을 담그니 이보다 더 좋을 수가 없었다.

한동안 땀을 씻어 내고 몸의 열기를 식힌 대원들은 하나둘 물 밖으로 나와서 살랑살랑 불어오는 바람과 볕을 즐겼다.

차가운 물에 한동안 들어가 있어서 그런지 지금만큼은 강렬한 햇볕이 기분 좋게 느껴졌다.

대원들이 더 기분이 좋았던 것은 샤나가 운디네와 실프를 불러내어 대원들의 방어구를 깨끗하게 세척해 주고 말려 주었다는 사실이다.

"정령사가 있으니까 편한 것이 하나둘이 아니네."

이제까지 꽤 오래 용병 생활을 했지만 정령사와 동행한 적은 없었던 타람이 가장 만족했다.

그렇게 30분 정도 몸을 씻고 푹 쉰 일행은 다시 마론을 따라 여정을 계속했다.

"이제 얼마 남지 않았으니 조금만 더 힘을 냅시다."

후와의 영역을 지나자 나무들이 좀 드문드문해졌지만, 풀들이 사람 허리까지 자라서 이동은 더 힘들었다.

그렇게 30분 정도 이동했을 때, 드디어 목적지가 눈에 들어왔다.

"저곳이다!"

사람들의 눈에 들어온 것은 숲 한가운데 자리를 잡고 있는 회색 건물군으로, 세월의 흐름이 여실하게 느껴졌다.

건물 하나가 아니라 대여섯 개의 건물들이 울창한 수림에 감추어져 있었는데, 나무뿌리나 덩굴식물들이 건물들을 타고 자라는 바람에 잘 보이지 않았다.

석회암으로 보이는 재질의 거대한 돌덩어리를 정교하게 쌓아서 완성했을 회색 건물들은 중간에 뿌리를 내린 거대한 나무들과 비바람으로 인해서 부서지고 뒤틀려 있어 무척 음산하게 느껴졌다.

"고대 유적이 맞는 것 같습니다. 특히 저건 이제까지 한 번도 보지 못한 양식의 사원인 것 같습니다."

퍼슨이 중앙에 있는 피라미드 형태의 높은 건물을 가리키며 말했다.

탄 대륙에도 지구처럼 다양한 피라미드 형태의 건물들이 존재한다.

그리고 그 건물들은 고대에는 왕이나 황제 들의 묘였지만, 지금은 대개 루 여신을 기리는 신전으로 사용된다.

하지만 지금 사람들이 보고 있는 피라미드는 좀 달랐다.

일단 형태가 사각뿔이 아니라 원뿔이었던 것이다.

게다가 그 크기가 다른 건물들과 달리 아주 압도적이었는데, 꼭대기에는 처음 보는 양식의 첨탑까지 있었다.

"부서지거나 손상된 유물이라도 발견하고 싶었지만, 다른 곳에는 아무것도 없었습니다. 더구나 저 건물은 아예 들어가 보지 못했습니다. 혼자 힘으로는 열지 못할 정도로 석문이 무겁고 단단했거든요. 게다가 문 자체에서 불길한 기운이 방출되고 있어서 자신이 없었습니다."

마론의 말에 가온은 고개를 끄덕였다.

"오늘은 일단 적당한 곳에서 쉬고 확인은 내일 하도록 하지요."

바로 유적을 확인하고 싶었던 대원들은 가온의 말에 조급한 마음을 내려놓았다.

대장의 말대로 오늘 유적을 확인하는 건 무리였다. 시간도 늦었고 다들 지쳐 있었다.

일단 밤을 안전하게 보낼 곳부터 찾아야만 했다.

"좀 좁지만 지난번에 이곳에 왔을 때 쉬었던 곳이 있습니다. 그리로 가시지요."

마론를 따라 간 곳은 유적지의 한쪽 끝에 있는 작은 건물이었다.

석회암 벽돌로 쌓아 올린 단층 건물은 벽도 부서지고 지붕도 날아간 상태였지만, 마론를 따라 안쪽 깊은 곳과 계단으로 연결되는 지하로 내려가자 생각보다 넓은 공간이 나타났다.

바닥에는 부서진 건물의 작은 잔해들과 이름 모를 벌레 사체들이 깔려 있었지만, 공기가 생각한 것과 달리 지층과 비교해도 꽤 건조해서 꿉꿉함이 훨씬 덜했다.

대원들이 달려들어서 청소를 하자 지하 공간은 사람들이 생활해도 될 정도로 깨끗해졌다.

"자, 이제 식사와 잠자리를 준비합시다."

아까 개울에서 몸을 씻었기에 별다른 일이 없다면 식사만 하고 쉬기만 하면 된다.

가온의 지시에 대원들은 늘 하던 대로 역할을 분담해서 일을 하기 시작했다.

고대 유적

할 일을 마친 대원들은 가온의 지시로 한곳에 모였다.

이계인 대원들도 아직 로그아웃을 하지 않았다. 가온이 할 말이 있다고 붙잡았던 것이다.

무슨 일인가 싶어서 자신을 주시하는 대원들을 한번 둘러본 가온이 입을 열었다.

"나는 우리 온 클랜원들의 기량에 아주 만족하고 있습니다."

대원들은 가온의 말에 영문은 알지 못했지만 자부심이 드러나는 얼굴로 고개를 끄덕여 수긍했다.

자신들도 동료들의 실력에 만족하고 있었다.

"하지만 부족한 부분이 없는 건 아닙니다. 무엇보다 현재 마나양 수준이 미흡하다고 생각합니다."

가온이 무슨 얘기를 하려는 건지 감을 전혀 잡지 못하는 사람들은 눈을 굴리며 서로를 쳐다봤지만, 다들 자신의 판박이였다.

"하하하, 눈치 볼 필요 없습니다. 여러분에게 마나 영약을 주려는 거니까요."

"네?"

"마나 영약이라면 설마 마탑의 그것은 아니겠지요?"

가온의 말에 영문을 모르겠다는 대원도 있었고 무조처럼 묻는 사람도 있었다.

"다들 알고 있겠지만 마탑에서 파는 마나 영약은 내성이 있습니다. 물론 자연에서 발견하는 영약들도 대부분 내성이 있어서 재차 복용하게 되면 마나 증가 효과가 현저히 감소합니다. 하지만 내 스승님이 제련하신 비약은 좀 다릅니다. 증가되는 마나양은 하급 마나 영약으로 얻을 수 있는 양의 절반 정도지만, 내성 없이 10번 정도는 복용할 수 있습니다. 오늘은 그것을 드리려고 합니다."

실은 더 많이 복용해도 내성이 크게 작용하지 않지만, 일단 그렇게 말했다.

"저, 정말입니까?"

타람이 눈을 부릅뜨고 물었다.

"저도 마탑에서 독립하려는 스승님으로부터, 여러분은 상상할 수 없는 조건으로 받은 비약입니다. 안 만들 거라면 몰라도 이왕 만들었으니 온 클랜이 최고가 되어야 한다고 생각했거든요."

그건 진심이다. 혼자서 최고가 되는 것은 별생각이 없지만 온 클랜은 누구에게나 최고로 불리고 싶었다.

그게 가온의 자존심이었다.

"그게 사실이라면, 전 앞으로 5년 동안 절반의 수당만 받고 온 클랜을 위해 일하겠습니다!"

"저 로에니 역시 오빠의 말대로 할 것을 루 앞에 맹세할게요!"

당장 타람과 로에니가 격정적으로 반응했다.

두 사람이 이리 나오는 것은 타당한 이유가 있었다.

그들이 익힌 마나 연공법으로는 1년 동안 부단히 연공을 해야 겨우 하급 마나 영약을 복용해서 얻을 수 있는 마나를 더 쌓을 수 있을 뿐이었던 것이다.

마나의 양이 전부는 아니지만 마수나 몬스터를 상대로 하는 전투는 스킬의 숙련도보다 마나의 보유량이 더욱 중요했다.

특히 두 사람은 이미 검기에 입문했기 때문에 무엇보다 마나를 늘리는 것이 중요했다.

5년 동안 수당을 현재 수준의 절반만 받더라도 5년 치 마나를 쌓을 수 있다면, 마나양에 목을 매는 두 사람에게는 큰 의미가 있었다.

거기에 그들이 보기에 현재 받고 있는 보수의 절반이 아니라 더 낮더라도 용병으로 활동하는 것보다 훨씬 많은 보수를 받는 셈이었다.

"저도 그리하겠습니다!"

"저 역시 그렇게 하겠습니다!"

하나둘 타람이 낸 의견을 지지했고 심지어 맹세까지 했다.

이계인 대원들도 마찬가지였다.

그들 입장에서 보면 5년은 어나더 문두스를 플레이하는 시간과 동일한 의미겠지만 말이다.

가온은 굳이 그들이 스스로 내건 조건을 거부하지 않았다. 카농의 씨앗은 그 정도의 가치가 있었다.

가온은 이미 앙헬이 발라 놓은 카농 씨앗을 꺼내 냄비에 넣은 후 가열했다.

얼마 후 고소한 냄새가 풍기자 씨앗을 냄비에서 꺼낸 후 식혔다.

결국 스톤과 랄프를 제외한 사람들은 각자 카농 씨앗을 10개씩 받은 후 가온이 말한 대로 충분히 씹은 뒤 목으로 넘기고 마나 연공을 시작했다.

"두 사람은 아직 마나로드가 제대로 열리지 않아서 먹어 봐야 큰 효과가 없으니, 너무 부러워하지 마십시오. 시간이 되면 알아서 줄 테니까요."

가온은 혹시 몰라서 건물 입구로 나가 경계를 하기로 자원한 두 사람을 달랬다.

"부럽지 않습니다. 다만 더 일찍 용기를 내지 못한 것이 아쉽기만 합니다."

스톤은 적어도 퍼슨이 가온의 지도를 받는다는 사실을 알았을 때 절실하게 부탁하지 않은 자신을 후회하고 있었다.

자신이 성심을 다해서 부탁했다면, 대장은 절대로 거절하지 않았을 테니 말이다.

"전 지금도 충분히 행복합니다!"

랄프는 진심이었다.

가온을 알지 못했다면, 그의 선택을 받지 못했다면 평생 사냥과 농사를 병행하면서 자경대원으로 살았을 것이다.

그가 그런 삶을 살기를 원했다면 그것도 나쁘지 않지만, 자신이 괴력이라고 평할 정도로 강한 힘을 타고 태어났다는 것을 알게 된 후 기사가 되고 싶다는 꿈을 꾸었던 랄프였다.

늦었는지는 알 수 없지만 그래도 마나 연공법도 배우고 마나로 신체 능력을 높이는 방법을 배우고 있는 지금은 기사고 뭐고 바라는 것이 더 이상 없었다.

그저 온 클랜원으로 평생 살고 싶은 마음밖에 없었다.

그렇게 사람들이 연공에 들어간 후 가온은 다른 방으로 건너가서 앙헬을 불러냈다.

'어때?'

오늘 앙헬에게 대략 천 마리가 넘는 후와의 사체를 맡겼는데, 외모는 별다른 변화가 없어서 물어본 것이다.

—한꺼번에 너무 많은 에너지를 흡수했기 때문에 소화를 시키려면 시간이 좀 많이 걸릴 것 같아요.

그런 거라면 다행이다.

'이제 나도 파워 드레인을 할까 하니 한 마리씩 꺼냈다가 내가 손을 떼면 다시 수납해 줘.'

—알았어요.

가온은 앙헬이 꺼내는 후와의 사체를 대상으로 파워 드레인 스킬을 펼쳤다.

죽은 직후에 아공간에 넣었기 때문에 스킬을 사용하는 데 무리는 전혀 없었다.

'생각보다 많은 마나를 가지고 있네.'

이젠 드레인하는 시간만으로도 대상이 보유한 마나양을 어느 정도 알 수 있었는데, 놀랍게도 후와 전사로 추정되는 개체들은 오크 전사장과 비슷한 정도였다.

'이러니 오크들이 후와의 영역을 침범할 수 없었겠지.'

결국 100여 마리나 되는 후와를 대상으로 파워 드레인 스킬을 펼친 후 연공을 하고 나자, 79나 되는 마나를 얻을 수 있었다.

한 마리에서 흡수할 수 있는 마나는 그리 많지 않았지만 숫자가 많았기 때문에 이런 결과가 나온 것이다.

콰르의 경우와 달리 마력은 증가하지 않았지만 가온은 충분히 만족했다.

상태창을 확인할 때마다 마나양이 빠르게 늘어나고 있어 뿌듯했던 것이다.

오크 전사와 비슷한 레벨로 여겨지는 후와를 천 마리 정도 사냥한 덕분에 레벨도 3이나 올랐고, 주로 사용한 은신 스킬은 1레벨이, 투척 스킬의 경우 2레벨이나 올라갔다.

칭호 보상은 예상한 대로 '유인원 학살자'가 나왔는데, 공격력이 아니라 전투력을 2할이나 높여 주는 내용을 가지고 있어 충분히 만족했다.

아이템은 고급 등급으로 아이템 강화석이 세 개나 되었는데, 안전텐트와 포션 조제기 그리고 독 조제기에 사용해 버렸다.

다음 날 아침.

오늘은 다른 날보다 더 늦게 어나더 문두스에 접속한 헤븐힐과 매디는 바로의 책망을 들으면서도 정신이 딴 데 가 있는 것 같았다.

"왜 오늘따라 늦잠을 잔 거냐고? 둘이 그러자고 약속이라도 한 것처럼."

"……피곤했나 봐."

"나도."

헤븐힐과 매디는 서로의 눈도 쳐다보지 못하고 붉은 기가 많이 도는 얼굴로 힘없이 대꾸했다.

아무리 가까운 사이라고 해도 그녀들이 밤새 꾼 짙은 분홍색의 꿈 내용까지 말해 줄 수는 없었다.

그것도 상대가 바로 아주 잘 알고 있는 이였으니 말이다.

"아무튼 오늘처럼 중요한 날에 늦으면 아무리 온 대장님이라도 화를 낼 거라고. 앞으로 조심해!"

여느 때 같았으면 합세해서 바로를 쥐 잡듯 몰았을 헤븐힐과 매디였지만, 오늘은 얌전하게 그의 잔소리를 받아들이고 있었다.

"둘 다 좀 피곤해 보이긴 하네. 열이 있는지 얼굴도 붉고."

자신의 잔소리를 별말 없이 듣고 있는 헤븐힐과 매디의 얼굴은 확실하게 드러난 건 아니지만 피곤해 보였다.

"아무튼 빨리 메모라이징부터 하자고."

헤븐힐과 매디 남매는 서둘러 가장 활용도가 높은 마법들을 메모라이즈했다.

현재 그들의 수준으로 메모라이징할 수 있는 마법은 불과 세 개에 불과했지만, 아무런 주문 없이 시동어로만 발동할 수 있기에 어나더 문두스에 접속하면 필수적으로 해야 하는 일이다.

"바로야, 너 이제 레벨이 얼마지?"

이제 막 메모라이징을 끝낸 헤븐힐이 바로에게 물었다.

"47요."

"그 정도면 랭킹에도 올라가지 않았어?"

"한국 서버에는 진작 올라갔죠."

"대단하네."

그 정도면 어딜 가도 고랭커라고 인정받는다.

아마 자신처럼 계정에 스카우트하겠다는 길드의 메일이 잔뜩 쌓였을 것이다.

"대단하긴요. 누나들은 벌써 50레벨을 넘겼잖아요. 랭킹도 꽤 높고요."

"그렇긴 하지. 그런데 이상하게 요즘은 레벨이나 랭킹에 관심이 가질 않네."

"그래요?"

"응, 대장님과 함께 다니면서 생각이 좀 달라진 것 같아. 레벨이 큰 의미가 없다는 생각이 들어."

헤븐힐의 대답에 바로도 고개를 끄덕였다.

"하긴, 저도 그런 것 같아요. 대장님과 함께 다니다 보니 게임을 하는 것이 아니라 또 다른 현실을 살고 있는 것처럼 생생한 모험을 할 수 있어서 그런지 이상하게 그런 쪽에 관심이 없어지네요."

"레벨 업이나 랭킹보다는 오늘은 또 어떤 일이 벌어질까 하는 궁금증에다 너무나 생생한 전투와 사냥을 즐기고 있어서 그런 거 아닐까?"

막 메모라이징을 마친 매디가 두 사람의 대화에 끼어들었다.

"매디의 말이 맞는 것 같아. 요즘은 어나더 문두스 홈페이지는 물론 관련된 게시판조차 들르지 않으니까. 로그아웃을 하면 씻고 자기 바쁠 정도야."

"아! 그래서 가온 형이 우리 만날 생각도 못 하고 로그아웃을 하면 바로 씻고 잔다고 했구나."

"맞아. 나도 가온 씨가 그렇게 말했을 때는 뭔가 다른 일이 더 있는 거 아닌가, 아니면 우리랑 더 이상 만나고 싶지 않은 게 아닌가 하는 생각이 들었는데 아니었어. 언니 말대로 잠만 지구에서 자는 거지 의미가 있는 실제 생활은 이곳 탄 대륙에서 하는 것 같다니까."

"누나들 말이 맞는 것 같아. 나야 그나마 관리하는 사이트가 있어서 한 시간 정도는 할애를 하지만, 이젠 내가 지구인인지 아니면 탄 대륙 사람인지 헷갈릴 정도야."

"확실한 건 이곳의 삶이 지구의 그것에 비해서 더 중요해졌다는 거야. 그래서인지 요즘은 의사의 꿈이 좌절된 후 생겼던 중증 불면증도 완전히 사라졌다니까."

"그래도 전 상태창은 자주 봐요. 하루하루 달라지는 변화를 숫자로 확인할 수 있어서요. 어제 대장님이 나눠 준 영약을 복용한 후 신성력이 무려 50이나 올라갔잖아요."

"호호호, 그건 나도 그래. 내성이 없는 영약이라니, 정말 대장님의 스승님은 대단한 것 같아. 단숨에 마력이 50이나 올라가다니. 이 정도면 중상급 마력 영약을 복용한 것보다 더 증가량이 많아."

"저도 딱 50이 올랐어요. 그나저나 지구인에 비해서 육체적인 능력이 굉장히 높은 편인 이곳 탄 대륙 사람들이 자신들의 상태창을 볼 수 있다면 대박일 텐데."

대화를 나누고 있던 세 사람은 멀지 않은 곳에서 무장을 점검하는 또 다른 플레이어들이 그들의 대화를 훔쳐 듣는 것은 알지 못했다.

"온 대장 대단하지?"

무조가 콜과 드골을 향해 물었다.

"그러게. 우리 같은 임시 대원들에게도 마나 영약을 나눠 주는 것을 보면, 배포가 정말 대단한 것 같아."

"사실 위원회의 설명에도 불구하고 탄 대륙이 게임의 무대이며 이곳 사람들이 인공지능이 구현한 뛰어난 NPC가 아닐까 의심했는데, 이젠 헷갈려. 특히 대장 같은 경우를 생각하면 더욱 말이야."

콜이나 드골도 무조와 비슷한 생각이었다.

"그렇지. 퀘스트를 완수한 것도 아니고 뭘 시키는 것도 아닌데, 정말 최고의 클랜을 만들겠다는 생각으로 자신이 가진 모든 것을 베푸는 것을 보고 좀 감탄했다."

"그나저나 이번에 들어갈 던전에서 차원 통로를 발견했으면 좋겠다."

"999인에도 못 든 우리에게 그런 운이 있겠냐?"

"그거야 우리가 최선을 다하지 않았고 위원회가 시키는 대로 고분고분하지 않아서 그런 거지. 재능이나 성장 속도만 보면 우리 정도면 99인 안에도 들어갈 거야."

"뭐래? 99인? 말도 안 되는 소리를. 걔들은 아주 국가에서 작정을 하고 밀어줄 정도로 천재성과 배경을 가진 애들이야."

"아무튼 가온 대장이 유적과 던전만 공략을 한다니까 어떻게든 따라다니자고. 그러다 보면 레벨도 저들처럼 빠르게 오를 테고, 더 운이 좋으면 차원 통로를 찾을 수도 있을 테니까."

"맞아, 대장도 능력이 있지만 퍼슨이란 모험가나 스톤이라는 사냥꾼도 경험이나 지식은 만렙인 것 같아. 우리끼리 다니는 것보다 훨씬 낫지."

"그런데 저 세 명, 좀 특이하지 않냐? 우리처럼 선택을 받은 것도 아닌데 왜 저렇게 강하지?"

"온 대장과 일찍 만났다잖아."

"역시 여기나 지구나 인맥발인 것 같아."

세 사람은 헤븐힐이나 매디 남매가 들으면 알아듣지 못할 얘기를 나누며 무장 점검을 마쳤다.

아침 수련을 마치고 근처를 한 바퀴 돌다 돌아오던 가온은 마침 차례로 접속한 플레이어들의 대화를 들을 수 있었다.

헤븐힐과 매디 남매의 대화를 들을 때만 해도 뿌듯했던 가온의 얼굴이 콜 일행의 대화를 듣고 나서는 심각해졌다.

'위원회라고?'

이미 콜 일행이 초랭커이며 사흘 동안 계속해서 플레이를 할 수 있는 프리우스 등급의 캡슐 사용자임을 알고 있는 가온은 생소한 단어에 어나더 문두스가 단순한 가상현실 게임이 아님을 재차 깨달았다.

'그러니까 위원회라는 특별한 단체가 있어서 초랭커들을 관리한다는 거구나. 거기에 999명까지는 특별히 관리를 하고 있고.'

가온의 추측이 맞다면 위원회는 어나더 문두스를 공동 개발한 16개국의 정부 인사들로 구성되었을 것이니, 범세계적인 조직이 분명하다.

'대체 어나더 문두스를 통해 무엇을 획책하는 것일까?'

알면 알수록 어나더 문두스는 신비했다.

'게다가 차원 통로라니.'

차원 통로는 말 그래도 차원끼리 통하는 길을 의미할 것이다. 즉 지구와 탄 대륙 그리고 지구와 아르테미 차원을 연결하는 통로일 것이다.

'왜 이들은 차원 통로를 찾으려는 걸까?'

어나더 문두스처럼 영혼만 전이되는 것이 아니라 실제로 차원을 건너가려는 것이 틀림없는 것 같은데, 그 이유는 대체 뭘까?

아예 몇 년 치의 예지몽을 꾸었다면 좋았을 텐데, 겨우 1년 치에, 그것도 어나더 문두스를 플레이한 건 몇 개월 정도에 불과하니 아는 게 너무 없었다.

그래도 나름 어나더 문두스에 대해 많은 조사를 한다고 했는데 워낙 허접스럽게 게임을 해서 그런지 이럴 때면 너무 아쉬웠다.

아무래도 저 셋과는 대화가 더 필요할 것 같았다.

물론 가능하면 저들이 마음을 열고 스스로 말할 때까지 기다리는 편이 나을 것이다.

그래야 진실을 제대로 들을 수 있을 테니까.

어나더 문두스와 관련된 궁금증은 더욱 증폭되었지만 가온은 호기심을 억눌렀다.

'뭐, 그래도 예지몽에서와는 달리 보람을 느끼며 살고 있어 만족스러워.'

예지몽 속에서는 자신 때문에 이혼을 했던 부모님도 정상적으로 잘 살고 계시고 삶을 엉망으로 만든 원흉들에게도 약하지만 복수를 했으니 후회는 없었다.

'이제 일어나자!'

다른 대원들도 플레이어들처럼 마나 영약을 통해 마나가 급증했을 테니, 이곳이 정말 고대 유적 던전이라고 해도 클리어할 자신이 있었다.

아침을 든든히 먹은 대원들은 자신감 넘치는 얼굴로 밤새 지낸 건물을 나섰다.

스톤과 랄프를 제외한 대원들은 하룻밤 사이에 마나양이 급증했다.

대부분 50 가까이 마나가 늘어났기에 스스로도 그 변화를 알 수 있었던 것이다.

온 클랜원들은 힘찬 걸음으로 마론이 던전 입구일 가능성이 높다고 말한 건물에 도착했다.

"정말 입구가 따로 없습니다."

원통형 피라미드는 창문조차 없었기 때문에 입구는 마론이 말한 석문 단 한 개였다.

문제는 이 석문을 여는 것이다.

일단 힘으로 밀어 봤는데 마론이 말했던 대로 꼼짝도 하지 않았다.

문 크기에 맞추어 다섯 명이 마나까지 사용해서 전력을 다해 밀어 봤지만 소용이 없었다.

그렇다고 당겨서 여는 것도 아닌 것 같았다. 손잡이도 없었고 손잡이가 달렸던 흔적도 없었던 것이다.

"열쇠가 필요해요!"

아까부터 거대한 석문을 여러 각도에서 자세히 살펴보고 있던 헤븐힐이 외쳤다.

"열쇠로 연다고요?"

유일하게 이곳에 와 본 적이 있는 마론이 의아한 얼굴로 물었다.

"네. 이곳을 보세요."

헤븐힐이 가리키는 곳은 석문과 연결된 벽 바로 위쪽이었다.

"오! 열쇠가 들어갈 법한 구멍이 맞네."

본래 작은 검은색 얼룩들이 수없이 많은 돌로 만든 벽이었기에 마론도 알아차리지 못한 것 같았다.

그리고 문 자체에 키가 들어갈 구멍이 있는 것이 아니라는 점은 특이했지만, 헤븐힐이 찾은 작은 구멍은 열쇠 구멍이라고 생각해도 무방했다.

"그런데 열쇠는 어디에 있을까요?"

"그러게."

그때 플레이어들의 눈앞에 홀로그램 창이 나타났다.

카란 비블리오테카의 열쇠를 구해라!

고대에 번성했던 테무아 왕국의 비블리오테카 중 카란 비블리오테카는 왕족이 성인이 되면 입장할 수 있는데, 능력에 따라서 본인이 원하는 책을 세 권까지 가지고 나올 수 있다.

카란 비빌리오테카를 여는 열쇠는 랑파스강의 주인인 네파스 앙귀스의 피이며 잡은 본인에 한해서 1회만 쓸 수 있다.

네파스 앙귀스의 피를 문 위의 구멍에 넣으면 문을 열 수 있다.

만약 자격이 되지 않는 이들이 무단으로 들어가면 페트라 기가스가 친히 단죄할 것이니 지금이라도 발길을 돌려라!

하지만 페트라 기가스를 처치하는 용사들이라면 마땅히 개인당 한 가지 책을 선물로 가지고 나올 수 있을 것이다.

"고대 도서관 유적이다!"

가온 역시 홀로그램의 내용을 확인했지만 티를 내지 않고 있는데 콜이 반색을 하며 소리를 쳤다.

"콜, 대체 무슨 이유로 갑자기 그렇게 말하는 겁니까?"

누구보다 이곳이 고대 유적지라고 확신하는 마론이 궁금 해했다.

"음, 우리 이계인들만 볼 수 있는 루의 신탁이 방금 내렸습니다. 그 내용은……."

콜은 퀘스트를 루가 이계인들에게만 내리는 신탁으로 설명했는데, 그 부분은 아무도 의심하지 않았다.

그런 얘기는 이미 탄 대륙 사람들에게도 널리 알려져 있던 것이다.

"책이 언급된 것으로 보아 아무래도 카란 비블리오테카라는 단어는 도서관을 의미하는 것 같습니다."

콜이 홀로그램의 내용과 자신의 추측까지 상세하게 밝히자 드골 등 다른 플레이어들도 동일한 신탁을 확인했음을 알렸다.

"음, 확실히 테무아 왕국이나 비블리오테카, 그리고 페트라 기가스라는 단어는 들어 본 적이 없습니다. 아무래도 제 생각대로 던전은 아니지만 그래도 초고대 시대의 유물인 책을 가지고 나올 수 있다니, 던전보다 더 가치가 있을 것 같습니다."

마론의 단언에 사람들은 이곳이 초고대 시대의 도서관으로 짐작되는 유적이며 일단 들어가서 자격을 증명한다면 귀중한 책들을 가지고 나올 수 있다는 사실을 확신했다.

하지만 사람들은 유적지를 찾았다는 기쁨보다는 곤혹스러운 얼굴이 되었다.

그것을 밖으로 드러낸 건 바로 매디였다.

"그런데 네파스 앙귀스가 뭘까요?"

매디의 질문에 사람들의 시선은 마론에게 향했다.

그가 마법사이기도 하지만 초고대 유적에 꽂혀 모험가의 길을 택했다는 사실은 다들 알고 있었다.

그라면 당연히 초고대 시대의 언어를 어느 정도는 알고 있지 않을까 기대하는 것이다.

"네파스는 초고대 시대에 쓰던 공용어로 괴물이란 뜻인데, 앙귀스는 저도 들어 본 적이 없습니다."

"그런데 네파스 앙귀스가 랑파스강의 주인이라고 하지 않았어요?"

바로가 눈을 빛내며 모두에게 물었다.

사람들이 고개를 끄덕이자 뭔가 생각하던 바로가 고개를 갸웃하며 입을 열었다.

"마론, 우리가 건너온 큰 강의 이름이 뭐였죠?"

"오크라강입니다."

"혹시 근처에 다른 큰 강이 있나요?"

"아니, 없습니다."

고개를 저으며 대답을 하는 마론을 본 바로가 눈을 빛냈다.

"제 추측인데 그 강의 이름이 초고대 시대에는 랑파스였을지도 모릅니다. 그리고 그 강의 주인이라면 뗏목을 타고 도강할 때 습격을 했던 그 검은 뱀이 아닐까요? 그 정도면 감히 그 강의 주인이라고 해도 좋을 것 같은데. 어때요?"

확실히 일리가 있는 추론이었다.

사람들의 시선은 가온에게로 향했다.

"만약 바로의 말이 맞다면 우리는 열쇠를 구하기 위해서 헤매지 않아도 될 겁니다."

가온이 그 자리에서 아공간 팔찌에 넣어 두었던 거대한 검은 뱀에서 벗긴 가죽과 사체를 꺼냈다.

"다시 봐도 엄청나네!"

"대체 대장님은 이런 괴물을 어떻게 잡은 거야?"

"이거 작지만 다리도 있고 옆에는 날개처럼 생긴 지느러미도 있는데, 혹시 날 수도 있는 거 아닐까?"

대원들이 감탄하는 것을 한 귀로 흘리면서 가죽부터 자세히 확인했다.

그런데 처음 생각했던 것과 달리 이 거대한 검은 뱀은 비늘이 없는 것이 아니었다.

'검은색의 비늘이 결합 부위가 보이지 않을 정도로 정교하게 붙어 있어.'

정육각형의 비늘은 틈이 전혀 없을 정도로 정교하게 서로 붙어 있었는데, 하나의 크기가 주먹만큼이나 컸다.

누가 한 말대로 작지만 다리도 두 쌍이나 있었고 옆구리에는 폭이 좁고 길이가 긴 투명한 지느러미가 있었는데, 보기에 따라서는 날개로 볼 수도 있었다.

하지만 전설에 등장하는 드래곤과는 명백히 달랐고 노련한 퍼슨이나 마론조차 정체를 모르고 있으니 잡힌 적이 거의 없는 거대한 괴물 뱀이라고 해야 할 것 같았다.

놈의 동체를 살펴보다가 문득 비늘에 관심이 간 가온이 그중 하나를 힘을 주어 뜯어내려고 하자 한쪽이 쉽게 들렸는데, 모서리가 마치 잘 연마한 검날처럼 예리했다.

마나를 주입해 보자 모서리가 훨씬 더 예리해졌다.

유사시 놈은 비늘을 일으켜 세울 것 같은데, 정말 그런 상황이 벌어진다면 처리하기가 더욱 힘들 것이다.

단검에 마나를 주입해서 검광을 발현한 후 비늘을 그어 봤는데, 가느다란 금만 그어질 뿐이었다.

검기를 생성하고 나서야 비늘에 유의미한 손상을 줄 수 있었다.

'이 비늘로 방어구를 만들면 엄청난 등급이 나오겠구나.'

잠시 그렇게 비늘의 강도나 예리한 모서리를 확인하고 흡족한 얼굴을 한 가온은 가죽을 다시 아공간에 집어넣고 그제야 사체에 관심을 가졌다.

가죽이 벗겨진 사체는 여느 고기나 다름없었다.

가온은 심장이 있을 법한 자리에 단검을 깊이 꽂아서 살점을 파냈다.

그러자 살점과 함께 피가 흘러나왔는데, 아쉽게도 그 양이 그리 많지 않았다.

그 모습을 지켜보고 있던 퍼슨이 바람처럼 달려와서 빈 포션병으로 놈의 피를 받았다.

한 번으로는 부족해서 여러 번 칼집을 낸 끝에야 포션병이 피로 채워졌다.

"일단 한번 해 보지요!"

퍼슨은 석문 위의 구멍에 키가 미치지 않아서 패터의 어깨를 발로 딛고 나서야 포션병을 구멍 가까이에 댈 수 있었다.

"어떻게 넣지?"

생각해 보니 그런 문제도 있었다.

그런데 놀라운 일이 벌어졌다. 구멍이 마치 살아 있는 것처럼 열린 포션병 안에 있던 피를 빨아들이기 시작한 것이다.

순식간에 병이 다 비었지만 아무런 변화가 없었다.

하지만 다들 오크라강에서 가온이 잡은 거대한 검은 뱀이 퀘스트 혹은 신탁에 나오는 네파스 앙귀스라는 사실을 알 수 있었다.

열쇠 구멍이 살아 있는 것처럼 벌어졌다가 수축되는 기이한 반응을 보였던 것이다.

"대장님! 어서!"

마론의 채근을 받은 가온은 재빨리 단검에 마나를 주입해서 아까 떼어 냈던 옆 부분을 도려내었고, 헤븐힐이 거기에서 흘러나오는 피를 빈 병에 받았다.

그렇게 총 열 병에 해당하는 피를 흡수한 구멍이 선홍색 빛을 방출하기 시작했다. 뭔가 변화가 일어나려는 징조였다.

대원들이 긴장한 얼굴로 석문을 주시하고 있는데, 돌이 서로 마찰하는 듣기 싫은 소리와 함께 두께가 1미터는 될 법한 석문이 천천히 뒤로 밀려 들어가기 시작했다.

"열린다!"

우연이라면 우연이지만 누구도 이렇게 간단하게 퀘스트가 해결될 줄은 예상하지 못했다.

마침내 완전히 열린 문 안은 생각보다 밝았지만 안쪽 상황은 전혀 볼 수 없었다.

마치 일종의 에너지장처럼 불투명한 막이 석문이 있는 자리를 막고 있었던 것이다.

"음, 대장님만 들어가야 하는 건가?"

퀘스트의 내용을 떠올린 플레이어 대원들이 그런 생각을 하고 있을 때 가온이 입을 열었다.

"같이 들어갑시다! 페트라 기가스가 뭔지는 모르지만 일단 해치우기만 하면 우리 모두 책 한 권은 선택해서 나올 수 있다니까. 그쪽이 우리에게 이득입니다."

맞는 말이다.

유적을 보호하는 가디언이 확실한 페트라 기가스가 어떤 존재인지는 모르지만, 가온 혼자 들어가서 책 세 권을 가지고 나오는 것보다는 놈을 해치우고 다들 책 한 권씩을 챙겨 나오는 것이 이득이다.

대원들은 새삼 뭐든 클랜을 먼저 생각하는 가온의 마음에 감동받았다.

"내가 선두에 서고 어제처럼 마법사 한 명을 가운데 두고 전사 두 명이 앞뒤에 서는 진형을 갖추어 진입하도록 하지요."

"네!"

힘차게 대답하는 대원들의 얼굴은 숨길 수 없는 흥분과 기대로 벌겋게 달아올랐다.

카란 비블리오테카

드디어 진입이다.

문의 원래 자리에 있는 불투명한 막을 통과하는 가온의 귀에 익숙한 안내음이 들려왔다.

─전 서버 최초로 카란 비블리오테카를 발견하고 개방하는 업적을 세웠습니다! 보상은 나중에 확인할 수 있습니다!

─유적은 던전과 동일하게 취급됩니다. 던전과 같은 칭호의 효과를 누릴 수 있습니다!

─유적 안에서 7일 동안 경험치 두 배 적립과 아이템 세 배 획득의 특전이 적용됩니다!

안내음을 들은 가온의 얼굴에 짙은 미소가 떠올랐다.

'드디어!'

자신이 진짜 날뛸 수 있는 무대가 바로 앞에 있었다.

사람들이 모두 불투명한 벽을 통과하자, 생각하지 못했던 광경이 눈에 들어왔다.

"진짜 도서관이잖아!"

아무래도 '비블리오테카'란 고어는 도서관을 의미하는 것 같았다.

건물은 총 5층으로 구성되어 있었는데, 1층은 아무것도 없었으며 중앙의 계단을 통해 올라갈 수 있는 2층부터는 벽에 수없이 많은 책들이 꽂혀 있는 서가들이 원형으로 이어져 있었다.

서가들이 차지하는 공간은 그리 크지 않아서 안쪽의 넓은 공간이 통째로 비어 있었다.

1층의 경우 자유롭게 책을 읽고 토의를 할 수 있도록 비워둔 것 같았다.

본래라면 테이블이나 의자들이 있어야 하는데 그건 보이지 않았고 높이 4미터 남짓의 석상들이 군데군데 서 있었다.

대원들이 가온을 따라 모두 안으로 들어왔다.

그들도 가온처럼 이곳이 초고대 문명이 남긴 도서관 유적임을 확인했다.

마론이 빠르게 달려 2층으로 올라가려고 했지만, 계단 앞에 아까 통과했던 것과 동일한 불투명한 막이 있어 그의 발길을 막았다.

"설마 위로 올라가려면 또 다른 키가 필요한 건 아니겠지?"

퍼슨이 그렇게 혼잣말을 할 때 갑자기 석상이 빛에 휩싸였다.

이리저리 흩어져서 구경을 하던 대원들이 가온을 중심으로 모였을 때, 계단 옆에 있던 석상이 입을 열었다.

– 증명하라!

분명 처음 듣는 언어였지만 의미는 머리로 전해졌다.

"아무래도 저 석상이 페트라 기가스인 것 같습니다."

쿵! 쿵! 쿵!

일제히 깨어난 석상들이 가온 일행을 향해 모여들기 시작했다.

"스톤 골렘입니다!"

이제야 움직이기 시작한 석상의 정체를 간파한 마론이 외쳤다.

"스톤 골렘은 몸 내부에 있는 코어를 파괴해야 동작을 멈춥니다!"

"스톤 골렘의 코어는 일부는 심장에 있지만 옮겨 다니는 경우도 있습니다!"

"코어를 부수지 않는 한 끊임없이 재생되기 때문에 무조건 코어를 노려야 합니다!"

"최소한 검광은 되어야 놈에게 유의미한 피해를 줄 수 있습니다!"

스톤 골렘에 대해 알고 있는 사람들이 연거푸 놈에 대한 정보를 소리 높여 외쳤다.

가온 일행을 향해 접근하는 스톤 골렘의 숫자는 모두 다섯 기였다.

가온은 즉각 아공간 팔찌에서 팔에 부착하는 라운드 실드를 꺼내 대원들에게 나눠 주며 명령을 내렸다.

"타람과 로에니, 콜, 드골, 무조는 한 기씩 맡아요! 세르나와 달쿤은 상황이 어려운 사람과 교대를 해 주고! 지원조는 버프와 축복이 끊어지지 않도록 지원해요! 패터와 랄프는 샐리와 마법사들을 호위해! 퍼슨과 스톤은 화살과 볼트로, 바로와 마론은 마법 공격으로 코어의 위치를 찾아!"

대원들이 서둘러 팔뚝에 차고 있는 라운드 실드가 키가 4미터나 되는 육중한 무게의 스톤 골렘의 공격을 어느 정도 막아 줄지는 모르지만 없는 것보다는 나았다.

라운드 실드를 팔뚝에 찬 타람과 로에니, 콜, 드골, 무조는 헤븐힐의 버프와 매디의 축복을 받자마자 각각 스톤 골렘한 기 씩을 상대하기 위해서 달려 나갔다.

스톤 골렘의 무기는 거대한 돌 몽둥이, 즉 석곤이었다.

스톤 골렘은 관절 부위가 뻣뻣하기는 했지만 생각 외로 공격은 날카롭고 빨랐다.

꽝!

공격을 피하자 바닥에 떨어지는 석곤이 굉음을 발생시켰다.

마법적인 처리가 되어 있는지 바닥은 아무런 손상이 없었지만 진동과 충격음을 통해 그 공격에 담긴 파워는 능히 짐작할 수 있었다.

스톤 골렘의 빠른 움직임과 석곤의 강력한 파괴력을 확인한 대원들은 놈들의 공격에 맞대응하기보다는 민활하게 공격을 피하며 빈틈을 노리는 전술을 택했다.

처음에는 그 전술이 효과가 있었다.

스톤 골렘이 생각보다 민활하게 움직였지만 버프와 축복을 통해 능력이 올라간 대원들은 놈의 공격 정도는 피할 수 있었고 빈틈을 노려 공격하는 데 성공했다.

생각했던 대로 빛을 뿜어내는 무기들은 스톤 골렘의 몸에 피해를 주기는 했다.

공격이 적중할 때마다 놈의 몸에서 돌 조각과 파편이 떨어져 나갔다.

하지만 파손된 부위가 정상으로 돌아오는 건 순식간이

었다. 재생력이 엄청났다.

스톤과 퍼슨은 큰 덩치의 스톤 골렘이 가리지 못하는 부위를 향해 연신 화살과 볼트를 날렸다.

마나가 주입된 것이 아니라서 촉이 겨우 박혔다가 나오는 정도에 불과해서 의미가 없는 것 같았지만, 두 사람은 가온의 명령에 따라 계속 화살과 볼트를 쐈다.

당연히 스톤 골렘들은 대응할 필요가 없다고 생각했는지 스톤이나 퍼슨에게는 신경도 쓰지 않았다.

다만 간간이 날아오는 마법에는 바로 대응했다.

바로와 마론이 날리는 파이어볼은 폭발력이 있어서 검광을 발현한 무기 이상의 충격을 주었다.

그렇게 마법 공격에 당하면 스톤 골렘이 두 사람을 향해 움직이려고 했지만, 전투조원들이 공격을 해서 어그로를 끌었다.

그렇게 전투는 생각했던 대로 진행이 되고 있었지만, 시간이 지나면서 예상하지 못했던 사실이 드러났다.

그건 바로 스톤 골렘은 지치지 않는다는 사실이다.

가온이 지급한 마나 영약 덕분에 대원들 모두 마나양이 늘었지만, 아무리 부수거나 찔러도 스톤 골렘은 끄덕도 하지 않았고 갈수록 조금씩 지쳐 가는 대원들과 달리 멀쩡했다.

마음이 급해진 타람이 순간 검기를 생성해서 스톤 골렘의 팔목을 베어 내기도 했지만, 그것도 잠시 바로 수복이 되어 버렸다.

로에니 쪽도 사정은 마찬가지였다.

검기를 일으켜서 레이피어로 스톤 골렘의 동체에 깊은 구 멍을 냈지만, 그 구멍은 순식간에 메워졌다.

상황이 불리해지자 마론과 바로는 매직 스크롤을 쓰려고 했지만, 대원들이 놈들과 가까이 붙어 있어서 사용하기도 힘 들었다.

이렇게 되자 대원들은 더욱 빠르게 열세에 몰리기 시작 했다.

헤븐힐과 매디가 이를 악물고 걸어 주는 버프와 축복에도 불구하고 마나는 물론 체력도 빠르게 떨어지고 있었다.

네 이종족 대원들은 정령을 소환해서 스톤 골렘을 상대하 려고 했지만, 바람의 정령이나 물의 정령은 이렇게 좁은 장 소에서는 제대로 힘을 쓸 수가 없었다.

전장의 바닥은 무엇으로 만들어졌는지 모르겠지만 대지의 정령도 크게 활약을 할 수 없었다.

기껏해야 구멍을 파서 스톤 골렘의 균형을 무너뜨리거나 붙잡는 정도밖에 할 수 없었다.

스톤 골렘들은 검기가 아니면 거의 손상을 받지 않는 견고 한 몸을 바탕으로 대원들을 코너로 몰아넣기 시작했다.

코너에 몰린 대원들은 이제까지 쓰지 않았던 라운드 실드 까지 사용하며 겨우 스톤 골렘의 공격을 막아 낼 정도로 위태로운 상황이 되었다.

그나마 세르나가 소환한 대지의 정령이 위험할 때마다 놈들의 발을 붙잡는 방식으로 공격을 늦추거나 공격 방향이 빗나가도록 한 덕분에 일행이 큰 부상 없이 지금까지 상대할 수 있었던 것이다.

'대체 대장님은 뭘 하시는 거지?'

이제 믿을 건 가온밖에 없기에 대원들의 눈은 한쪽에서 샐리를 보호하고 있던 그에게 향했다.

가온이 나서지 않은 이유가 있었다.

그가 여태 가만히 있었던 것은 대원들의 실전 능력을 키워주는 동시에 스톤 골렘을 효과적으로 공략할 방안을 찾기 위해서였다.

그렇게 지켜보고만 있던 가온이 드디어 나섰다.

대원들로서는 도저히 스톤 골렘을 사냥할 수 없다고 판단한 것이다.

놈의 코어가 있는 위치는 이미 찾았다. 우습게도 상시 발동하는 매의 눈 스킬 덕분이었다.

그런데 스톤 골렘의 코어는 수시로 위치를 바꾸었다.

코어 자체가 이동하는 건 아닌 것 같은데, 눈 깜박할 사이에 이동했다.

'검으로는 힘들어!'

키가 4미터나 되기 때문에 점핑 앤 플라잉 스킬을 사용한다고 해도 주로 상체 내에서 이동하는 코어를 효과적으로 부수기는 힘들었다.

그래서 생각한 것이 바로 투창이었다.

대신 굳이 클 필요가 없었기에 볼트를 꺼내 마나를 주입했다.

우우웅.

마나를 가득 머금은 강철 볼트가 환하게 빛나며 튀어 나가고 싶다는 듯 앙탈을 부리며 울었다.

굳이 검기까지 발현할 필요는 없었다.

'지금!'

벽 쪽으로 몰린 콜을 향해 연속해서 석곤을 내리치는 스톤 골렘의 어깨 부위로 이동한 코어가 눈에 들어오는 순간, 볼트가 미세한 파공성과 함께 날아갔다.

가온이 전력을 다해서 던진 볼트는 석궁으로 발사하는 것보다 훨씬 더 빠른 속도로 날아갔기 때문에 어지간한 동체 시력으로는 볼 수 없었다.

푹! 빠각!

스톤 골렘의 왼쪽 어깨 바로 아래쪽 부위를 파고든 볼트는 견고한 돌을 뚫고 들어가서 코어까지 부숴 버렸다.

코어가 부서진 스톤 골렘은 바닥에 쓰러져 있는 콜과 그를 보호하려고 방패를 쳐들고 있던 랄프를 향해 석곤을 내리치려고 하던 그 자세 그대로 모래처럼 허물어졌다.

"와아아아!"

금방 콜이 피투성이가 되어 죽을 것 같아서 마음을 졸였던 랄프가 환호성을 질렀다.

일단 방법을 찾은 가온은 나머지 네 기의 스톤 골렘을 순식간에 처리했다.

그의 손을 떠난 강철 볼트는 눈부신 검광을 뿜어냈는데, 하나도 빗나가지 않았고 속도가 너무 빨라서 스톤 골렘이 인지했더라도 막거나 피할 수가 없었던 것이다.

그렇게 스톤 골렘 다섯 기가 모두 쓰러져 고운 가루로 변했을 때 기다리던 안내음이 들려왔다.

─전 서버 최초로 스톤 골렘을 처리하는 업적을 세웠습니다! 보상으로 칭호와 스킬 그리고 아이템을 획득했습니다!

─레벨이 4 상승합니다!

됐다! 전 서버 최초 업적을 다시 세우는 데 성공한 것이다.

이런 경우의 보상은 충분히 기대할 만했다.

상태창을 확인하자 매의 눈과 투척술의 레벨이 상승해서 더욱 뿌듯했다.

이젠 랭킹에도 올라가지 않는 레벨 업보다는 스킬의 레벨업이 더욱 중요했다.

대원들을 돌아보니 특히 플레이어들의 얼굴이 크게 상기되어 있었다.

죽음 직전까지 몰릴 정도로 필사적으로 스톤 골렘을 상대했기 때문에 공헌도를 높이 인정받아서 레벨 업은 물론 높은 수준의 보상까지 받은 모양이다.

그때 다시 머릿속으로 알 수 없는 존재의 의지가 전해졌다.

-자격을 갖추었으니 2층 서고를 개방한다. 1인당 한 권의 책을 골라서 가지고 나갈 수 있으니, 부디 욕심을 부려 삶을 망치지 않도록 하라! 하루 동안 이곳에서 머무르며 다른 책은 얼마든지 읽을 수 있으니, 부디 시간을 잘 활용해야 할 것이다. 다만 조심할 점은 이곳에서는 책의 내용을 이해할 수 있지만, 밖으로 가지고 나갈 경우 언어를 알지 못하면 읽을 수 없으니 부디 유념하라.

가온은 그 의지를 듣는 순간, 초고대 시대의 언어로 쓰여있는 책의 내용을 어떻게 알아본다는 것인지 궁금했지만 일단 대원들의 상태부터 확인했다.

스톤 골렘을 직접 상대했던 콜, 드골, 무조, 타람, 로에니, 세르나, 달쿤의 경우 팔이나 손이 부러지거나 심한 타박상을 입은 상태여서 바로 치료가 필요했다.

레벨 업에 기뻐하던 것도 잠시, 버프와 축복을 계속 펼치느라 마나와 신성력을 소진한 탓에 헤븐힐과 매디가 창백한 얼굴로 체력과 마나 포션을 연달아 마시고 잠시 쉬고 일어나 다친 대원들을 치료하기 시작했다.

얼마 후 대원들이 충분히 움직일 수 있게 회복한 뒤에야 2층으로 올라가 보기로 했다.

그 의지는 다른 대원들에게도 전해졌는지 모두들 눈을 빛내며 가온을 따라 2층으로 올랐다.

"정말 초고대 언어를 읽을 수 있어!"

희열에 가득 찬 마론의 말대로 일정 구역의 서가마다 쓰인 초고대 언어의 의미를 신기하게도 알아볼 수 있었다.

'검술', '체술', '전술', '마법' 등 섹터가 나뉘어 있었고 책을 손에 잡는 순간 신기하게도 내용을 읽을 수 있었다.

이렇게 되자 다들 자신이 원하는 책을 찾기 위해 서가로 달려들었다.

하지만 가온은 그 행렬에 끼어들지 않고 상념에 빠져들었다.

'그런데 왜 2층까지만 개방이 되는 거지?'

처음 유적에 입장할 때 등장했던 홀로그램의 내용을 떠올리면 각 층의 입장 조건은 따로 없었다.

가온은 그런 생각을 하면서 서가를 한 바퀴 빙 돌았다.

대원들 중에는 이미 책을 고른 이도 있어 내용을 외우느라고 정신이 없었다.

그런 모습을 보니 가온도 마음이 급해졌지만, 그의 시선은 서가가 아닌 곳을 훑고 있었다.

'어차피 시간은 충분해!'

하루라는 시간이 있다. 다시 들어오기 힘든 곳이니 보다 상세하게 내부를 살펴볼 필요가 있었다.

마침내 그가 2층을 한 바퀴 돌아서 3층으로 올라가는 계단 앞에 도착하자, 예의 불투명한 막이 가로막았다.

그때 기다렸다는 듯 눈앞에 홀로그램이 나타났다.

―상층으로 올라가고자 하는 자는 자격을 증명하라!
―자격을 갖추고자 하는 자는 막에 자신의 마나를 주입하라. 그럼 시험의 장소로 이동할 것이다.
―다만 이미 자격을 증명했기 때문에 도전하는 자는 시험으로 인해 죽음에 이르지는 않을 것이다!

'이거지!'

그저 2층의 책 하나를 보상으로 챙기려고 여기까지 힘들게 들어온 것이 아니다.

가온은 지체하지 않고 앞을 가로막는 불투명한 막에 손바닥을 대고 마나를 주입했다.

쑤우욱!

몸 전체가 기체화되어 어디론가 빨려 들어가는 것 같은 기이한 감각과 함께 그의 몸이 사라졌다.

하지만 책에 정신이 팔린 대원들은 그 누구도 가온이 홀연히 사라진 사실을 알아차리지 못했다.

가온이 감각을 다시 찾았을 때 가장 먼저 본 광경은 원형 경기장이었다.

'여긴 어디지?'

주위를 둘러봤지만 경기장 안은 물론 주위의 관람석에도 사람은 전혀 없었다.

'대체 뭘 하라는 걸까?'

짐작이 가는 건 있었다. 장소가 원형 경기장이니 당연히 누군가와 싸워야만 할 것이다.

그때 닫혀 있던 경기장의 입구 하나가 열렸다.

입구로 나오는 것은 휘황한 빛을 뿜어내는 한 인영이었다.

'사람? 아니야!'

2미터 정도의 키에 인간과 비슷했지만 온몸이 수를 헤아릴 수 없는 보석으로 이루어진 존재였다.

'설마 젬 골렘?'

아무래도 맞는 것 같았다.

젬 골렘이라면 판타지 기반의 게임에서 골렘 종류의 최상위 존재다.

예지몽 속에서는 들어 보지도 못한 존재가 나타난 것이다.

젬 골렘은 보석으로 만든 듯 찬란하게 빛을 발하는 검을 들고 있었는데, 비어 있는 두 눈에서 마치 레이저처럼 빛으로 이루어진 광채가 뿜겨져 나오고 있었다.

놈에게 집중하자 매의 눈 스킬이 발동하면서 급소가 보였는데, 가장 붉은 점은 아주 작았고 그마저도 수시로 이동하고 있었다.

"헉!"

미처 준비를 갖추기도 전에 젬 골렘이 공간 이동을 하는 것처럼 빠르게 달려들었다.

파앗!

까앙!

미처 마나를 충분히 주입하지 못한 흑검이 보석검과 부딪치는 순간 튕겨 나오며 몸 전체가 뒤로 날아갔다.

그 정도로 강한 힘이 담겨 있었다.

'가공할 정도의 힘을 가지고 있구나.'

육체적인 능력으로는 누구에게도 밀리지 않을 거라고 자신하던 가온은 경악했다.

서둘러 자세를 잡은 가온은 빠르게 날아오는 젬 골렘의 공격을 받아쳤다.

놈의 공격이 너무 빨라서 피하거나 빈틈을 노리거나 마법을 쓸 여유가 전혀 없었다.

그야말로 필사적으로 놈의 공격을 받아치는 수밖에 없었다.

까앙! 까앙! 깡!

보석으로 이루어진 젬 골렘의 검과 마나가 주입된 흑검이 연신 부딪치며 불똥이 튕겼다.

강도로만 따지면 두 검이 비슷했던 것이다.

하지만 가온의 몸은 충돌할 때마다 눈에 띄게 뒤로 밀렸다. 충격량이 보통이 아니었던 것이다.

힘에서 밀린다는 사실을 인식한 가온은 어떻게든 공격을 피해 거리를 두려고 했지만, 젬 골렘의 움직임이 너무 빨라서 그럴 수가 없었다.

가온은 젬 골렘의 빠른 공격을 받아치기 위해서 무아지경에 가까울 정도로 훈 검술을 펼쳤다.

시간이 얼마나 지났을까?

가온은 문득 왼팔에 심한 통증을 느끼고 정신을 차렸다.

'제길!'

자신의 역량을 다해서 훈 검술을 펼치고 있지만 상대에 비하면 부족했다.

어느 순간부터 방어구가 놈의 검날에 베이기 시작하더니 어느새 방어구가 엉망으로 변해서 결국 살이 드러났다.

마지막 보루인 파르 덕분에 살이 베이는 상처를 입지는 않았지만 경력이 안으로 들어오는 것까지는 막을 수 없었다.

당연히 강한 통증을 느낄 수밖에 없었고 침투한 경력이 몸 안을 파고들어 마나 운행을 방해하기 시작했다.

'이러다가는 진다!'

홀로그램의 내용을 보면 죽지는 않는다고 했지만 이대로는 꼼짝없이 놈에게 질 것이다.

가온은 순간 마나를 폭발적으로 일으켜 놈의 공격을 강하게 받아쳤다.

푸앗!

무리를 했는지 선혈을 토해 내며 뒤로 날아가던 가온의 등에 투명 날개가 부착되었다. 그리고 그의 몸은 원형 경기장 위로 날아올랐다.

'검술로 안 되면 다른 수라도 쓸 수밖에!'

이를 악문 가온의 손에 거대한 바위가 나타났다. 오크 부락을 끝장냈던 그 바위였다.

'앙헬!'

─알았어요!

가온은 앙헬이 아공간에서 꺼내는 바위들을 아래쪽에 있는 젬 골렘을 향해 던지기 시작했다.

꽝! 꽝! 꽝! 꽝! 꽝!

굉음이 연속해서 터져 나오며 바위가 산산조각이 났다.

놀랍게도 젬 골렘이 휘두르는 보석 검은 바위를 부술 정도로 강력한 힘을 담고 있었던 것이다.

가온은 바위를 빠르게 던지면서도 놈을 제대로 공략할 방법을 고민했다.

살아 있는 존재라면 당연히 지칠 수밖에 없지만 놈은 젬 골렘이다. 지칠 때를 기다리다가는 자신이 먼저 지칠 수밖에 없었다.

마침내 한 가지 방법을 떠올린 가온은 여전히 바위를 던지면서 고도를 낮추었다.

젬 골렘은 귀찮다는 듯 보석 검을 빠르게 휘둘러서 바위를 산산조각 내면서 가온이 바닥에 내려오는 순간을 기다리고 있었다.

마침내 둘 사이가 2미터까지 가까워졌을 때 마지막 바위가 놈을 향해 날아갔다.

파앗!

마지막 바위는 검이 닿자마자 가루처럼 잘게 부서져 젬 골렘을 덮쳤다. 던지기 직전에 미리 마나로 내부를 부숴 놓았던 것이다.

그 바위가 날아갈 때 미리 준비한 수도 발현되었다.

카오스를 소환해서 놈의 한쪽 발목을 붙잡아 달라고 부탁을 했던 것이다.

순간 휘청거리는 젬 골렘.

가온은 오른손으로 흑검을 휘둘러 머리를 노리고 왼손으로는 마나가 가득 주입된 단검을 던지고 있었다.

까앙!

젬 골렘은 가온이 생각했던 대로 시야가 돌가루로 막혔지만 몸을 비틀거리면서도 보석검을 휘둘러 흑검을 제대로 쳐 냈다.

하지만 그게 전부였다. 빠르게 이동하는 붉은색 코어를 향해 오러를 일렁이며 파고드는 단검을 막아 내지는 못했다.

단검이 자루까지 놈의 왼쪽 배 부분을 파고들자, 젬 골렘의 움직임이 멈추었다.

그리고 그 자리에는 이내 휘황찬란한 보석 가루가 쌓였다.

소멸한 것이다.

'하마터면 죽을 뻔했네.'

치환 반지를 사용해서 마력과 정령력까지 거의 다 끌어와서 바닥날 정도로 소진한 가온은 이제야 참았던 숨을 길게 토해 냈다.

꼼수까지 쓰고 나서야 간신히 젬 골렘의 코어를 부술 수 있었다.

그때 기다리던 안내음이 들려왔다.

─전 서버 최초로 젬 골렘을 해치우는 믿어지지 않는 업적을 달성했습니다! 보상으로 칭호와 스킬 그리고 아이템을 획득합니다!

─레벨이 7 상승합니다!

아까 스톤 골렘의 경우 다섯 기를 해치우고도 불과 4레벨밖에 안 올랐다는 점을 고려하면, 젬 골렘이 얼마나 강력한 전투력을 지녔는지 짐작할 수 있었다.

그렇게 기분 좋은 안내음을 들으며 상태창을 확인해 보니 훈 검술과 매의 눈 스킬이 각각 1레벨씩 올라 있었다.

막 상태창을 닫는 순간 그의 의식은 아까와 마찬가지로 어디론가로 빨려 들어갔고, 의식을 차렸을 때는 3층으로 올라가는 계단 앞에 서 있었다.

뒤를 돌아보니 대원들은 이쪽 상황을 전혀 알아차리지 못하고 있었다.

다들 책을 읽느라고 정신이 없었던 것이다.

자격을 증명해서 그런지 앞을 가로막던 불투명한 막은 더 이상 보이지 않았다.

천천히 계단 위로 올라간 가온은 2층과 동일한 구조의 서가를 볼 수 있었는데, 책의 숫자는 눈에 띄게 적었다.

또 다른 차이는 책 대신 물건이 진열된 서가들이 있다는 점이었다.

아마 아이템일 가능성이 높았다.

'4층에 도전해 볼까?'

그 생각을 하는 순간, 바로 거부감이 들었다.

젬 골렘만 해도 간신히 해치웠는데 그 이상의 존재가 더 있다고 생각하니 자신감이 사라졌다.

가온이 3층에서 보상을 얻기로 결정하는 순간, 예의 그 의지가 전해졌다.

- 자격을 갖춘 자이므로 2층의 책 두 권과 3층의 아이템 하나를 가지고 나갈 수 있다.
- 이곳에 머무를 수 있는 시한은 역시 하루다.

역시 가지고 나갈 수 있는 책 한 권이 추가되었다.

책과 아이템 중에서 하나를 고르라고 했으면 억울할 뻔했는데 다행이다.

가온은 기대감을 안고 먼저 아이템이 진열된 서가로 향했다. 참고로 3층에는 책이 없었다.

아이템 앞에는 간단한 설명이 기재된 안내서가 있었는데, 알 수 없는 문자였지만 역시 읽고 내용을 이해할 수 있었다.

'최소한 희귀 등급이야!'

사양이나 기능이 엄청난 방어구와 무기 들이 대부분이 었지만, 자신이 얻었던 포션 조제기도 이곳에 있었다.

그런데 가온의 발길이 멈춘 건 젬 골렘의 코어처럼 생긴 작은 보석 앞이었다.

생명의 아공간

등급 : Undefined

상세

−알 수 없는 차원에서 건너온 능력자가 남긴 유물로, 차원의 파편으로 만들어졌으며 소유자의 영혼과 연결되어 시간의 흐름을 조절할 수 있다.

−생명체가 살 수 있는 환경을 가진 특수한 아공간이다.

−소유자 역시 의념을 통해서 아공간을 드나들 수 있으며 그때는 아이템과 함께 물질계에서 사라진다.

−차원석을 추가하면 아공간의 크기를 확장시킬 수 있다.

'이건 놀라운데!'

단순한 아공간 아이템이 아니다.

일단 생물체가 살 수 있는 환경을 갖춘 아공간이라는 점이 가장 머리에 남았다.

그리고 차원석을 통해 확장이 가능하다는 내용을 보면 일종의 던전이라고 볼 수 있었다.

'이것을 활용하면 치료가 필요한 사람에게 시간적인 여유를 줄 수 있어!'

거기에 자신이 감당할 수 없는 적을 만났을 경우에도 피신용으로 활용할 수 있었다.

물론 이 경우에는 다시 아공간 밖으로 나올 때의 상황을 깊이 고민해야겠지만 말이다.

이 두 가지 장점만으로도 능히 전설 등급의 아이템이라고 할 수 있었다.

가온은 아직 많은 아이템이 남았지만 이것에 꽂혀 버렸다.

'어떻게 영혼에 연결한다는 거지?'

손바닥 중앙에 보석을 올려놓고 이리저리 살피던 가온이 그런 생각을 할 때 놀랍게도 보석이 눈앞에서 홀연히 사라졌다.

"설마 된 건가? 그럼 대체 어떻게 사용하는 거지?"

그 순간 생명의 아공간이 자신의 영혼과 연결된 게 느껴졌고, 이어 아공간을 활용하는 방법이 자연스럽게 머릿속에 떠올랐다.

아마 아이템 자체의 기능인 것 같았다.

수확의 시간

"오오!"

머릿속에 떠오른 아공간의 활용 방안에 가온이 탄성을 토했다.

"수련할 때도 유용하게 활용할 수 있겠어!"

생명의 아공간에 들어가서 시간의 흐름을 최대한 느리게 만든 상태에서 수련을 한다고 생각하자 머릿속에서 폭죽이 터지는 것 같은 희열이 느껴졌다.

그런데 기쁜 일은 더 있었다. 바로 벼리가 생각해 낸 활용법이다.

-오빠, 그럼 생명의 아공간에 들어가서 시간의 흐름을 늦추고 2층 서가의 책들을 충분히 읽고 나가세요.

'맞다!'

생각해 보니 그렇게 활용할 수도 있었다. 다 외울 수는 없겠지만 많이 읽어 두면 자신에게 큰 도움이 될 테니까.

―그리고 그것으로도 아쉽다면 절 활용하세요.

'벼리 널 활용하라고?'

―네, 제 본질이 바로 인공지능이잖아요. 이해하는 건 몰라도 기억하는 건 어렵지 않아요. 오빠가 읽어 주시기만 하면 그대로 기억할 수 있어요.

그렇다면 그렇게 저장한 기억을 언제든 꺼내 자신이 수련하는 데 활용할 수 있었다.

"하하하! 벼리, 넌 정말 천재야!"

―원래 천재보다 기억 면에서는 더한 존재이긴 한데…….

흥분한 가온은 바로 2층으로 내려갔다.

대원들은 모두 독서에 푹 빠져 있었다.

그때부터 가온은 서가의 책들을 한 권씩 살펴보기 시작했다.

그렇게 한참을 둘러본 끝에 그의 손에 들린 두 권의 책에는 '염력론'과 '뇌전신공'이라는 제목이 적혀 있었다.

가온은 고르고 고른 두 권의 책을 정독하기 시작했는데, 이해가 가지 않는 부분이 많은지 자신도 모르게 인상을 찡그리는 경우가 많았다.

결국 그는 정독을 포기하고 다시 서가를 돌면서 염력과 뇌전신공 두 가지와 관련된 책들을 모으기 시작했다.

　-오빠, 그 전에 생명의 아공간부터 확인해야지요.

'아!'

너무 서둘렀다.

가온은 바로 생명의 아공간 안으로 들어갔다.

들어가는 건 쉬웠다. 생명의 아공간으로 들어가겠다고 의념을 강하게 품는 순간 실현되었던 것이다.

"오오!"

처음 들어와 보는 생명의 아공간은 생각보다 작았다.

약 1,000입방미터 정도 되는 공간이었는데, 신기하게 땅과 하늘이 있었고 숨 쉬는 데 전혀 지장이 없었다.

대략 300여 미터 높이의 반구형 하늘에는 태양은 없었지만 그것과 유사한 발광체가 떠 있어서 어둡지는 않았다.

대략 막 해가 넘어가려고 할 때와 비슷했다.

그리고 아공간의 가장자리는 확실히 있었고 불투명한 막으로 막혀 있었다.

고도가 높은 땅의 북쪽에는 물이 솟아나는 큰 샘이 있는지 큰 연못이 있었고 그 연못의 물들이 구불구불한 개울로 흐르고 있었는데, 남쪽의 거대한 연못까지 연결되고 있었다.

대지는 한눈에도 왕성한 생명력이 느껴졌지만 안타깝게도 아무런 생물도 보이지 않았다.

'희한하네.'

하늘에는 태양까지는 아니지만 멀리 발광체가 보였는데, 중간에 막이 있는 듯 밝게 보이지는 않았다.

―나, 여기 마음에 들어.

부르지도 않았는데 카오스가 나타나서 생명의 아공간을 돌아보더니 그렇게 말했다.

'이곳이 마음에 든다고?'

―응, 자연의 기운이 가득해.

자신의 눈에는 황량함 그 자체인 곳인데 카오스의 생각은 달랐다.

'그럼 여기에서 지낼래?'

어차피 세 정령은 정령계가 아니라 자신의 영혼에 머무르고 있으니 안 될 것은 없었다. 여기 역시 자신의 영혼과 연결되어 있으니 말이다.

―저도 이곳에서 지내면 안 될까요?

―나도 이곳이 좋아.

―저도 이곳이 마음에 들어요, 주인님.

카오스에 이어 마누와 녹스 그리고 앙헬마저 나타나서 마음에 든다고 했다.

'안 될 건 없지. 그렇게 해.'

자세한 건 알 수 없지만 자신의 영혼 파동에 녹아서 지낸다는 네 존재가 이곳으로 거처를 옮기면 자신의 일거수일투족이 이들에게 보여진다는 찜찜함도 사라지니 오히려 가온이 반길 일이다.

그렇게 세 정령과 앙헬이 이곳을 보금자리로 결정하고 난 후 가온은 마음먹은 일을 했다.

'일단 시간의 흐름부터.'

의념으로 조절한다고 했으니 일단 시간을 1 : 2 비율로 조절해 보기로 했다.

문제는 시간의 흐름을 자신은 느낄 수 없다는 것이다.

'아!'

시간의 흐름을 확인할 수 있는 방법이 있었다.

일단 다시 생명의 아공간 밖으로 나간 가온은 벼리에게 부탁을 했다.

'벼리야, 지금 시간을 기억해 둬.'

ㅡ네, 오빠.

그렇게 시간을 확인하고 생명의 아공간으로 들어간 가온은 벼리에게 이곳 시간으로 10분이 지나면 알려 달라고 부탁을 했다.

그동안 염력에 대한 책을 읽고 있던 가온은 정확히 10분 후에 나가서 시간을 확인해 보았다.

정확히 5분이 흘렀다.

"성공이다!"

자신이 설정한 대로 생명의 아공간은 현 공간, 즉 물질계에 비해 두 배 빠르게 흘렀다.

그런 식으로 확인을 해 보니 최대 1 : 5까지 시간의 흐름을 빠르게 할 수 있었다.

반대의 경우 역시 5 : 1까지 시간의 흐름을 느리게 만들 수 있었다.

가온은 자신이 현재 조절할 수 있는 시간의 흐름을 파악한 후 생명의 아공간 내의 시간의 흐름을 5 : 1로 느리게 설정했다.

이제 외부에서 10분이 흐르면 이곳에서는 불과 2분밖에 안 흐르게 되는 것이다.

그렇게 시간의 흐름을 설정한 가온은 다시 밖으로 나가 책 열 권을 무작위로 골라서 다시 생명의 아공간으로 들어간 뒤 소리 내어 읽기 시작했다.

당연히 그 내용은 바로 이해할 수 없었지만 벼리가 기억할 수 있도록 하기 위해서 읽는 것이다.

생소한 초고대 언어지만 유물에 펼쳐져 있는 마법의 효과로 내용을 읽을 수 있으니 말이다.

그렇게 가온은 생명의 아공간을 활용해서 2층의 책들을 읽기 시작했다.

그렇게 24시간이 지나기 전까지 2층에 있는 책들 중 염력과 뇌전신공과 관련이 없더라도 자신이 관심을 가지고 있는 분야의 책들을 무려 400여 권이나 읽을 수 있었다.

다들 책을 한 권이라도 더 읽기 위해서 집중하고 있었기에 대원 누구도 가온이 사라졌다 나타났다 하는 기이한 현상을 발견하지 못했다.

　그렇게 온 클랜원 모두는 유적에서 엄청난 보상을 얻었다.

　　　　　　　　　　　◈

　들어간 지 정확히 24시간이 지났을 때 온 클랜원들은 알 수 없는 힘에 의해 유적 밖으로 공간이동 되었다.

　"헐! 벌써 하루가 지난 거야?"

　바깥은 이제 막 해가 뜬 직후였다. 어제 유적 안으로 들어간 그 시간이었다.

　사람들은 자신이 고른 책과 그에 관련된 책을 하나라도 더 보려고 집중했기에 다들 시간 가는 줄 모르고 있었다.

　그런데 이상한 게 있었다. 플레이 제한 시간이 있는 이계 인들도 유적 안에서 꼬박 24시간을 지냈다는 점이다.

　헤븐힐의 말을 통해서 이 사실을 알게 된 플레이어 대원들은 경악했다.

　"헐! 이런 경우도 있구나!"

　"이게 어나더 문두스의 메인 슈퍼컴의 권한으로도 막을 수 없었던 보상이었나 보네."

　"이런 것을 사람들에게 알리면 믿을까?"

　"당연히 안 믿지."

"그런데 언제 로그아웃이 되는 거지?"

그런 말을 하던 플레이어 대원 중 헤븐힐 일행이 거의 동시에 느닷없이 사라졌다.

'강제로 로그아웃된 거로구나.'

가온은 그 현상이 뭘 뜻하는지 짐작하고 대원들에게 대충 설명을 해 주었다.

"저희도 오늘은 돌아가 보겠습니다."

콜이 일행을 대신해서 그렇게 보고를 하고 바로 로그아웃을 했다.

"그럼 일단 우리도 오늘까지는 여기에서 지내야겠네요?"

"그래야 할 것 같습니다. 어제 지냈던 건물로 가지요."

마론의 질문에 가온이 고개를 끄덕였다.

"잘됐습니다. 읽었던 내용을 다시 한번 떠올리면서 완전하게 기억해야 하니까요."

"맞습니다. 지금은 내용을 끊임없이 반추해서 머릿속에 새겨 두어야 합니다."

대원들은 외운 내용을 조금이라도 잊어버릴까 봐 조심하는 얼굴로 가온을 따라 어제 묵었던 건물로 향했다.

혼자가 된 가온은 이제야 유적과 관련된 보상을 확인했다.

일단 고대 유적인 카란 비블리오테카를 개방한 보상으로 나온 것은 칭호와 특성이었다.

칭호의 경우 '노련한 던전 개척자'로, 기존의 '던전 개척자' 칭호의 상위이기 때문에 융합이 되면서 던전 내에서 얻는 경험치와 드롭율은 이전과 마찬가지였지만 스텟이 30%나 증가하는 효과를 지니고 있었다.

'시스템이 자꾸 던전만 탐색하라고 등을 미는 것 같네.'

아무리 생각해도 완전히 던전에 특화되는 방향으로 성장하는 것 같았다.

물론 가온은 그 점에 대해서 아무런 불만이 없었다.

특성의 경우 '다재다능'이 나왔는데, 무엇을 배우고 익히든 숙련도가 두 배가 되는 희귀하면서도 아주 귀중한 효과를 가지고 있어 무척 만족스러웠다.

이번에는 스톤 골렘을 사냥한 후 받은 보상을 확인했다.

일단 칭호는 '골렘 사냥꾼'으로 골렘 종류를 상대할 때 전투력을 20% 상승시켜 주는 내용이었다.

공격력이 아니라 전투력이 상승한다는 측면을 고려하면 좋은 보상이었다.

스킬의 경우 '타임 슬로'로 현재 수준으로는 마나 100을 소모해서 1초 동안 본인을 제외한 시간의 흐름을 10분의 1로 늦출 수 있었다.

성장형 스킬이라서 레벨이 올라가면 시간의 흐름을 더 늦출 수 있어 전투에서 엄청난 효과를 발휘할 수 있을 것 같았다.

'이거라면 젬 골렘처럼 민첩 스텟이 높은 마수나 몬스터를 상대할 때 큰 도움이 될 거야!'

극도로 집중으로 하면 시간이 느리게 흘러가는 것 같은 느낌을 받을 때가 있는데, 이건 실제로 본인을 제외한 외부의 시간을 늦출 수 있어 적에게 치명적인 공격을 가할 수 있었다.

문제는 마나 소모가 엄청나다는 점이지만, 치환 반지도 있고 앙헬도 있으니 어떻게 해서든지 극복할 수 있었다.

마지막으로 아이템의 경우 아이템 강화석이 나왔는데, 중급이라서 바로 안전텐트를 업그레이드하는 데 사용해 버렸다.

'안전텐트도 이제 마정석을 상급으로 교체하면 20명까지 수용할 수 있겠네.'

그런데 안전텐트의 설명을 확인한 가온의 눈이 커졌다.

'진화를 했다고?'

안전텐트의 등급이 희귀에서 유일로 진화해 버렸다.

그리고 상급 마정석을 사용할 경우 반영구적으로 사용할 수 있으며, 아공간의 크기도 텐트를 중심으로 상하좌우 25미터까지 확장되었다.

그뿐만 아니라 이제는 구체적인 내용이 추가되었다.

100레벨 이하의 생물체는 바로 옆에서도 안전텐트의 존재를 알아차릴 수가 없다는 것이다.

앞으로 더욱 위험한 장소를 찾아다닐 온 클랜을 위해서는 정말 훌륭한 선물이 아닐 수 없었다.

보상을 모두 확인한 가온이 유적지에서 가지고 나온 '염력론'과 '뇌전신공'을 살펴보려고 할 때 손님이 찾아왔다.

바로 패터였다.

"유적 안에서 창술서 한 권을 골라서 들고 나왔는데, 도무지 이해가 가질 않아서."

"그래? 한번 줘 봐."

창술서를 받아 든 가온이 책장을 넘기다가 인상을 찡그렸다.

그림을 제외한 설명 부분의 문자를 유적 안에 있을 때와 달리 전혀 알아볼 수가 없었던 것이다.

'이래서야 보상으로 무술서를 가지고 나온 보람이 없네.'

외워서 나오지 않은 이상 이 고대 문자로 쓰여 있는 내용은 알 수가 없을 것 같았다.

"외운 거 아니었어?"

"외운다고 외웠는데 헷갈려서……."

그럴 만했다.

어릴 때부터 모험가인 아버지를 따라 이곳저곳을 옮겨 다닌 패터이니 제대로 공부를 해 본 적이 없을 것이다.

가온이 미안한 마음을 가지고 막 책을 돌려주려고 할 때였다.

―오빠, 제가 읽을 수 있을 것 같아요.

벼리였다.

'네가?'

―네, 오빠가 마구잡이로 읽은 책 중에서 고대 문자를 해석할 수 있는 중요한 내용이 있었거든요.

'그럼 한번 해석해 볼래?'

가온은 그야말로 하늘에서 내려 준 동아줄을 잡은 것 같은 기분이었다.

만약 벼리가 정말로 고대 문자를 해석할 수 있다면, 앞으로 혹시 찾을 수도 있는 고대 유적을 보다 쉽게 공략할 수 있을 것이다.

―폴루스 창술의 기본은 마상 창술에서 출발하되 지상 창술의 이점을 취해 새롭게 만들어졌다. 그 때문에 세 종류의 창으로 수련을 해야 하는데, 각각은 창신이 4미터, 3미터, 2미터의 길이어야만 한다.

그렇게 시작한 폴루스 창술에 대한 책의 내용은 창술의 기원부터 시작해서 다양한 창술의 종류까지 서술하면서 각각의 장단점을 자세하게 기술했다.

어쩐지 책이 두껍다 싶더니, 한 권에 담긴 내용이 어마어마했다. 총론부터 각론까지 모두 포함되어 있었던 것이다.

벼리가 전해 주는 창술 개론에 해당하는 내용을 읽다 보니 가온 자신도 얻는 것이 적지 않았다.

나크 훈은 창술사가 아니라서 이 정도로 자세하게 창술에 대해서 설명을 해 주지 않았기 때문에 보법이나 기본자세에 담긴 의미를 자세히 알지 못했던 것이다.

거의 30분에 걸쳐서 폴루스 창술을 끝까지 읽어 주자, 패터는 이제야 내용이 생각이 나는지 희희낙락해서 돌아갔다.

그때였다.

–폴루스 창술을 익히셨습니다.

안내음에 놀라서 바로 스킬창을 확인해 보니 과연 창술의 등급과 레벨이 변경되어 있었다.

창술 항목에 집중하니 세부적으로 시리우스 창술과 폴루스 창술로 나뉘어 있는 것을 확인할 수 있었다.

'그런데 왜 시리우스 창술을 익혔을 때는 상태창에 안 보였지?'

이전에 확인했을 때만 해도 소드마스터리에 창술은 없었다.

'내가 창술을 사용하지 않아서 그런가?'

곰곰이 생각해 보니 창술을 수련하기는 했지만 마수나 몬스터를 상대로 써 본 적은 없는 것 같았다.

창을 쓰기는 했지만 대부분 투창의 방식으로 사용했었다.

그게 아니면 단순히 형과 초식만 배우고 수련해서일지도 모르겠다.

이유는 알 수 없지만 본의 아니게 폴루스 창술을 익히게 되어 제대로 창술 항목이 생긴 건 잘된 일이다.

폴루스 창술은 기마 창술이 기본이고 시리우스 창술은 지상 창술이 기본이지만, 두 가지를 모두 익히면 능히 검술에 견줄 만했고 창신이 검신보다 더 긴 만큼 마수나 몬스터를 사냥할 때도 상당한 이점이 있을 것 같았다.

두 가지 창술을 익히게 되면서 오랫동안 수련해 온 훈 검술과 같은 등급이지만 약간 화후가 낮은 정도로 등록이 되었으니 앞으로 자주 활용해야 할 것 같았다.

'패터 덕분에 제대로 창술을 익히게 되었네.'

그렇게 가온뿐만 아니라 모두에게 즐겁고 뿌듯한 수확의 시간이 흐르고 있었다.

패터는 시작에 불과했다. 퍼슨과 스톤 그리고 랄프가 차례로 그를 방문했던 것이다.

덕분에 가온은 '메트론 검술', '페트라 궁술', 그리고 '중병기 총람'이라는 책을 해설해 주어야만 했고, 해당 검술과 궁술을 익힐 수 있었다.

메트론 검술은 쾌검을 중시한 검술이었다.

누구보다 민첩 스텟이 높고 동체 시력이 높은 가온에게도 무척 잘 어울리는 메트론 검술은 제대로 정독을 하고 시범을 보여 주는 것만으로도 익힐 수 있었다.

그렇게 메트론 검술을 익힌 후 스킬창을 살펴본 가온의 눈이 커졌다.

'훈 검술의 단점을 절묘하게 채워 주는 것 같더니, 융합이 되어 검술로 분류가 되고 등급도 B로 올랐네.'

그것도 3레벨이나 되었다.

검술 항목에 집중하자 각각 B등급, 1레벨인 훈 검술과 C등급에 3레벨인 메트론 검술이 보였다.

스톤이 고른 페트라 궁술은 마나를 사용하는 고급 궁술로 본내용에 앞서 안력을 단련시키는 방법과 어떤 지형, 어떤 자세에서든 활을 쏠 수 있도록 하체를 단련하고 몸의 균형을 유지하는 방법을 설명하고 있었다.

본내용은 마나 오션에서 화살을 잡는 손가락까지 이어지는 마나로드를 확장시키고 강하게 만든 후 대량의 마나를 빠르게 이동시키는 특수한 수련과 다양한 용도로 사용할 수 있는 활을 제작하는 방법이 기재되어 있었다.

가온은 이제 막 마나 연공에 입문한 스톤을 위해 청기를 이용해서 페트라 궁술에서 반드시 필요한 마나로드와 마나의 이동을 직접 느낄 수 있도록 해 주었다.

자신이 직접 익혀 본 페트라 궁술은 제대로만 익히면 어지간한 검술보다 더 효용성이 높았다.

스톤처럼 오랫동안 활을 사용한 이에게는 아주 적합했다.

그렇게 페트라 궁술을 익히자 궁술 스킬이 페트라 궁술로 바뀌었으며 경지는 D등급에 4레벨로 나타났다.

'앞으로는 궁술에도 신경을 써야겠네.'

그동안 주로 사용해 온 연발 석궁은 효용성은 크지만 사거리가 짧고 궁술의 숙련도가 거의 올라가지 않았다.

마지막으로 랄프가 고른 중병기 총람이라는 책은 핼버드나 워액스 혹은 모닝스타와 같은 중병기의 종류와 기본적인 사용법을 기술해 놓았다.

힘이 좋은 랄프에게는 좋은 선택으로 보였다.

가온도 벼리가 알려 주는 대로 책의 내용을 읽어 주면서 얻는 것이 적지 않았다.

특히 중병기이면서 동시에 장병기인 무기들을 어떻게 사용해야 하는지 제대로 알 수 있었다.

세 사람이 돌아간 후 가온은 혹시 몰라서 다른 대원들을 찾아갔다.

타람과 로에니는 각자에게 맞는 검술서를 선택했고 용케 내용을 외웠는지 눈을 감고 내용을 분석하고 있었다.

세르나 등 네 정령사는 정령마법과 관계된 책을 가지고 나왔는지 각자 계약한 정령들과 함께 뭔가 정신없이 시도하고 있었다.

이 여섯 명은 굳이 자신이 도울 필요가 없어 돌아가다가 도중에 헤븐힐을 만났다.

"어? 어떻게 접속한 거야?"

"뭐가 어떻게 된 건지 모르겠는데, 접속이 되더라고요."

고대 유적 때문에 뭔가 시스템 작동에 문제가 있는 것 같았다.

"흠, 신기한 일이네. 아! 그런데 왜 다시 온 거야?"

"대장님에게 선물할 것이 있어서요."

헤븐힐이 웃으며 말했다.

"선물?"

"네, 이번에 고대 유적에 입장한 보상이 나왔거든요."

"무슨 보상인데?"

"매직북이에요."

매직북을 보상으로 받았다니 꽤 높은 공헌도를 인정받은 모양이다.

"매직북이라면 바로 익히면 될 텐데?"

"그래도 되지만 현재 우리 세 사람의 능력과는 안 맞는 것 같아서요. 그리고 일전에 탄 대륙 사람들도 매직북으로 마법을 익힐 수 있다고 하셨잖아?"

가온은 고개를 끄덕였다.

생각해 보니 스승인 볼코트로부터 그 사실을 듣고 세 사람에게 말한 적이 있었다.

"윈드커터 마법인데, 제한이 너무 많아요. 그래서 고민 끝에 대장님께 드리기로 했어요."

윈드커터는 바람 계열의 마법 중에서는 효용성이 아주 높았다.

일단 드문 지속성 마법인 데다 시전자가 그린 이미지대로 바람으로 이루어진 날의 크기나 형태를 바꿀 수 있었다.

"마나의 양이야 부지런히 연공을 하면 늘어날 텐데. 그리고 세 사람은 레벨 업에 따른 포인트로 마나를 늘릴 수 있지 않아?"

"그렇긴 한데 걸리는 게 많아요. 일단 발현에 성공하면 지속에 필요한 마나는 초당 2밖에 소모되지 않지만, 한번 발현하려면 지력과 집중력 수치가 80이 넘어야 하고 마나도 20이나 들어가서 마음껏 사용할 수가 없어요."

하긴 그 정도라면 현재 세 사람의 능력으로는 익힌다고 해도 제대로 쓸 수가 없었다.

"이번에 대장님이 마나 영약을 주신 것도 그렇고, 항상 우리를 신경 써 주셔서 이럴 때 한번 생색을 내려고요."

"이거 고마워서 어쩌지?"

정말 고마웠다.

예지몽 속에서는 이렇게 자신을 생각해 주는 사람은 없었던 것이다.

"선물이니 바라는 건 없어요. 아! 혹시 나중에 마나 영약을 더 구하면 좀 챙겨 주세요."

헤븐힐의 성의지만 자신이 익히면 잘 쓸 수 있는 마법이라 그냥 받기에는 좀 부담스러웠는데 잘됐다.

가온은 아공간 주머니에 따로 챙겨 두었던 골드비 비약 열 병을 꺼내 헤븐힐에게 주었다.

"어멋! 정말 주시는 거예요?"

헤븐힐이 깜짝 놀라며 물었다.

당연히 복용해 본 적이 있는데 내성이 거의 없기 때문에 마나의 양이 부족하다고 생각하는 헤븐힐에게는 최고의 선물이었다.

"그럼 주지 말까?"

"아니욧!"

헤븐힐은 누구에게 뺏길까 두려운 얼굴로 황급히 포션병들을 챙겼다.

"그런데 한 병에 마나가 얼마나 늘어나는 거야?"

탄 대륙인들이야 상태창이 따로 없으니 마나양의 변화를 잘 모르지만 플레이어들은 다르다.

"제 경우에는 병당 2.1 정도 늘어났는데, 매디와 바로는 그보다 약간 낮더라고요."

가온의 경우 3 정도 늘어났는데 사람에 따라, 혹은 마나 연공법에 따라서 흡수되는 마나의 양이 다른 모양이다.

"아무튼 대장님 덕분에 마나양이 크게 늘어나서 마법의 위력도 높아졌어요. 이제부터는 더 강해질 거고요."

"다행이네. 앞으로도 영약을 구할 기회가 되면 헤븐힐 것은 꼭 챙길게."

그렇게 약속할 만큼 그녀가 고마웠다.

"호호호! 약속한 거예요."

"그래, 그럼 손가락 걸어."

가온이 새끼손가락을 내밀자 헤븐힐은 자신의 새끼손가락을 걸고 마치 음미하듯 흔들더니 수줍은 얼굴이 되어 황급히 로그아웃을 했다.

가온은 그 자리에서 바로 윈드커터 마법을 익히기로 했다. 물론 그 전에 해야 할 일이 있었다.

집중력 스텟을 80으로 맞춰야만 했다.

여유 포인트로 마법이 요구하는 수준을 맞춘 가온은 바로 매직북을 통해 윈드커터 마법을 익혔다.

당장 시험해 보고 싶었지만 그보다 먼저 확인해야 할 것들이 있었다.

유적 안에서 자신이 가지고 나온 책의 내용을 떠올리며 수련을 해 보려고 했던 가온은 쓴웃음을 지었다.

'내 스텟 수준을 고려하지 못했네.'

염력은 정신력과 관계가 있는 만큼 지력과 집중력 스텟이 최소 150은 넘어야만 도전할 수 있었다.

한 가지 스텟이라면 여유 포인트로 올릴 수 있는데, 두 가지라서 소용이 없었다.

'부지런히 두 스텟과 관계가 있는 칭호를 모아야겠네.'

레벨 업에 따른 포인트로는 두 스텟을 그 정도까지 올리는 데 부지하세월이니 답은 칭호밖에 없었다.

'기연은 기연인데…….'

그가 추구하는 목표인 올라운더에 큰 역할을 해 줄 것으로 기대했던 두 능력을 얻는 데 시간이 걸릴 것 같아서 입맛이 썼다.

뇌전신공은 몰라도 염력은 반드시 익히고 싶었다.

투명 날개라는 엄청난 아이템을 가지고 있어 공중 공격이 가능한 그에게 염력은 전투 능력에 엄청난 수준의 날개를 달아 줄 수 있었던 것이다.

'나중에 기회를 보자.'

아쉬워하는 것으로 시간을 낭비할 수는 없었다.

가온은 퍼슨이 말한 던전에 대해서 집중하기로 했다.

이곳에서 그가 말한 던전 예정지까지 가려면, 먼저 왕국 수도까지 연결되는 가도까지 나가야만 했다.

'다시 소베토 영지까지 가는 건 시간이 많이 걸리는데.'

소베토 영지를 경유하면 족히 한 달 이상 걸릴 것이다.

퍼슨에게 받은 왕국 지도를 꺼내 한참을 보던 가온의 눈이 어느 순간 강렬해졌다.

'오크라강을 타고 내려가면 얼마 걸리지 않을 거야.'

문제는 배다.

'현재까지 배가 운항을 하는지를 모르겠네.'

자신이 사냥한 콰르를 떠올린 가온은 왠지 불길했다.

강에 그렇게 거대한 수생 마수들이 서식하면 배가 뜰 리가 없었던 것이다.

'일단 알아보자.'

가온은 바로 퍼슨과 마론을 찾아갔다.

아직 시간이 이르기 때문에 둘 다 아직 잠이 들지는 않았다.

퍼슨은 자신이 가지고 나온 검술서를 탐독하고 있었고 마론은 부인 샐리와 뭔가 도란도란 얘기를 나누고 있었다.

가온의 생각을 들은 두 사람, 아니 샐리까지 세 사람은 오크라강과 배라는 단어를 듣고 잠깐 자신만의 생각에 잠겼다.

가장 먼저 입을 연 것은 샐리였다.

"이곳에서 강을 따라 하류로 이틀 정도 더 가면 세이런 성채가 나와요."

"세이런 성채요?"

"네, 오래전에 오크라 강변에 벌목꾼들이 건설한 일종의 요새 도시예요. 강이 아니면 길이 닿지 않는 곳에 위치해 있어서 오래전부터 자유 도시로 취급되어 왔지요. 거기라면 배를 구할 수도 있을 것 같아요."

"그래! 그곳이 있었어!"

"세이런이라면 확실히 그럴 수 있지."

샐리의 말에 퍼슨과 마론이 무릎을 치며 반색했다.

"마수나 몬스터로부터 안전할까요?"

영주가 다스리는 성이라면 당연히 기사를 중심으로 한 무장 조직이 있겠지만, 자유 도시라고 하니 그 부분이 궁금했다.

더구나 이 근처에 있던 도시나 마을 들도 날로 번성하고 있는 후와 무리로 인해서 멸망했다고 들어서 좀 불안했다.

"그곳은 안전할 겁니다. 최초로 벌목꾼들이 건설을 시작한 이래 선주와 선원들, 상인들 그리고 용병단들이 힘을 합쳐서 그 도시를 만들었죠. 멀지 않은 곳에 있는 채석장에서 거대한 돌들을 배를 통해 날라다가 수십 년에 걸쳐 성채를 쌓았는데, 굉장히 견고합니다."

"저도 마론처럼 세이런이 아직 건재할 것으로 믿습니다. 성 옆쪽의 산들은 가팔라서 오르기 힘든 데다 뒤쪽의 산 역시 험해서 접근할 수 있는 방향은 성문이 있는 강 쪽밖에 없는데, 성에서 열어 주지 않으면 상륙조차 쉽지 않습니다."

식견이 뛰어난 두 사람이 그렇게 장담하니 믿어도 좋을 것이다.

"좋습니다. 그럼 언제 출발하는 게 좋겠습니까?"

"하루만 더 이곳에 머무르면 어떨까요?"

"다들 가지고 나온 책에 집중하고 있습니다. 유적 안과 달리 어려움은 많은 것 같지만요."

원래는 이곳에서 오래 머무르면서 대원들이 유적 안에서 얻은 것들을 어느 정도 자신의 것으로 받아들일 시간적인 여유를 주려고 했었다.

하지만 마음이 급했다.

헤븐힐 일행과 벼리에게 들으니 하루가 다르게 발견되는 던전의 숫자가 늘어나는 추세였다.

'내 던전은 아니지만 남들이 발견하고 있다니 마음이 급하네.'

그래서 퍼슨의 의견대로 대원들을 불러 모아서 출발하는 건을 논의했다.

생각했던 대로 몇 사람은 이곳에 더 머무르며 유적에서 얻은 스킬을 익혔으면 하는 눈치였지만, 패터의 말에 이내 분위기가 달라졌다.

"분수에 넘치는 검술서를 골라서 그런지 유적 안에서는 다 이해하고 펼칠 수 있을 것 같았는데, 막상 나와서 혼자 익혀 보려고 하니 책의 내용도 다 기억이 나지 않거니와 하루아침에 익힐 수 있는 게 아니더라고요."

"저도 그런데……."

대원들의 사정은 비슷했다. 안에서는 참고할 책들도 있고 책의 내용을 제대로 읽을 수 있어 어떻게 하든 수련할 수 있을 것 같았지만, 막상 가지고 나온 지금은 책의 내용을 이해할 수 없어 기억에 의존해야만 했다.

결국 내일 플레이어 대원들이 접속하면 다시 얘기하기로 하고 논의를 끝냈다.

회의가 끝난 후 간단하게 점심을 먹었는데, 다들 유적에서 가지고 나온 책 때문에 식욕이 없는지 먹는 둥 마는 둥 했다.

식사 후 가온은 혼자 멀리 나가기로 했다. 윈드커터 마법을 익힐 생각이었다.

처음에는 손바닥 크기의 윈드커터만 겨우 구현할 수 있었다.

바람을 응집시킨 후 일정한 모양으로 유지한 상태로 회전까지 시켜야 하기 때문에 높은 수준의 지력과 집중력이 요구되었던 것이다.

그래도 치환 반지와 앙헬의 도움을 받아서 수없이 펼치다 보니 오후 무렵에는 직경이 1미터에 이를 정도로 큰 윈드커터를 구현해서 방향 전환과 속도까지 어느 정도 조정할 수 있게 되었다.

'마나 소모가 심해서 그렇지, 레벨은 낮지만 많은 숫자의 적을 상대할 때 아주 유용하겠어.'

아마 혼울프나 스팟울프를 만났을 때 이 마법을 익혔다면 무리 없이 효과적으로 놈들을 사냥했을 수 있을 것 같았다.

반나절 가까이 윈드 커터 마법만 펼쳤더니 F등급 1레벨에서 단숨에 E등급 3레벨까지 올라서 무척 뿌듯했다.

치환 반지를 이용해서 정령력과 마력까지 마나로 치환한 후 바닥까지 소진한 뒤 골드비 꿀을 먹고 연공을 해서 채우기를 반복했다.

그래서 그런지 마나는 43, 마력은 38, 정령력은 64가 올라서 뿌듯함은 배가되었다.

어둠이 내린 후에야 겨우 숙영지로 돌아가니 저녁을 준비하는 대원들의 얼굴이 무척 밝았다.

다들 수련의 단초를 잡았거나 수련에 진척이 있는 모양이었다.

후와의 습격

다음 날 일찍 일어난 대원들은 이제는 루틴이 된 대로 수련에 매진한 후에야 아침 식사를 준비했다.

여느 때와 마찬가지로 식사를 할 무렵에 플레이어 대원들이 접속했고, 함께 식사를 하면서 앞으로의 목표인 던전 추정지까지 이동하는 문제와 세이런 성채에 대한 얘기를 꺼냈다.

플레이어들은 당연히 가온의 의견에 찬성했다. 그들에게 시간은 금이었다.

결국 숙영지를 정리하고 바로 세이런을 향해 출발하기로 했다.

하지만 그 전에 마무리할 일이 하나 있었다.

"대장님 덕분에 얻은 것이 많습니다. 정말 감사합니다."

콜이 일행을 대표해서 의뢰에 대한 잔금을 주었고, 가온은 그 자리에서 대원들에게 수당을 지급했다.

물론 그들이 약속한 대로 절반이었지만 말이다.

가온도 그렇지만 대원들도 받은 수당에 큰 관심이 없었다. 유적 던전에서 얻은 것이 워낙 커서 돈이 눈에 들어오지 않았기 때문이다.

"그런데 저희도 주십니까?"

콜과 드골 그리고 무조가 황당하다는 얼굴로 물었다.

가온이 그들에게도 수당을 지급했기 때문이다.

"의뢰는 의뢰고 세 사람도 임시이기는 하지만 우리 온 클랜원이니 당연히 지급해야지요."

"감사합니다. 그리고 저희들끼리 의논을 해 봤는데, 한동안 대장님을 따라다니고 싶습니다."

"정식으로 클랜원이 되겠다는 말입니까?"

"네!"

콜의 대답과 함께 드골과 무조도 결의를 표현하듯 큰 소리로 대답했다.

"좋습니다. 세 분처럼 실력이 뛰어난 대원들을 놓칠 수는 없지요."

다른 대원들의 의견을 들을 필요는 없었다. 콜 일행의 역량은 동행하면서 충분히 확인했고 온 클랜에 도움이 된다고 확신했으니 말이다.

이제는 정말 출발해야 할 시간이다.

"길은 어떻게 잡을까요?"

"오크라강을 따라가는 것으로 하지요."

가온은 마론의 물음에 그렇게 대답했다.

"그럼 다시 후와의 영역을 지나야 하는데, 괜찮을까요?"

"흠, 놈들이 경계를 강화했을 텐데……."

일행이 지나온 길보다 더 아래로 우회를 할 생각이긴 하지만, 경계하던 놈들이 모두 죽었으니 지능이 뛰어난 보스가 있다면 복수든 뭐든 경계망을 확장했을 가능성이 높았다.

"일단 한참 아래로 우회를 하는 것으로 하지요."

"그렇게 되면 전혀 모르는 길을 지나야 합니다."

"그래도 한창 복수심에 불타는 놈들을 상대하는 것보단 나을 것 같습니다."

가온의 말에 마론도 결국 고개를 끄덕였다.

현재 온 클랜에서 후와를 효과적으로 상대할 수 있는 사람은 가온이 유일했기에 그가 제대로 활약을 할 수 없는 상황이 되면 나머지는 아주 위험해질 수밖에 없었다.

결국 마론은 가온이 말한 대로 크게 우회해서 오크라강으로 향하는 길로 일행을 안내했다.

스톤과 퍼슨 그리고 마론이 일정한 거리를 유지한 상태로 정찰을 하기로 했다.

울창한 밀림이라서 가온이 비행 정찰을 하는 것은 큰 의미가 없었다.

썩어 가는 나뭇잎들이 두껍게 쌓인 무덥고 습한 밀림은 헤아릴 수 없이 많은 독충들의 천국이었다.

인간의 피를 노리는 흡혈충들은 물론 독사들도 수시로 출현했다.

하지만 정찰을 하는 세 사람을 빼고는 아무도 독충이나 흡혈충에 피해를 입지 않았다.

말을 타고 있기도 했지만 정령사 대원들이 돌아가면서 바람의 정령을 소환해서 일행의 주변에 바람의 막을 생성해 놈들의 접근을 차단했던 것이다.

문제는 바닥에 두껍게 쌓인 썩은 나뭇잎 속으로 이동하는 독충이나 독사였는데, 그것들 또한 대지의 정령이 바닥을 뒤흔들 때마다 튀어나와 바람의 정령에 의해 멀리 날아가 버렸다.

"정령사 대원들 덕분에 아주 편하게 이동하네요."

정령사들이 합류할 때부터 샤나에게 반한 패터가 그녀를 보며 칭찬했다.

"확실히 정령사 대원들이 합류하면서 이동하는 게 굉장히 편해지긴 했어."

희한하게 처음 본 순간부터 버릇없이 구는 라쟈에게 꽂힌 타람이 그녀를 보며 말했다.

"뭐, 그건 인정."

용병 생활을 오래한 로에니도 정령 덕분에 편하게 이동할 수 있게 된 점은 인정했다.

하지만 그들이 모르는 사실도 있었다.

'녹스, 독충과 독사 들이 그렇게 많아?'

가온이 대원들의 눈을 피해서 앙헬이 떼어 주는 벌집을 우물거리며 물었다.

출발한 지 얼마 되지 않아서 스스로 소환해 달라고 요구했던 녹스는 정신없이 독충과 독사 들을 사냥하고 있었다.

─조금만 참아. 이렇게 강하고 다양한 독을 구할 수 있는 기회는 얼마 없다고.

독의 유용성을 누구보다 잘 알고 있는 가온은 고개를 끄덕였다.

그렇다면 어쩔 수 없이 정령력 소모를 각오해야 했다.

가온은 치환 반지로 마나를 정령력으로 전환시키는 한편 앙헬로 하여금 소모되는 마나가 바로바로 채워지도록 벌집을 떼어 달라고 했다.

'그나저나 정령은 계약자와 멀리 떨어져서 활동할 수 없는 거 아닌가?'

가온이 파악한 녹스의 위치는 그에게서 대략 200여 미터나 떨어져 있었다.

그러고 보니 세르나로부터 정령에 대한 일반적인 지식을

전해 듣지 못했다. 사냥과 수련 때문에 서로 바빴던 것이다.

'내 정령들이 좀 특별한 것 같은데, 큰 문제는 없겠지.'

그런데 중상급 정령사인 세르나가 녹스의 존재를 전혀 알아차리지 못하는 것은 좀 이상하긴 했다.

자신의 경우 그녀는 물론 다른 정령사 대원들이 소환한 정령의 존재나 활동을 눈으로 보듯 파악할 수 있었던 것이다.

아무튼 그렇게 두 시간 정도 이동할 때까지 아무 일도 벌어지지 않아서 일행이 긴장을 어느 정도 풀었을 때였다.

─온, 원숭이 떼가 몰려오고 있어!

순식간에 가온에게 돌아온 녹스가 전한 소식이었다.

"이런!"

'어느 쪽에서, 얼마나 되는데?'

─서쪽, 거리는 인간의 걸음으로 천 보 정도야.

'그렇다면 후와다!'

─나무 위를 통해서 아주 은밀히, 천천히 이동하고 있어.

거리는 불과 700미터 정도에 불과하지만, 놈들이 느리게 움직인다니 다행히 대비할 시간 여유는 있을 것 같다.

가온은 즉시 피리를 짧게 세 번 불어서 정찰을 맡은 세 사람을 불러들였다.

"무슨 일입니까?"

가온의 행동에 대원들은 뭔가 일이 생겼음을 짐작하고 주위를 경계하며 물었다.

"아무래도 후와가 우리의 종적을 파악한 것 같습니다."

더 설명하지 않아도 대원들은 상황을 파악했다.

가온의 다양한 능력을 경험했기에 어떻게 안 것이냐고 묻지도 않았다.

"저희가 어떻게 하면 됩니까?"

"후와가 위험한 건 높은 나무 위에서 단단한 과실을 던지는 공격 패턴 때문이니, 주위의 나무들을 쓰러뜨리면 어떨까요?"

잠시 머리를 굴리던 가온은 매디의 의견에 반색했다.

"들었지요? 당장 벌목부터 하도록 하지요."

벌목한 나무들을 이용하면 일종의 목책까지 만들 수 있으니 이 상황에서는 생각할 수 있는 최고의 전술이었다.

완숙한 검광 실력자들은 가온이 내주는 강철 도끼창으로 서둘러 벌목을 시작했다.

쿠가가강!

마나가 주입된 도끼창은 원심력까지 더해져서 한 아름이 넘는 거목들을 쓰러뜨렸고, 나머지 대원들은 가온의 지시대로 대충 가지치기를 하기 시작했다.

가온은 그렇게 다듬어진 나무들을 사면에 쌓기 시작했다.

둘레가 한 아름이 넘는 나무들이라서 잘 쌓으니 순식간에 사람 허리까지 올라왔다.

그렇게 길이가 30~40미터에 높이 1미터에 달하는 정사각형의 목책이 완성되었다.

"그만!"

녹스가 후와 무리가 곧 일행이 있는 곳에 도착한다는 소식을 전하자, 가온은 바로 작업을 멈추게 하고 대원들을 대충 만든 목책 안으로 들였다.

말들은 이미 목책과 땅 사이에 무릎을 꿇린 상태였다.

벌목된 구간은 목책을 기준으로 대략 20미터에 달해서 후와가 나타나면 바로 알아볼 수 있었다.

"먼저 목책에 몸을 숨기고 활이나 석궁을 사용해서 선봉부터 꺾으세요!"

그렇게 당부한 가온은 은신한 상태로 투명 날개를 사용해서 하늘로 날아올랐다.

'굉장하군.'

하늘 위에서 내려다보니 사면을 포위한 후와의 숫자가 엄청났다.

하지만 두려워할 필요는 없었다. 숫자는 많았지만 놈들은 고블린이나 오크처럼 무기를 사용할 수 있는 능력이 있는 것도 아니고 방어구를 착용한 개체도 보이지 않았다.

가온은 앙헬을 소환했지만 먼저 움직이지는 않았다.

후와들은 동료들을 죽인 인간들을 응징하겠다고 나섰지만, 본능적으로 벌목된 구간을 두려워했다.

놈들은 주로 나무 위에서 목표를 향해 단단한 열매를 던지는 식으로 공격을 했는데, 벌목된 곳은 훤히 열린 공간이니 당황한 것이다.

끼끽!

보스의 것으로 짐작되는 날카로운 신호와 함께 후와들이 일제히 숲에서 빠져나와 목책을 향해 달리기 시작했는데, 그 속도가 엄청나게 빨랐다.

하지만 온 클랜은 놈들이 접근하기를 기다리지 않았다. 놈들을 향해 화살과 볼트가 날아가기 시작했다.

선두가 쓰러지자 놈들은 주춤거렸지만, 또다시 날카로운 로어가 울려 퍼지자 눈이 시뻘겋게 변한 후와들이 다시 목책을 향해 달리기 시작했다.

두세 명씩 한 방향을 맡아서 화살과 볼트를 날리고 있지만, 수백에 달하는 놈들의 쇄도를 막기엔 부족했다.

그때 네 방향에 한 명씩 위치한 정령사들이 대지의 정령들로 하여금 땅을 요동치게 만들었다.

그동안 샤나가 새롭게 대지의 정령과 계약을 했던 것이다.

쿠라라랏!

달리던 상태에서 엎어지고 자빠진 놈들은 공황에 빠져 비명을 질렀고, 쉴 새 없이 날아가는 화살과 볼트는 여지없이 놈들의 숨통을 끊었다.

살아남은 후와들은 어지간히 놀랐는지 보스의 로어에도 불구하고 숲으로 도망쳤다.

어느새 벌목된 구간은 화살과 볼트에 맞은 후와들로 가득했고, 겨우 살아남은 놈들은 구슬픈 비명을 지르며 동료들에게 구해 달라고 애원했다.

'그래 봐야 겨우 수백 마리에 불과해.'

하늘에서 살펴보니 목책 주위의 숲에는 아직도 엄청난 숫자의 후와가 대기하고 있었는데, 이렇게 거센 반격을 예상하지 못했는지 당황하는 것 같았다.

가온은 시간을 끌 수 없다고 생각하고 녹스를 소환했다.

'녹스!'

—왜 불렀어?

'독은 많이 챙겼어?'

—어느 정도는.

'저놈들에게 네 독의 맛을 좀 보여 줘야겠어.'

—재미있겠다!

녹스는 순식간에 사라졌고, 얼마 후 숲에서는 유일하게 드러난 안면 부위가 시퍼렇게 변한 후와들이 지면으로 추락하기 시작했다.

끼끽! 끼이이낏!

당황한 놈들은 기성을 질렀지만, 이유를 알 수 없기에 목책 주위의 숲은 완전히 난리도 아니었다.

가온은 은신한 상태로 아래로 내려와서 보통 나뭇가지들이 풍성하게 뻗는 7미터 높이에 체공했다.

"윈드커터!"

나무들이 밀생한 숲을 고려해서 윈드커터를 손바닥 크기로 구현했다.

'가랏!'

가온의 의지를 받은 윈드커터가 맹렬하게 회전하면서 숲 안으로 진입했다.

싸악! 싹!

윈드커터는 살벌한 소음과 함께 앞을 가로막는 모든 것을 베면서 가온의 의지대로 움직이기 시작했다.

'파르!'

윈드커터를 따라 이동하던 가온은 어느 순간 매캐한 냄새를 맡고서야 녹스가 광범위하게 독을 뿌렸다는 사실을 떠올리고 파르를 마치 우주복처럼 만들었다.

그렇게 윈드커터가 움직이기 시작하자, 후와들은 그야말로 난리가 났다.

고속으로 회전하는 바람의 칼날은 나뭇가지들을 아주 가볍게 자르고 그 위에 앉아 있는 후와의 몸으로 파고들었다.

녀석들은 나뭇가지와 나뭇잎 때문에 시야가 가려진 상태라 제대로 피하지도 못했다.

넓게 살포된 독 때문에 추락하는 놈들이 부지기수인 상황에서 손바닥 크기의 윈드커터가 소리도 없이 날아오니 공황에 빠질 수밖에 없었다.

가온은 윈드커터를 조종하면서 한 손으로는 바닥에 추락한 후와를 상대로 파워 드레인 스킬을 펼쳤다.

마수인 만큼 녹스의 독에도 즉사한 놈들은 그리 많지 않아서 스킬의 대상으로는 아주 적합했다.

치환 반지와 앙헬이 수시로 입안에 넣어 주는 골드비의 꿀 덕분에 가온은 녹스의 소환에도 불구하고 견딜 만하자 카오스까지 소환했다.

─아주 재미있는 것을 하고 있던데. 난 뭘 해 줄까?

'보스급을 찾아 줘. 아마 남다른 특징이 있을 거야.'

얼마나 되는지 알 수 없는 후와를 모조리 도륙하고 싶지만, 현실적으로는 그럴 수가 없었다.

─알았어.

한 줄기 바람으로 변한 카오스가 사라지고 얼마 후, 그녀의 의념이 전해졌다.

─이쪽에 이상한 녀석들이 있어.

윈드커터가 먼저 의념이 전해진 방향인 서북쪽으로 향해 날아가고 가온이 뒤를 쫓았다.

그렇게 찾아간 곳에서 발견한 후와를 본 가온의 눈이 튀어나올 듯 커졌다.

'뭐가 저렇게 커?'

보통 후와도 고릴라를 연상하게 만들 정도로 컸지만, 황금색의 털을 가지고 있는 두 후와는 그야말로 압도적일 정도의 거대한 덩치를 가지고 있었다.

특히 무성한 황금색 털 사이로 덜렁거리는 물건을 달고 있는 놈의 경우, 언뜻 봐도 키가 10미터에 육박하고 몸무게는 3톤은 족히 나갈 것 같았다.

―원래는 이렇게 안 컸는데 내가 약을 좀 올렸더니 저렇게 커졌어.

어떻게 약을 올렸다는 건지 모르겠지만 후와의 보스는 거대화 능력이 있는 모양인데, 저 정도면 오우거도 때려잡을 것 같았다.

터질 것 같은 근육질 몸에 흉광이 가득한 붉은 눈동자로 주위를 돌아보던 후와 보스는 자신을 향해 날아드는 윈드커터를 보더니 긴 팔을 채찍처럼 휘둘렀다.

팟!

놈의 주먹에 얼마나 강력한 힘이 실렸는지 윈드커터가 단숨에 부서져 사라지고 말았다.

'저놈을 어떻게 해치워야 할까?'

워낙 거체인 데다 발산하는 투기가 심혼을 옥죌 정도로 강력해서 도무지 엄두가 나지 않았다.

그런데 넋을 놓고 있던 가온은 느닷없이 날아온 놈의 주먹에 깜짝 놀라 황급히 뒤로 날아갔다.

'내 은신을 간파했다고?'

처음이다. 그의 은신을 간파한 마수는 말이다.

하지만 그렇다고 해서 눈에 보일 정도는 아닐 테고 마나를 방출해서 간파한 것일 터.

높이 날아서 근처 나뭇가지에 올라서니 놈의 동공이 흔들렸다.

'녹스, 이리로 와 줘.'

이런 놈을 상대로 정석을 지킬 생각은 전혀 없었다.

녹스로 하여금 놈에게 독을 집중적으로 살포하게 한 가온은 카오스에게 이 근방을 물로 적셔 달라고 부탁했다.

쏴아!

갑자기 비가 내렸다.

후와 보스와 놈의 암컷으로 추정되는 또 다른 황금색 털의 거대 후와의 바로 머리 위에서 내리는 좁은 범위의 비였다.

끽! 끽! 끽!

놈들이 당황했는지 기성을 지르며 주위를 향해 거대한 주먹을 난사했다.

콰직! 콰지직!

놈의 주먹에 맞은 나무들이 비명을 지르며 쓰러지고, 다른 나무에 부딪혀 거대한 소음을 만들어 냈다.

주위에 뭔가 있다는 것은 확신했지만 혼란에 빠져 정확한 위치를 찾아내지 못하자 하는 행동이었는데, 주먹에 담긴 힘이 얼마나 강력한지 짐작하는 가온은 소름이 돋았다.

절대로 힘으로는 압도할 수 없는 상대였다.

'카오스, 그만해도 돼!'

비가 그치자 놈과 암컷은 물론 그 주위는 온통 물에 젖어 있었다.

이제 마누가 활약할 순간이 다가왔다.

츠즈즈즈! 지지지직!

시퍼런 뇌전이 매질인 물을 타고 순식간에 후와 보스와 암컷의 몸을 뒤덮었다.

끼이잇! 끼아앗!

당장 비명이 터져 나왔다.

하지만 이 정도로 거대화 능력까지 사용하는 후와 보스 커플이 죽을 거라고는 절대로 생각하지 않았다.

가온은 아그레브에서 구한 매직 스크롤 중 체인 라이트닝과 라이트닝 볼트를 찢었다.

츠즈즈즈! 치지지직!

뇌전의 강도가 한결 강해졌고 후와 보스와 암컷이 가늘게 경련했다. 당연히 근육은 경직되어 움직이지 못하는 상태였다.

가온은 창에 마나를 주입해서 놈의 눈을 향해 던졌다.

깡!

회심의 일격이었지만 놈은 감전 상태를 극복하고 날아드는 창을 손으로 쳐 냈는데, 타격음이 마치 금속끼리 부딪친 것 같았다.

마나가 가득 주입된 창들이 계속해서 날아갔지만 후와 보스는 놀랍게도 전격을 몸으로 감당하면서도 거대한 주먹으로 창을 쳐 내고 있었다.

창을 열 자루 정도 던졌을 때, 가온은 문득 이곳을 향해 몰려들고 있는 후와들의 기척을 감지했다.

'보스의 비명을 듣고 지원을 하러 오는 거구나.'

이대로라면 보스 커플을 죽일 수가 없었다. 아니, 오히려 자신이 위험해질 것이다.

'그래, 그곳으로 유인하자.'

얼마 전에 지나친 작은 계곡을 떠올린 가온은 은신을 풀었다.

끄르릇!

후와 보스가 돌연 눈앞에 나타난 인간을 보고 괴성을 질렀다. 자신을 이렇게 아프게 만든 인간에 대한 분노와 적대감이 가득 담긴.

"따라와!"

가온은 놈을 향해 손가락을 까닥거린 후 적당한 속도로 달리기 시작했다.

어느새 뇌전의 범위에서 벗어난 놈과 암컷은 물론 막 합류한, 친위대 혹은 준보스로 볼 수 있는 큰 체구의 후와들까지 가온을 쫓아서 달리기 시작했다.

그런 개체들은 녹스의 독에도 상당한 저항력을 가지고 있는 것 같았다.

후와 보스와 암컷은 아직 거대화를 유지하고 있어서 연신 나무를 들이받고 있었는데, 한 아름이나 되는 나무들이 아주 우습게 부러지고 있었다.

가온은 굳이 질주 스킬을 쓰지 않아도 후와들과 일정한 거리를 유지한 상태로 놈들을 유인할 수 있었다.

그냥 도망을 치는 것은 왠지 자존심이 상했던 가온은 종종 발을 멈추고 투창으로 후와 보스의 암컷을 집중적으로 노렸다.

물론 암컷 역시 거대화를 사용해서 키가 8미터가 훨씬 넘는 거대한 체구였기에 날아오는 창을 쳐 내는 건 문제가 없었지만, 그래도 마나가 실려 있어서 손부터 시작해서 자잘한 상처가 계속 났다.

암컷이 부상을 입어서 그런지 보스는 더욱 화가 나서 앞을 가로막는 나무들을 주먹이나 몸통으로 부수면서 손에 잡히는 것을 마구 던져 댔다.

그렇게 놈들의 약을 올리면서 가온이 도착한 협곡은 폭이 5미터 정도에 높이는 20미터 정도로, 길이는 대략 30미터에 달했다.

화가 머리끝까지 치밀어 오른 후와 보스는 아무런 의심도 없이 가온을 따라 협곡 안으로 들어왔고, 암컷과 삼십여 마리의 부하들도 마찬가지였다.

'카오스, 협곡의 앞뒤를 막아 줘!'

가온의 부탁에 카오스는 순식간에 협곡의 입구와 출구 쪽 바닥을 일으켜 흙벽을 세웠다.

흙벽이 솟아오르는 것을 보고 정신을 차린 후와 보스가 발을 멈추었을 때는 이미 늦었다.

'어디 한번 맛 좀 봐라!'

가온이 마지막 수로 생각한 것은 바로 골드비였다. 생물 전용 아공간에서 놈들을 꺼냈던 것이다.

당연히 파르를 우주복처럼 변화시켜 몸을 보호한 상태에서 놈들이 가장 중요시하는 여왕벌도 함께 꺼냈다.

다만 여왕벌들은 손바닥 크기만 남은 벌집 안에 갇혀 있었다.

그동안 여왕벌이 있는 곳 주위만 남기고 벌집은 따로 정리를 해 두었다.

꿀과 유충 그리고 로열젤리를 따로 분리를 해서 보관을 해둔 것이다.

아공간에서 나온 골드비들은 순간 상황 파악이 안 되어 헤매는가 싶더니 사방으로 날아갔다.

물론 가온도 놈들의 공격 대상이었지만 파르로 인해서 아무런 피해도 줄 수 없었다.

가온이 꺼낸 무리는 무려 열 개에 달했다. 그러니 최소한으로 잡아도 수십만 마리의 골드비가 나온 것이다.

놈들은 좁은 협곡 안에서 움직이는 존재들을 향해 맹목적으로 달려들었다.

여왕벌을 위협하는 존재로 본 것이다.

윙! 윙! 윙!

당황한 후와들이 괴성을 질렀지만 수십만 마리에 달하는 골드비의 날갯짓 소리에 막혀 거의 들리지 않았다.

가온은 우주복 형태로 변한 파르 덕분에 골드비의 독침 세 례에도 안전하게 협곡의 중간에 튀어나온 바위에 앉아서 연공을 시작했다.

가온이 윈드커터를 조종하면서 파워 드레인으로 흡수한 마나의 양은 어마어마했다.

연공이 거듭될수록 마나오션이 터질 것처럼 부풀었다가 안정을 되찾길 반복할 정도였다.

거의 30분에 걸친 연공이 끝났을 때 반개했던 눈을 뜬 가온은 카오스를 소환했다.

'후와들은 어떻게 되었어?'

청력을 높였지만 몸에 달라붙은 개체들은 물론이고 잔뜩 화가 나서 날아다니는 골드비의 날갯짓 소리에 후와와 관련된 소리는 들을 수 없었다.

─다양한 독에 중독되어서 대부분 죽기 일보 직전인데, 보스만 겨우 견디고 있어.

가온은 은신 스킬을 펼친 상태로 투명 날개를 조종해서 카오스가 알려 주는 대로 후와 보스가 있는 쪽으로 내려갔다.

협곡 안은 골드비로 가득해서 아무것도 보이지 않았다.

워낙 크기도 하지만 숫자가 워낙 많아서 이런 현상이 벌어진 것이다.

'그리고 보니 골드비들이 협곡 밖으로 안 나간 모양이네.'

일부는 협곡 밖으로 나갔을 것으로 생각했던 가온이었다.

─골드비는 현재 여왕벌이 위협을 받고 있다고 생각하고 있어.

가온은 자신의 손 위에 겹쳐 쌓은 벌집을 보고서야 이해가 되었다.

카오스가 알려 주는 대로 천천히 내려가자, 거대한 황금색 동상으로 변한 후와 보스를 볼 수 있었다.

'많이도 죽였네.'

놈의 주변 바닥에는 짓이겨진 골드비 사체들이 겹겹이 쌓여 있었다.

지금도 반복적으로 하는 행동을 보니 양 손바닥을 폈다가 쥐는 방식으로 골드비를 죽여 온 것 같았다.

하지만 죽음이 가까워졌는지 지금은 손을 펴고 오므리는 동작이 엄청나게 느렸다.

손바닥에 독침을 박아 넣은 골드비들이 꼼짝도 하지 못해서 그렇게 죽는 것이지, 그게 아니면 죽을 골드비가 아니었다.

가온은 후와의 머리통 가까이 접근했다.

놈의 머리통에는 수없이 많은 골드비가 빽빽하게 앉아서 독침을 깊이 박아 넣은 상태였다.

두꺼운 장갑처럼 변한 파르 덕분에 골드비의 독침을 두려워하지 않고 손을 뻗은 가온은 놈을 상대로 파워 드레인 스킬을 펼쳤다.

움찔!

후와 보스는 이질적인 마나의 흐름에 놀라는 것 같았지만 이미 진이 빠진 듯 꼼짝도 하지 못했다.

쏴아아!

마치 해일이 덮쳐오는 것처럼 막대한 양의 마나가 몸 안으로 쏟아져 들어왔다.

'살아 있어서 그런가?'

아니면 후와의 마나 보유량이 그의 상상 이상으로 막대하든지 둘 중 한 가지였지만, 아무튼 그에게는 좋은 일이다.

거의 5분가량 유지된 파워 드레인이 끝나자, 후와 보스의 손바닥이 더 이상 움직이지 않았고 몸이 힘없이 바닥을 향해 쓰러졌다.

'그래도 혹시 몰라!'

가온은 창 한 자루를 꺼내 마나를 최대한 주입한 후 놈의 머리통을 향해 찔렀다.

푸욱!

깊숙이 머리를 파고든 창날이 회전을 하자 피와 함께 뇌수가 빠져나왔고, 몸이 줄어들기 시작했다.

그제야 안심한 가온은 골드비를 전용 아공간에 다시 집어넣었다.

그렇게 살아남은 골드비들이 생물 전용 아공간으로 모두 들어간 후 살펴본 협곡 안의 풍경은 아주 끔찍했다.

독 때문에 마치 터질 것처럼 부풀어 오른 후와들은 이미 죽었거나 겨우 살아 있더라도 기식이 엄엄한 상태로 누워 있고, 그 사이를 골드비의 사체들이 메우고 있었다.

적어도 수만 마리는 될 것 같았다.

가온은 후와 사이를 돌아다니면서 파워 드레인 스킬을 펼친 후 살아 있는 놈들의 숨통을 끊고 사체를 아공간에 챙기는 것으로 마무리를 했다.

거대화가 풀린 보스와 암컷은 그래도 다른 후와보다 몸집이 1.5배는 더 컸는데, 신기하게도 얼굴은 인간과 아주 유사했다.

30여 마리의 준보스들도 일반 후와와 달리 이목구비가 인간과 유사해서 진화론을 잠시 떠올리게 했다.

그렇게 협곡 안을 정리한 가온은 문득 남겨 둔 대원들을 떠올렸다.

"아!"

바로 카오스로 하여금 협곡의 앞뒤를 막았던 흙벽을 원위치로 돌리게 한 가온은 목책을 향해서 힘차게 날갯짓을 했다.

⟨✦⟩

한껏 걱정을 하면서 도착한 목책은 조용했다.

대원들은 목책 밖으로 나와서 후와들의 숨통을 끊고 있었던 것이다.

분명히 자신이 움직일 때만 해도 화살과 볼트로 해치운 놈들은 2, 3백 마리에 불과했는데, 지금 벌목한 구역은 후와의 사체로 가득해서 거의 천여 마리는 될 것 같았다.

"어떻게 되었습니까?"

그를 보고 달려온 퍼슨에게 물었다.

"목책과 숲 경계의 안쪽에 있는 놈들은 대부분 사냥했습니다. 나머지는 다 도망간 것 같습니다!"

독을 살포한 후 숲 경계에 있던 놈들 중 일부는 독을 피해서 숲이 아닌 목책 쪽으로 움직인 모양인데, 대원들이 힘을 합쳐 다 죽인 것이다.

"다친 사람은 없고요?"

"네, 한 방향에 근접 전투조원 두 명씩이 목책 밖으로 나가서 놈들을 해치웠고, 나머지는 화살과 볼트로 해치웠습니다."

검기 입문자인 타람과 로에니, 그리고 검광 실력자들이 모두 나섰다면, 보스나 준보스들이 빠진 후와 정도는 이 정도로 썰어 버릴 수 있었다.

"세르나와 샤나가 크게 활약했습니다."

"그래요?"

"근접 전투조원들을 피해서 목책을 넘으려는 놈들은 정령으로 막았기 때문에 원거리 전투조원들이 제대로 공격을 할 수 있었습니다."

아마도 세르나와 샤나가 대지의 정령을 이용해서 놈들의 진로를 방해하거나 막고 달쿤과 라쟈는 목책을 넘는 놈들을 직접 상대하는 방식으로 놈들을 막았을 것이다.

"그런데 대장님이 날아다니면서 숲 주변에 독을 살포하신 거 맞지요?"

"그렇긴 한데……."

"처음 공격을 한 이후에 더 이상 공격을 하지 않아서 조심스럽게 확인해 보니, 숲 곳곳에 중독이 되어 죽거나 쓰러져 몸부림치는 후와들이 가득하더군요. 대체 독을 얼마나 뿌리신 겁니까?"

퍼슨이 혀를 내두르며 물었다.

"후와의 숫자가 워낙 많아서 보유하고 있는 전량을 풀긴 했는데, 그렇게 많이 죽었습니까?"

"네, 독 때문에 더 깊숙이 들어가지 못해서 확인은 못 했지만 중독된 놈들만 족히 2천여 마리는 될 것 같습니다."

이거 녹스 덕분에 대량 살상을 하고 말았다.

"대장님이 광범위하게 독을 살포한 덕분에 모두 살았습니다. 한꺼번에 달려올 때는 얼마나 기세가 흉흉하던지 오줌을 지릴 뻔했습니다. 이렇게 길고 날카로운 송곳니와 손톱을 가진 놈들이 마나까지 사용할 수 있으니, 정말 위험한 놈들입니다."

퍼슨이 직접 뽑아낸 송곳니와 손톱들을 보여 주었는데, 정말 잘 벼린 단검처럼 보였다.

강도도 강도지만 예기가 엄청났다.

대량 살상을 했다는 생각에서 온 자책감도 그것들로 아무 힘도 없는 인간들을 학살하고 잡아먹었을 것을 생각하자 말끔하게 사라져 버렸다.

"그런데 후와 보스를 유인하신 일은 어떻게 되었습니까?"

퍼슨이 그렇게 물었을 때는 대원들이 모두 모여들어 그의 대답을 기다리고 있었다.

"멀리 유인하긴 했습니다. 그래도 놈이 쫓아올 수 있으니 서두르지요."

굳이 다 죽였다고 말할 필요는 없었다. 골드비의 존재를 아직 알릴 수가 없었던 것이다.

"그럼 저 사체들은요?"

"처리할 시간이 없을 것 같습니다."

아직 후와 보스가 살아 있고 엄청난 숫자가 다시 공격을 할 수 있다는 말에 대원들은 마정석을 적출할 생각도 못 한 채 출발을 서둘렀다.

'앙헬, 이번에도 남을래?'

─네, 주인님.

부르자마자 나타난 앙헬은 주변에 널려 있는 후와의 사체들을 보고 침을 뚝뚝 흘리고 있었다.

'마정석은 챙겨야 해. 그리고 너무 오래 걸리면 안 돼.'

─걱정하지 마세요. 이젠 저도 많이 성장해서 정혈을 흡수하는 데 그리 오래 걸리지 않아요.

어서 앙헬이 빨리 성장해서 그녀보다 나중에 계약한 정령들처럼 전투에도 크게 기여해 주었으면 좋겠다.

강변이 그리 멀지 않아서 출발을 서두른 일행은 10여 분후에는 오크라 강변에 도착해서 거대한 암석들이 늘어선 지역에 도착했다.

"이곳은 후와들이 오르기 어려운 암반 지역이니 이곳에서 잠시 휴식을 합시다."

탄 대륙 출신들은 그야말로 휴식을 하는 시간이었지만 플레이어들은 후와 사냥에 대한 정산을 확인하는 시간이라 콜 일행이나 헤븐힐 일행의 얼굴은 밝았다.

그들이 보상을 확인하는 동안 가온은 연공에 들어갔다.

목책으로 돌아오면서 파워 드레인으로 흡수한 마나를 자신의 것으로 만들어야만 했다.

결과는 아주 놀라웠다.

마나가 무려 213이나 급증해서 대망의 1천을 눈앞에 두었다.

늘어난 것은 마나만이 아니었다.

세 정령을 소환한 상태를 오래 유지해서 그런지 정령력 또한 21이 늘어났다.

거기에 스텟들도 변화가 있었다.

기본 스텟인 근력, 민첩, 체력이 모두 100을 넘었고 감각도 88을 찍었다.

스텟 중 또 눈에 띄는 변화는 재생력이었다.

그동안 거의 변화가 없었던 재생력이 이번에 34가 올라서 54가 되었다.

무엇보다 고무적이었던 것은 레벨이 13이나 올랐다는 사실이다.

'그럼 대체 그놈은 레벨이 얼마나 높았던 거야?'

레벨이 이미 100이 넘었고 경험치의 여섯 배 획득이 적용되는 던전도 아니었기 때문에 그 증가 폭은 후와 보스와 준보스들을 사냥한 순수한 결과였다.

당연히 칭호 보상을 받았는데 특별한 것은 아니고 강화된 '유인원 학살자'로, 유인원 종류를 상대로 전투력이 3할 증가하는 내용이었다.

하지만 스킬 보상은 아주 특별했다.

거대화

등급 : A

상세

-대상의 진혈 1리터를 흡수하면 거대화 스킬을 쓸 수 있다.

-외형은 본인과 흡수한 진혈의 대상으로 한정하며 마나 100으로 1분 동안 유지할 수 있다.

-거대화 시 거대화 비율에 맞게 육체 능력이 강화된다.

스킬의 내용을 확인한 가온은 이 스킬로 인해서 거대 마수나 몬스터를 사냥하는 것이 한결 쉬워질 거라는 사실을 깨달았다.

거대화된 상태에서 그에 맞게 조정된 육체 능력을 쓸 수 있다는 건 엄청난 메리트였다.

이번만 해도 독이나 골드비가 아니었으면 본신의 실력으로는 이렇게 쉽게 사냥하지 못했을 것이다.

마나 소모가 적지 않지만 파워 드레인 스킬과 골드비의 꿀을 통해서 지금도 마나가 급증하고 있어서 큰 걱정은 되지 않았다.

마지막으로 A등급 이상의 스킬은 레벨이 거의 오르지 않는데, 하도 자주 써서 그런지 파워 드레인 스킬의 레벨이 하나 올라갔다.

아이템 보상은 없었지만 서운하지 않았다.

거대화 스킬을 얻은 것만으로도 보상은 차고 넘친다고 생각한 것이다.

'이왕이면 진혈까지 줄 것이지.'

거대화 스킬을 사용하려면 반드시 필요한 진혈이 나오지 않은 것은 안타까웠지만 어쩔 수 없었다.

스킬을 얻었으니 진혈도 아이템 형태로 얻을 수 있을 것이다.

세이런

휴식을 취한 가온 일행은 다시 오크라강을 따라서 이동하기 시작했다.

혹시 몰라서 가온이 아공간에 챙겨 넣은 뗏목들이 있었지만, 아래쪽에 격류가 흐르는 구간이 있어서 그것을 활용할 엄두는 내지 못했다.

강둑에는 카농 나무가 줄지어 서 있었고, 일부 구간을 제외하고는 말을 타고도 충분히 이동할 수 있을 정도로 평탄했다.

그렇게 한참을 내려가던 온 클랜원들은 늦은 점심을 먹기로 했다.

워낙 기온도 높고 햇볕이 강렬해서 점심을 겸해서 충분히 쉬기로 했다.

"나는 근처를 한번 돌아보고 오겠습니다."

"조심하세요!"

대원들은 정찰을 위해 하늘로 날아오르는 가온의 모습을 부러운 눈으로 쳐다봤다.

"저 날개가 만약 파는 물건이라면, 전 재산을 다 주고서라도 가지고 싶다!"

바로의 말에 콜 일행은 서로를 쳐다보면서 희미하게 웃었다.

"갓 상점에서는 팔겠지?"

"그렇겠지. 거긴 없는 게 없다고 했잖아."

"대체 대장님은 그동안 어떤 곳들을 돌아다녔기에 저런 진귀한 아이템을 가지고 있는 걸까?"

세 사람에게 가온은 신비, 그 자체였다.

한편 하늘로 날아오른 가온은 강 하류를 따라 천천히 내려갔다. 미리 내려가는 길을 살펴보고 싶었던 것이다.

마침 바람이 강 상류에서 하류로 불었기 때문에 최소한의 움직임으로도 날아갈 수 있었다.

그런데 5분 정도 강을 따라 날아 내려가던 가온의 눈에 생경한 모습이 들어왔다.

'배!'

놀랍게도 배 한 척이 하류에서 상류로 올라오고 있었다.

지구 기준으로 하면 10톤 정도로, 항구에 가면 흔하게 볼 수 있는 어선 크기였다.

그 배는 노가 없는 마력선이었다.

갑판 중앙에 선장실이 있었으며 선원으로 보이는 두세 명이 뭔가를 하고 있었다.

어나더 문두스의 설정에 따르면 탄 대륙의 선박, 특히 군선과 상선의 경우 마정석으로 구동하는 마력진을 새겨 넣어 마력으로 스크루를 돌리는 방식으로 추진하는 배가 있다고 했다.

'그럼 상선인가?'

군선과 상선이 어떻게 다른지 알 수가 없었다.

아무튼 강을 거슬러 오는 배를 보니 왠지 기분이 좋았다.

'행선지가 어딘지 모르겠네.'

태워만 준다면 상류로 올라가도 큰 상관은 없었다.

상류 쪽에는 소베토 영지에서 수도로 이어지는 가도가 있으니 말이다.

이틀 거리라고 하지만 뙤약볕에 곳곳에 위험이 도사리고 있을 강변을 따라 내려가는 것보다는 배를 이용하는 편이 나았으니 말이다.

그런데 배가 강폭이 넓어지는 구간에 진입한 지 얼마 되지 않아서 이동을 멈추었다.

닻을 내리는 것을 보니 그곳에 정박하려는 것 같은데, 갑

판에 있는 사람들 중 일부가 그물을 정리하는 것을 보니 군
선이나 상선이 아니라 어선이었던 모양이다.

'상선이 아니라서 좀 실망이지만 태워 달라고 부탁이라도
해 봐야겠다.'

그렇게 마음먹은 가온이 막 배를 향해 내려가려고 했을 때
였다.

파악!

갑자기 강물이 위로 솟구치더니 길고 거대한 검은 물체가
포물선을 그리며 배를 향해 날아갔다.

'콰르다!'

역시 이 강에 서식하는 콰르는 한 마리가 아니었다.

'위험한데.'

가온이 사냥한 콰르와 몸집이 비슷하다면 배는 침몰까지
는 아니더라도 큰 충격을 받을 것이 분명했다.

그런데 아가리를 떡 벌린 콰르의 머리가 배를 향해 떨어질
때 미리 대비를 한 듯 갑판에서도 작살 같은 것들이 날아
갔다.

빠르게 날아간 작살로 보이는 것들은 콰르의 머리와 몸통
에 명중했지만, 아쉽게도 놈의 가죽을 뚫지는 못했다.

그래도 그 시도가 전적으로 실패한 것은 아니다. 충격으로
인해서 콰르의 머리통이 배까지 닿지 못하고 강물로 떨어졌
으니 말이다.

갑판을 자세히 살펴보니 캐터펄트들이 거치되어 있었다.

선수와 선미에 각각 세 기, 그리고 양쪽 갑판에 각각 다섯 기가 고정되어 있었던 것이다.

'단 한 발도 빗나가지 않은 점을 고려하면 군선일까?'

그런 생각을 하고 있을 때 강물과 함께 배가 미친 듯 요동 쳤다.

배의 바로 밑에서 콰르가 그 거대한 동체를 마구 뒤흔들고 있는 것이 틀림없었다.

가온은 금방 침몰할 것처럼 거세게 흔들리는 배의 선원들이 걱정되었는데, 의외로 그들은 갑판에 고정된 캐퍼펄트의 양쪽에 단단히 세운 굵은 철봉을 잡고 버티고 있었다.

하지만 콰르의 요동은 상당히 오래 지속되었다.

그동안 배의 양쪽은 물에 잠겼다가 나올 정도로 거세게 흔들렸고, 결국은 잡고 있던 철봉을 놓친 선원이 나왔다.

그는 흔들리는 배 위에서 어떻게 하든 균형을 잡으려고 했지만, 아무 소용이 없었다.

결국 그는 배의 요동에 바람 앞의 나뭇잎처럼 갑판을 날아다니고 있었다.

'저러다가 큰일 나겠네.'

행여 캐터펄트와 같은 단단한 구조물에 머리라도 부딪히면 최소 중상이다.

마침 20여 미터 상공에서 강을 내려다보는 가온에게 수면 아래에서 거대한 동체를 빠르게 구부렸다 펴는 콰르의 거대한 동체가 보였다.

그런 동작을 할 때마다 강물이 거세게 요동치며 배가 거세게 흔들리거나 파도에 올라갔다가 빠르게 떨어지곤 했다.

창 한 자루를 꺼낸 가온은 문득 생각나는 것이 있어서 마누를 소환했다.

'저 강 속에서 미친 듯 몸부림을 치는 검은 뱀 보이니?'

─네, 징그러울 정도로 크네요.

'저놈에게 네 벼락 맛을 보여 주고 싶은데 방법이 없을까?'

─제가 창에 동화를 할게요. 그럼 가능해요.

원래 가온이 마누를 소환한 것은 그녀의 전격 능력으로 강물 속에 있는 콰르에게 충격을 주어 더 이상 몸부림을 치지 못하도록 만들려는 의도였다.

그런데 마누가 가온이 전혀 생각하지 못했던 정령 활용 방안을 꺼낸 것이다.

'좋아! 한번 해 보자!'

─호호호! 재미있겠다!

가온은 한자리에 체공을 한 상태로 정신을 집중했다. 그리고 타임 슬로 스킬을 펼쳤다.

미세하게 시간이 느려지는 것 같더니 수면 아래에서 몸부림을 치는 콰르의 머리가 잡힐 듯 가깝게 보였다.

쐐액!

마나를 가득 담아 눈이 멀 것 같은 광채를 뿜어내고 있는 창이 시퍼런 뇌전에 휩싸인 채 하늘에서 강물 속으로 마치 벼락처럼 내리꽂혔다.

창광은 물론 뇌전까지 방출하는 강철 창은 강물을 가르고 단숨에 콰르의 단단한 두개골을 부수고 들어갔고, 곧 강물은 시퍼런 뇌전으로 일렁였다.

창은 물속으로 들어간 순간부터 받은 저항 때문에 콰르의 두개골을 부수고 들어갔지만 치명적인 부위까지 파고들지는 못했다.

하지만 뇌전은 달랐다.

뇌는 물론 혈액과 신경계를 타고 단숨에 심장으로 퍼졌다.

일반적인 뇌전 마법과 달리 마누로 인해서 뇌와 심장 부위로 집중적으로 향하는 고압의 전류에 결국 콰르의 몸이 축 늘어지고 말았다.

그렇게 거세게 요동치던 강물은 빠르게 안정을 되찾고 있었고, 금방 침몰할 것 같았던 배 역시 제자리를 찾았다.

－징그러운 검은 뱀은 완전히 죽었어요.

어느새 다시 돌아온 마누가 놈의 숨통이 끊어졌음을 알려주었다.

'수고했어. 네가 아니었으면 죽이기 힘들었을 거야.'

가온은 정령들도 골드비의 꿀을 좋아한다는 것을 떠올리고 따로 보관하던 용기에 들어 있는 로열젤리 한 조각을 떼어 마누에게 주었다.

ㅡ우와아! 엄청나게 농밀한 자연력이 깃들어 있어요! 잘 먹을게요!

마누는 순식간에 로열젤리를 삼켜 버렸고 감은 두 눈이 반달이 되어 얼마나 맛이 있는지 제대로 된 리액션을 보여 주었다.

마누를 막 돌려보내려고 하던 가온은 문득 생각나는 것이 있었다.

'마누, 녀석의 피가 남아 있을까?'

ㅡ뇌와 심장에 있는 피는 뇌전에 증발되었을 테지만, 다른 부위에 있는 피는 그대로 남아 있을 거예요.

'오케이! 이제 돌아가도 좋아!'

마누가 생명의 아공간으로 돌아가자, 가온은 그제야 자신을 올려다보고 있는 선원들을 발견할 수 있었다.

가온이 배의 갑판으로 내려오자, 선원들로 보이는 사람들이 일제히 그에게 절을 했다.

"모두 일어나십시오."

가온의 말에 사람들이 일어났는데, 그야말로 죽다가 살아난 얼굴이었다.

"나는 온 클랜의 클랜장인 온 훈입니다. 누가 선장입니까?"

"루의 사자가 아니라요?"

뜬금없이 루의 사자를 언급한 인물은 차돌처럼 단단한 근육질의 상체를 드러낸 중년 거한으로, 머리를 깨끗이 민 것이 아주 특이했다.

　"우리 클랜은 소베토 영지에서 출발해서 강을 따라 세이런 성채로 가는 길입니다. 비행이 가능한 기물을 가지고 있어서 길을 확인하려고 정찰하던 중에 여러분이 콰르의 공격을 받는 것을 보고 도움을 드린 겁니다."

　"아! 모험가 클랜이군요. 아! 저는 이 배의 선장인 악스펄이라고 합니다. 저희는 세이런에 사는데, 한동안 콰르의 활동이 잠잠해서 고기를 잡으러 나온 길이었습니다."

　틀림없이 루의 사자라고 생각했는데 같은 인간이라니, 선원들은 못 믿는 얼굴이었지만 선장인 악스펄은 금방 그 사실을 받아들였다.

　모험가들이 기이한 아이템들을 많이 사용한다는 사실 정도는 알고 있었던 것이다.

　"그렇군요. 혹시 가능하다면 우리를 그곳까지 태워 줄 수 있겠습니까?"

　"그야 당연히 그래야지요. 그런데 은인이 콰르를 죽여 주셨고 이왕 나온 길이니 고기를 좀 잡아서 출발하면 어떻겠습니까?"

　"혹시 그곳의 식량 사정이 안 좋습니까?"

　꼭 그래야 하는 건 아니지만 방금 전 죽을 위기를 겪었다면 물고기고 뭐고 집으로 돌아가고 싶어 하는 것이 정상인 것 같아서 물었다.

"네, 성 바깥쪽이나 강변은 오래전에 후와의 영역이 되었기 때문에 얌과 같은 구황작물도 캐러 나가기가 힘든 실정입니다. 그동안은 강을 통해 인근 성에서 식량을 조달해 왔는데, 가격이 너무 올라서 곡물, 그것도 잡곡을 구하는 게 고작이라서 고기는 엄두도 낼 수 없었습니다."

가온은 생각보다 후와의 영역이 너무 커서 깜짝 놀랐다.

자신들을 습격한 후와 무리만 있는 줄 알았는데, 강을 따라 긴 구간에 걸쳐 후와들이 영역을 차지하고 있었다.

"이런 상황이라서 당장 은인의 부탁을 들어드려야 마땅하지만 오랫동안 고기를 먹지 못한 사람들을 생각하니 저기 떠 있는 물고기에서 눈을 뗄 수가 없었습니다."

그러고 보니 마누가 방출한 뇌전 때문에 지금 강물 위에는 수많은 물고기들이 떠올라 있었다.

"그랬군요. 그럼 당장 물고기들을 건져 내십시오."

죽은 물고기들도 있을 테지만 기절한 녀석들도 있을 것이다.

가온은 선원들이 뜰채 같은 것들로 강에 떠 있는 물고기들을 건지는 동안 앙헬을 불러서 바닥에 가라앉아 있는 콰르의 사체를 챙기게 하려고 했는데, 소환된 그녀를 보고 깜짝 놀랐다.

'뭐, 뭐야?'

나타난 앙헬은 인간 여자와 거의 비슷할 정도로 성장해 있었다.

-호호호, 주인님 덕분에 다시 한번 크게 성장을 했어요.

몸집이 커진 것은 물론이고 날개의 숫자가 이젠 네 쌍이나 되어 확실히 성장했음을 확인할 수 있었다.

그런데 왠지 그녀를 똑바로 쳐다볼 수가 없었다.

노출이 심한 것이야 그러려니 하겠는데, 외모가 더욱 아름다워졌을 뿐 아니라 전신에서 강렬한 매력이 흘러나오고 있었던 것이다.

'잘된 일이네. 그럼 능력은?'

가온은 애써 담담하게 의념을 보냈다.

-그 부분은 생각보다 크게 높아지지 않았어요. 다만 우리 종족의 특성이라고 할 수 있는 정신을 교란하거나 혼란케 하는 능력과 정혈을 흡수하는 능력은 크게 발전했어요.

'아공간은 어떻게 됐어?'

-당연히 커졌지요. 이전의 한 열 배 정도.

'잘됐네. 나온 김에 강 속에 있는 콰르의 사체를 좀 챙겨줘.'

가온에게 있어 앙헬은 아직은 아공간지기 정도에 불과했다.

-쳇! 알았어요.

앙헬은 순식간에 콰르의 사체를 챙겨서 돌아왔다.

'그런데 혹시 사냥할 때 네 능력을 쓰면 어떻게 될까?'

앙헬을 돌려보내기 전에 다시 확인을 해 보았다.

그녀의 두 가지 능력을 자세히 알고 있을 필요가 있다고 생각했던 것이다.

─그야 당연히 상대의 집중력을 흐트러뜨려서 집중하지 못하게 만들 수 있고, 환상을 보게 만들 수도 있어요. 다만 그러려면 상대의 정신력이 제 수준보다 낮아야 해요.

'혹시 그럼 후와라면 어때?'

직접 중독되거나 다친 수많은 후와들의 정혈을 흡수했으니 놈들을 대상으로는 어떻게 능력을 사용해야 할지, 그리고 그 위력은 얼마나 되는지 알 것 같았다.

─그 정도면 거대화 능력을 사용할 수 있는 보스를 제외하면, 제 능력을 충분히 쓸 수 있어요. 예를 들면 놈들을 공포에 질리게 만들어 전투 의지를 떨어뜨리거나, 환상을 보게 해 동료를 적으로 생각하게 만들어서 상잔시킬 수도 있어요.

후와의 보스가 워낙 레벨이 높은 놈이라서 그렇지 일반적인 후와는 몸집은 크지만 땅 위에서는 별다른 전투력을 가지지 못했다.

오크만 해도 그 정도의 근력과 민첩성을 가진 적을 무기로 충분히 상대할 수 있었다.

'얼마나 많은 숫자에게 그 능력을 쓸 수 있는 거야?'

－써 보지는 않았지만, 최소 열 마리까지는 가능할 것 같아요.

'그럼 오크는?'

－오크에게도 충분히 통할 거예요. 다만 대전사장 이상은 제 능력에 대항할 수 있어서 효과는 장담할 수 없어요.

'오! 아주 훌륭하네. 나한테도 큰 도움이 될 것 같아!'

오크까지 영향을 줄 수 있다면 사냥에 정말 큰 도움이 될 것이다.

세 정령과 달리 앙헬을 불러내는 데는 아무런 힘도 필요하지 않으니 금상첨화였다.

악스펄 일행은 신이 나서 죽거나 기절한 물고기를 대부분 건져 냈는데, 갑판을 가득 채울 정도였다.

특히 송어와 비슷한 고기는 길이가 2미터에 달해서 무척 무거웠다.

건져 낸 물고기들을 선창에 집어넣는 작업이 끝나자, 악스펄은 온 클랜원들이 쉬고 있는 상류 쪽으로 배를 몰았다.

가온의 부탁을 수행하려는 것이다.

"그런데 오크라강에 콰르가 많이 서식합니까?"

악스펄과 함께 선장실로 들어와 있던 가온이 물었다.

"최근 몇 년 사이에 숫자가 꽤 늘어났습니다."

"늘어나요?"

"불과 10여 년 전까지만 해도 강 전체에 백여 마리가 고작이었고 웬만하면 강 깊은 곳에서 나오지 않아서 사람들 눈에 뜨이거나 배를 공격하는 일도 거의 없었습니다. 강에 기대어 사는 이들에게는 전설과도 같은 존재였지요."

그렇다면 불과 얼마 전은 물론 고대에도 잡기가 무척 힘들었을 것이다.

그러니 자격을 증명하는 대상이 되어 버린 것일 터다.

"하지만 몇 년 사이에 개체 수가 빠르게 늘어나더니, 강변에 살던 악어 등을 모두 죽이고 이제는 배까지 공격할 정도가 되었습니다. 그래서 저희와 같은 어부들이 목숨을 걸고 고기를 잡고 있습니다."

'아!'

생각해 보니 할 일이 하나 더 있었다.

'앙헬, 배를 따라 이동하면서 이쪽 강변에 있는 카농 열매를 다 챙겨 줘.'

ㅡ익은 것만 챙길까요?

'아니, 다 챙겨 줘.'

과육이야 익지 않았을지 모르지만 바닥에 떨어진 것들의 경우 속씨는 꽉 차 있으니 상관이 없었다.

가온은 콰르나 후와의 폭발적인 번식이 카농 열매와 깊은 관계가 있다고 생각했다.

그래서 이곳 토박이인 악스펄에게 확인을 해 보기로 했다.

"혹시 예전에도 오크라 강변에 카농 나무가 많았습니까?"

"아닙니다. 대략 20년 전부터 후와들이 나타날 때부터 강변을 따라 빠르게 번식했습니다."

그러니까 카농 열매를 먹이와 동시에 무기로 사용하는 후와들이 오크라 강변을 따라 서식지를 넓혀 가면서 카농 나무역시 녹색 지옥의 우점종이 되어 버린 모양이다.

그 덕분에 콰르들은 카농 열매를 먹고 속씨가 품고 있는 에너지, 즉 마나를 통해 개체 수가 늘어나는 식으로 서로 영향을 주지 않았을까 싶었다.

"후와는 오래전부터 존재하던 마수였습니까?"

"그건 잘 모르겠습니다. 녹색 지옥 깊숙한 곳에서 살아왔는지는 모르지만, 십여 년 전에 갑자기 나타났거든요."

악시펄의 말을 들은 가온은 후와라는 마수가 던전에서 나왔거나 혹은 마수화가 되었음을 어렵지 않게 짐작할 수 있었다.

'던전에서 나온 거라면 찾아볼까?'

그 생각은 떠올린 순간 지웠다.

녹색 지옥이라는 별명답게 온갖 위험이 도사리고 있는 광대한 밀림으로 들어가는 건 좋은 생각이 아니었다.

"그런데 혹시 온 클랜은 지금 의뢰를 수행 중이십니까?"

잠시 가온의 눈치를 살피던 악스펄이 조심스럽게 물었다.

"의뢰는 끝났습니다. 수도 쪽에 던전이 나타났다고 해서 가 보려는 길인데, 세이런에 가면 배를 이용할 수 있다는 말을 들어서 그쪽으로 이동하려는 겁니다."

"그렇군요."

가온의 대답에 악스펄은 더 이상 말을 하지는 않았지만, 왠지 기분은 좋아 보였다.

비행으로는 불과 5분 정도밖에 안 걸렸던 거리를 배를 타고 이동하니 거의 30분 정도 걸렸다.

쉬고 있던 대원들은 갑자기 출현한 배를 보고 경계 태세를 유지하고 있다가 선수로 나온 가온을 보고 안도했다.

악스펄이 강변의 모래톱에 배를 대자 대원들이 다가왔다.

"대장님, 웬 배입니까?"

타람이 대표로 물었다.

"이분들이 고기잡이를 나왔다가 콰르를 만나 곤란한 상황에 빠진 것을 구해 주었습니다."

"아! 그럼 이 배를 타고 세이런까지 갈 수 있는 겁니까?"

"그렇습니다. 아니, 그 전에 확인할 게 있습니다."

가온은 막 선실에서 선원들과 함께 나오는 악스펄을 불러 먼저 인사부터 시켰다.

"제가 막눈이기는 하지만 풍기는 기세나 분위기가 꼭 기사분들 같습니다."

악스펄은 대번에 클랜원들의 기도를 보고 실력을 짐작해 냈다.

"하하하, 눈이 좋은 분이군. 세이런은 괜찮습니까?"

타람이 너털웃음을 지으며 악스펄과 대화를 시작하는 사이에 온 클랜원들과 말들이 모두 승선하자 선원들은 긴 장대로 모래톱을 밀어 배를 띄울 준비를 했다.

"세이런까지는 얼마나 걸립니까?"

"강을 따라 내려가는 길이니 두 시간 정도면 충분합니다."

말로 이틀 정도는 이동해야 할 거리를 불과 두 시간 만에 주파할 수 있다니, 악스펄 일행을 구하길 잘했다.

"아! 그런데 물고기를 잡으러 너무 멀리 나온 거 아닌가요?"

매디가 악스펄과 타람의 대화에 끼어들었다.

"그게 세이런 근처에는 큰 물고기가 별로 없습니다. 강변에 조선소가 있어 큰 소음이 일상적이거든요. 상류나 하류로 한두 시간 이상 이동해야 큰 물고기들을 잡을 수 있습니다."

그 대화를 듣고 있던 가온은 문득 정령들과 앙헬을 이용할 방법이 떠올라 마누와 앙헬을 불러냈다.

가온은 배를 따라 내려오면서 마누는 일정 구역에 뇌전을 방출해서 물고기들을 기절시키고 앙헬은 기절한 물고기들을 챙기도록 했다.

'대신 골드비의 로열젤리 한 조각씩을 줄게.'

미안한 마음에 그렇게 말했더니, 보상이 마음에 드는지 마누와 앙헬은 군말 없이 물속으로 사라졌다.

그 뒤로 배가 지나간 뒤에 수중에는 시퍼런 뇌전이 방전되었고 기절한 물고기들은 위로 떠오르기가 무섭게 사라지는 일이 한참 동안 반복되었다.

늦은 오후에 도착한 세이런은 높고 험준한 세 산 사이에 자리 잡은 직사각형의 아주 멋진 성이었다.

강변을 따라 늘어선 높은 성벽은 사각형으로 정교하게 자른 암석들을 쌓아서 만들었는데, 길이가 대략 2킬로미터에 달했다.

상류 쪽에는 성벽 대신 조선소가 있었는데, 곳곳에 캐터펄트들이 거치되어 있어서 방비가 무척 삼엄했다.

암석 벽과 조선소가 있는 강 쪽을 제외한 세이런의 삼면은 가파른 경사의 높은 산이어서 그쪽의 방비는 안심해도 될 것 같았다.

그렇게 강변에 세운 세이런 성은 뒤쪽으로 갈수록 경사가 있어서 배 위에서도 성의 전경을 볼 수 있었다.

"호옷! 세이런은 말만 들었지 처음 보는데 꽝장히 큼

니다."

"원래는 지금과 좀 다릅니다. 그동안 마수와 몬스터 대란으로 인구가 크게 늘어났습니다. 각지에서 피난민들이 들어와서 지금은 대략 5만 명 정도는 될 겁니다. 비록 영주는 없지만 모두가 힘을 합쳐서 오랫동안 건설한 우리의 보금자리입니다."

타람이 탄성을 터트리자, 악스펄은 뿌듯한 얼굴로 그렇게 말했다.

근처에 큰 규모의 채석장이 있는지 강과 가까운 건물들은 대부분 석조였지만, 산 쪽으로 향하는 경사지에는 허술하게 지은 작은 목조 주택들이 밀집해 있었다.

선착장은 세 곳이었는데, 정박해 있는 배의 크기가 다른 것을 보니 각기 다른 크기나 용도의 선박들이 이용할 수 있도록 한 것 같았다.

선착장에 내린 가온 일행은 악스펄의 안내를 받아 성안으로 진입했는데, 오랜만의 손님인지 경비병들이 호기심 가득한 눈으로 쳐다봤다.

성문을 통과하자 아까 배 위에서 보았던 성내의 전경이 눈에 들어왔는데, 꽤 많은 사람들이 움직이고 있었다.

'상황이 어려워서 그런지 표정들이 어둡네.'

그래도 오랜만에 방문하는 손님들에 대한 호기심이 담긴 눈길을 느낄 수 있었다.

"따로 아는 곳이 없으면 제가 아는 여관으로 안내할까요?"

"부탁합니다."

"깨끗하고 음식 맛이 좋은 곳으로 부탁해요."

성안으로 들어오자 가온은 뒤로 빠지고 퍼슨과 로에니가 일행을 이끌었다.

"걱정하지 마십시오. 제 사촌 누이가 운영하는 곳이니 믿어도 됩니다."

그가 안내한 곳은 성문에서 직진하면 바로 나오는, 2층 석조 건물들이 쭉 늘어선 거리의 중간에 있는 여관이었다.

이곳 역시 다른 곳과 비슷하게 본관과 별관으로 분리되어 있었고 본관은 주로 음식을 팔았는데, 이곳 토박이로 보이는 사람들이 몇 테이블을 차지하고 이른 저녁을 먹고 있었다.

"에이린, 나 왔어!"

"오빠, 고기는 많……. 오! 손님들이네."

주인이면서 주방 일을 겸하는지 굵은 허벅지와 팔뚝을 자랑하는 중년 여인이 악스펄의 소리를 듣고 주방에서 나오다가 온 일행을 보고 함박웃음을 지었다.

"온 클랜분들이야. 내 목숨을 구해 주셨으니, 특별히 잘 부탁할게."

"오빠, 죽을 뻔했어? 그러기에 나가지 말라고 했잖아! 이그! 감사합니다! 좀 모자라지만 그래도 정이 많은 사람이에요. 그나저나 오빠를 구해 주신 분들이라니, 신경 써서 잘 모실게요."

여주인은 악스펄을 타박하면서도 가온 일행에게 크게 고개를 숙여 감사한 마음을 전했다.

그러자 로에니가 나서서 별채 상황을 물어보고 인원수에 맞게 방을 빌리는 등 주인을 응대했고, 나머지는 빈 테이블에 앉아서 기다렸다.

얼마 후 악스펄을 많이 닮은 청년이 별채 쪽에서 나오더니 주인의 말을 듣고 일행을 안내했다.

다른 손님의 기척은 느껴지지 않았지만 평소에 잘 관리를 한 듯 별채 상태는 아주 만족스러웠다.

"식사는 어떻게 할까요?"

"일단 몸을 좀 씻어야 하니 뜨거운 물부터 준비를 해 주고 식사는 나중에 할게."

그동안 가끔 몸을 씻을 기회가 있긴 했지만 목욕은 필요했다.

"남자 욕실은 저쪽이고 여성용은 이쪽입니다. 물을 데우는 데 20분 정도 걸리니 좀 쉬고 계세요. 그리고 아버지를 구해 주셔서 정말 감사합니다!"

왠지 악스펄을 닮았다 싶더니 그의 아들이 고모가 운영하는 여관에서 일을 하는 모양이다.

"그럼 먼저 씻으십시오. 저는 길드에 다녀오겠습니다."

"같이 가자고. 샐리, 이곳 정보를 파악하고 금방 돌아올 테니 먼저 씻고 쉬고 있어."

퍼슨이 혼자 나가려는 것을 그렇게 마론이 뒤따랐고 뒤이어 타람과 로에니도 용병 길드에 다녀오겠다고 나가자 나머지 사람들은 배정받은 방에서 잠시 휴식을 취했다.

일행이 배정받은 방에서 휴식을 하며 목욕물이 준비되길 기다리는 동안 가온은 홀로 방을 나섰다.

'시장이 있을까?'

다른 것은 몰라도 이번에 후와 무리를 사냥하면서 보유한 독을 모두 소진한 녹스를 위해서 독을 구하고 싶었다.

악스펄의 아들에게 물으니 상설 시장의 위치를 가르쳐 주었는데, 멀리 않은 곳에 있었다.

금방 도착한 시장의 상황은 안타까울 정도로 좋지 않았다. 물류의 유통이 막히는 바람에 대부분의 상점이 문을 달았던 것이다.

그래도 헌터 관련 물품을 구입하고 판매하는 잡화점은 문을 연 상태였다.

큰 기대를 하지 않고 가장 큰 잡화점 안으로 들어간 가온은 힘없이 손님을 기다리던 노인의 환대를 받았다.

"혹시 쓸 만한 독이 있습니까?"

"최근에 들어온 용병이십니까?"

"그렇습니다."

"배도 없이 이곳까지 왔으면 실력이 있는 분이겠군요. 사냥을 나갈 헌터나 용병 들이 없어서 먼지가 쌓이긴 했지만 독은 꽤 있습니다. 어떤 것으로 드릴까요?"

"있는 대로 다 꺼내 봐 주십시오. 중복되는 것들이 있을 수 있으니까요."

"잠깐만 기다리십시오."

노인은 후다닥 안채로 뛰어가더니 금방 다시 돌아왔는데, 길쭉한 가죽 상자를 안고 있었다.

상자를 여니 포션병 크기의 병들이 백여 개나 차곡차곡 들어 있었다.

"우리 상점이 보유한 독의 전부입니다. 독의 종류와 용법을 설명해 드리겠습니다."

"아닙니다. 제가 살펴보지요."

바로 녹스를 소환한 가온은 그녀에게 필요한 것들을 고르도록 했다.

─가능하면 다 샀으면 좋겠어.

'전부 다?'

─응, 앞으로도 후와처럼 큰 무리를 상대할 수도 있으니까 질보다는 양이야.

일리가 있는 말이다.

결국 가온은 전부 다 구입을 하는 조건으로 무려 300골드나 지출하고 말았다.

상인의 말은 믿기가 힘들었지만, 노인은 시세의 2할에도 못 미치는 가격이라고 했다.

"혹시 독을 더 구하시렵니까?"

"소개해 주시려고요?"

"허헛! 그렇습니다."

결국 가온은 노인의 소개로 세 곳의 가게를 더 돌면서 총 1천 골드에 달하는 어마어마한 양의 독을 구할 수 있었다.

던전 의뢰

독만 구한 후 바로 여관으로 돌아온 가온은 이제 일행이 목욕을 막 끝냈을 것 같아서 욕실로 향하려고 했다.

그때 앙헬의 의념이 전해졌다.

-주인님, 제가 씻겨 드릴게요.

'이제 돌아온 거야?'

마누는 벌써 돌아왔는데 앙헬은 이제야 귀환한 것이다.

-이젠 주인님의 의지가 아니더라도 움직일 수 있게 되었어요.

꼭 불러야만 나올 수 있도록 강제해 둔 것은 아니라서 자신의 의지로 나올 수는 있었지만 그런 경우는 이번이 처음이다.

아무래도 이번에 무려 3천여 마리에 달하는 후와로부터

정혈을 흡수하고 굉장히 큰 폭으로 성장한 모양이다.

'부탁해.'

잠시 망설이던 가온이 고개를 끄덕였다.

사실 아름다우면서도 색기가 짙은 앙헬이나 녹스를 소환할 때마다 자신도 모르게 이상야릇한 충동을 느끼기 때문에 망설일 수밖에 없었다.

지난번에 녹스와 동화를 할 때는 꼭 여인과 성행위를 하는 것처럼 쾌감이 느껴져서 무척 곤란했었다.

가온이 부탁을 한 순간, 이제는 물리적인 육체만 없다 뿐이지 성인 여성과 동일한 형상으로 나타난 앙헬이 그의 품으로 뛰어들었다.

가온이 그녀를 엉겁결에 안는 순간, 그녀가 그의 몸과 합해졌고 곧이어 정수리부터 발끝까지 서늘하면서도 따듯한 모순적인 감각이 느껴졌다.

마치 뜨거운 탕에 몸을 담그고 있으면서 하늘에서 내리는 눈이나 비를 맞는 느낌이었다.

근육이 제멋대로 수축과 이완을 반복했고 관절 역시 빠르게 움직였으며 혈류의 흐름도 빨라졌다가 느려지는 등 짧은 시간에 꽤 많은 운동을 하는 것처럼 느껴졌다.

그런데 이상하게 녹스와의 동화에서 느꼈던 것처럼 앙헬과 뜨거운 몸의 대화를 나누는 것과 같은 기분이 들었다.

성행위를 통해 얻을 수 있는 것과 유사한 쾌감이 전신을 가득 채웠다.

이해할 수는 없지만 기분은 좋았다. 근육은 물론 말초신경까지 찌릿찌릿해지면서 몸과 마음에 활력이 가득 차올랐다.

─됐어요. 근육이 많이 굳었었네요. 게다가 남자의 정이 많이 쌓여 있어서 조금 더 방치하면 욕구불만이 될 것 같아요. 제가 해결해 드릴까요?

가온의 몸 밖으로 빠져나온 앙헬은 여전히 색기 넘치는 얼굴로 유혹을 했다.

'수고했어. 고마워. 이젠 돌아가도 돼.'

욕구불만이 맞기는 하지만 마족과 사랑을 나눌 생각은 없었다. 굳이 해결을 하려면 인간 여자인 편이 좋았다.

─쳇!

앙헬이 삐진 얼굴로 혀를 차며 사라지는 모습에 가온은 왠지 서운한 기분이 들었다.

'내가 정말 욕구불만이기는 한 것 같네.'

여자를 아예 모르는 것도 아니고 원나잇은 꽤 여러 번 했었기 때문에 참으려니 좀 힘들긴 했다.

그나마 우연한 기회에 얻은 르테인석과 특수한 캡슐 그리고 벼리 덕분에 어나더 문두스에 푹 빠져 있어 순간의 충동만 넘기면 참을 만했다.

어쨌든 앙헬 덕분에 몸의 피곤도 싹 풀렸고 방어구까지 깨끗해져서 기분이 상쾌해졌다.

그렇게 말끔한 모습으로 방을 나온 가온이 별채 중앙에 있는 응접실로 향했을 때, 모험가 길드에 간다고 했던 퍼슨과 마론이 손님을 데리고 들어왔다.

　"저는 세이런의 모험가 길드 지부장이자 자치운영위원인 말톤이라고 합니다."

　마론은 부인이 괜찮은지 확인하겠다고 자리를 떴지만 그를 데리고 온 퍼슨이 소개를 하기도 전에 자신을 소개한 말톤은 검붉은 얼굴에 단단한 근육이 인상적인 중년 남자였다.

　'성격이 급한 것 같네.'

　가온은 그런 생각을 하면서 자신을 소개했다.

　"온 클랜의 온 훈입니다."

　"수도 인근까지 가신다고 들었습니다."

　"네."

　"마침 저희도 곡물이 떨어져 가고 있어서 구하러 가긴 해야 하는데……."

　상대의 말에 내심 환호했던 가온은 말톤이 말을 흐리는 것을 보고 뭔가 부탁을 할 것 같다는 느낌을 받았다.

　"수도로 출발하는 배편은 시일이 좀 남았으니 괜찮다면 저희 쪽 일 하나를 해 주셨으면 좋겠습니다."

　"어떤 일입니까?"

　"강바닥에 있는 던전을 클리어해 주길 부탁드립니다."

　던전 얘기에 심드렁했던 가온의 눈이 뜨거워졌다.

"수중 던전이 있단 말씀입니까?"

"그렇습니다. 이곳에서 강 하류 쪽으로 배로 한 시간 정도 떨어진 수중에 던전으로 추정되는 장소가 있습니다."

생각해 보니 수중에도 당연히 던전이 있을 수 있었다.

"어렵다 싶으면 바로 나와도 됩니다. 그래도 소정의 의뢰비는 지급할 겁니다."

방금 언급된 수중 던전은 용병 길드 지부장도 클리어하기 어려울 거라고 생각하는 것 같았다.

"어느 정도로 위험합니까?"

"지난 2년 동안 수중 던전으로 들어간 용병과 전사만 해도 천여 명에 달합니다. 그중 3분의 2는 돌아오지 못했고요."

그렇다면 쉽게 볼 수 없는 등급의 던전이 틀림없었다.

가온이 막 던전에 대해서 물어보려고 할 때 말톤이 다시 입을 열었다.

"선금으로 1천 골드, 던전을 클리어하면 5천 골드를 드리겠습니다. 선금은 던전에 들어갔다가 하루만 지나서 나와도 돌려받지 않겠습니다. 그리고 한 달 이상 나오지 않으면 사망으로 간주하고 위로금 1천 골드를 길드를 통해서 지정한 분에게 보내 드리겠습니다."

이건 오래 고민할 필요가 없었다. 던전은 가온을 위해 마련된 특별한 무대였다.

가온이 그 의뢰를 수락하려는 순간, 또 다른 손님이 방문했다.

타람과 로에니가 푸른색의 긴 머리를 허리까지 늘어뜨린
여인과 함께 들어왔다.

"어!"

"말톤 위원!"

말톤과 장발 여인은 서로 아는 사이였다.

"노라 지부장, 여긴 어떻게?"

"아무래도 우린 같은 용건으로 이곳을 찾은 것 같네요."

노라라는 여인은 아무래도 이곳 세이런의 용병 길드 지부
장인 모양인데, 비슷한 용건으로 가온을 찾아온 것 같았다.

"의뢰 계약서에 도장은 찍었나요?"

자세히 보니 이마 옆에서 턱에 이르는 깊고 긴 흉터를 머
리로 가리고 있었던 노라가 머리를 귀 뒤로 넘기며 물었다.

"구두 계약은 마친 상태입니다."

"흠, 그러니까 계약서에 아직 도장은 안 찍었군요?"

그렇게 묻는 노라의 시선은 가온을 향했다.

"그렇습니다. 원론적인 수준에서 얘기를 마쳤습니다."

"그렇다면 우리 길드에도 기회가 있겠네요. 얼마를 제시
받았는지 모르겠지만, 우리 길드의 제안도 한번 들어 보시겠
어요?"

노라가 가온을 향해 말했다.

예지몽으로
히든랭커

"노라, 이건 도의가 아니오!"

뭔가 마음에 걸리는 거라도 있는지 말톤이 얼굴이 새빨갛게 변해서 소리쳤다.

"뭐가 도의가 아니라는 거죠? 혹시 수중 던전의 보스가 거대 전기뱀장어인 플고렌스이거나, 아니면 콰르일 가능성이 높다는 사실도 말씀드렸나요? 수중 던전 안은 깊은 늪지라서 물 천지일 가능성이 높다는 점이나 던전에 서식하는 플고렌스나 콰르는 2급 기사도 상대하기 힘들 정도로 강력한 놈이라는 사실도 알려 줬겠죠?"

"……."

그런 말은 없었다. 말톤도 할 말이 없는지 입을 굳게 다물었다. 그때 두 사람의 대화를 듣자 말톤에게서 뭔가 수상한 점을 감지한 퍼슨은 말톤을 노려보며 입을 열었다.

"방금 전까지 했던 얘기는 안 들은 것으로 하지요. 의뢰를 하려면 목표에 대한 정확한 정보를 제공하는 것이 기본인데, 혹시 클리어를 바라지 않거나 우리가 던전 안에서 다 죽기를 바란 거 아닙니까?"

"그, 그건 아닙니다! 의뢰를 거부할까 봐 그랬던 것이지 이제부터 모두 다 얘기를 하려고 했단 말입니다!"

말톤은 이번에는 분노가 아니라 민망하고 창피해서 얼굴을 붉히며 대답했다.

"일단 이쪽으로 앉으시지요. 온 클랜의 온 훈이라고 합니다."

뭔가 다른 사정이 있는 것 같아서 노라를 옆자리로 안내했다.

"트롤 슬레이어에 레드 스네이크까지 토벌한 영웅을 이곳에서 뵙네요. 세이런 용병 길드 지부장을 맡고 있는 노라 원튼이에요."

노라의 말에 말톤은 그런 얘기는 처음 듣는다는 듯 흠칫한 얼굴로 가온을 쳐다봤다.

"나크 훈 님의 애제자시라고요?"

"그분 가르침을 생각하면 애제자까지는 아닌 것 같습니다만."

"호호호, 애제자가 아니라면 아무리 천재라도 그 나이에 검기를 구사하는 게 가능하겠어요?"

나크 훈이 언급되고 검기라는 단어까지 나오자 말톤의 눈이 금방 튀어나올 것처럼 커지더니 뭔가 알았다는 듯 낯빛이 변했다.

그런 얼굴로 가온을 다시 쳐다보는 것을 보니, 그의 이름을 듣긴 했었던 모양인데 이제야 해당 정보를 떠올린 것 같았다.

"이곳에 오는 도중에 악스펄의 배를 공격했던 콰르를 혼자 사냥하셨다고 들었어요."

"맞습니다. 다행히 늦지 않게 도착한 덕분에 심하게 상한 이는 없다고 들었습니다."

"콰, 콰르를 사냥했다고요?"

말톤이 믿기지 않는다는 얼굴로 대화에 끼어들었다. 이 얘기는 처음 들었다.

"말톤 위원, 대체 무슨 얘기를 듣고 의뢰를 하겠다고 이분들을 찾아온 거예요?"

"그거야 외부에서 모험가 그룹이 들어왔다고 해서……."

"대장님, 죄송합니다. 안면이 있는 친구가 있어 얘기를 하다가 클랜장에게 할 얘기가 있다는 이분에게 끌려온 것이 실수였던 것 같습니다."

퍼슨이 말톤을 차갑게 노려보더니 가온에게 사과를 했다.

"말톤 위원, 아무리 위원회에서 할당한 던전 탐사 기일이 촉박하더라도 자세한 정보는 제공하고 탐사 여부를 결정하도록 하셨어야지요."

"던전 탐사 기일이 정해져 있습니까?"

가온이 노라를 보며 물었다.

"네, 하도 자원을 하지 않으니 위원회에서 선원 길드, 용병 길드, 모험가 길드, 상인 길드, 벌목꾼 길드에서 돌아가면서 매달 한 팀은 던전을 공략하도록 의결을 했거든요. 던전을 지속해서 공략할 경우와 방치할 경우의 상황이 많이 다르거든요."

그냥 방치한다면 지금보다 상황이 안 좋아진다는 얘기일 것이다.

"그렇다면 이분은 우리의 역량도 알아보지 않고 자신의 순번이 찾아오자 급히 우리에게 의뢰를 하려고 했다는 겁니까?"

"방금 전까지의 상황만 보면 그런 것 같네요."

노라가 말톤을 쏘아보며 대답했다.

"아닙니다! 아, 아니, 그런 생각이 아예 없지는 않았지만 이 퍼슨 씨나 마론 씨만 보더라도 던전을 공략할 능력이 있을 것 같아서 급한 마음에 찾아왔던 겁니다."

말톤이 급히 변명을 했지만, 그를 보는 온 클랜원들의 시선은 차가웠다.

"우린 확실히 던전을 공략할 의사가 있긴 합니다. 용병 길드는 어떤 내용의 의뢰를 하시겠습니까?"

가온이 말톤은 쳐다보지도 않고 노라에게 물었다.

"혼자 콰르를 사냥할 정도로 뛰어난 자유 기사이시니 이번에는 성공할 수도 있을 것 같네요. 던전 클리어는 당연하고, 혹시 나오게 되면 그 안에 죽은 이들의 유품을 보이는 대로 모두 챙겨서 나와 달라는 것이 의뢰 내용이에요. 보수는 1만 골드로 선금 3천 골드이고요. 선금은 하루가 지나서 나오면 반환할 필요가 없고요. 아! 아이템 지원도 해 드릴 거예요. 연금술사 길드와 대장장이 길드 측에 주문해 두었던, 늪지 환경에서 편하게 움직일 수 있는 슈트 세트가 거의 완성되어 가거든요."

거침없는 노라의 말에 말톤은 이 상황이 견디기 힘든지 창백한 얼굴로 바닥만 내려다보고 있었다.

자신과 달리 상대를 제대로 파악했으며 제안의 내용도 자신의 그것에 비하면 너무나 잘 준비가 되었다.

'제기랄! 왜 마음만 급해서는!'

누구보다 던전이 클리어되기를 소망하는 그였지만, 이번에는 아무리 변명을 해도 자신의 실수가 맞았다.

그냥 외부에서 들어온 뜨내기 모험가 그룹인 줄로만 알고 이제는 아무도 자원하지 않는 탐사 차례에 밀어 넣으려고 했던 것도 사실이었다.

'누가 이렇게 작은 모험가 클랜의 클랜장이 그 유명한 나크 훈 경의 제자에 검사 실력자인 온 훈인지 알았냐고!'

마음속으로 그렇게 외쳐 봐야 소용이 없었다. 상대의 역량도 제대로 파악하지 못하고 의뢰를 한 것은 자신의 실수였다.

온 훈의 이름은 최근 아주 유명했다.

다른 길드들처럼 선원 길드 역시 오크라강을 끼고 있는 도시의 지부들과 수시로 연락을 주고받는데, 그의 이름이 많이 회자되고 있었다.

명예로운 은퇴를 앞둔 나크 훈 기사가 비밀리에 키운 천재로 20대 후반의 나이에 이미 검기 실력자가 되었다.

게다가 혼자 트롤을 사냥했으며 얼마 전에는 아그레브 자작의 의뢰를 받아서 수도로 향하는 가도를 막고 있던 레드 스네이크 무리를 박멸 수준으로 토벌했다고 했다.

지금도 영웅으로 추앙을 받고 있는 상황인데, 최근 몇 년 사이에 오크라강의 악마라고 불릴 정도로 악명이 자자한 콰르까지 해치웠다는 소식이 전해지면 오크라강을 끼고 있는 도시들은 아마 난리가 날 것이다.

'너도 나도 콰르와 플고렌스 퇴치 의뢰를 하려고 하겠지.'

어지간한 대형 선박보다 더 긴 동체를 가진 데다 산성독이 포함된 독무를 뿜어내는 콰르나 거대한 동체에 오우거도 감전을 시켜 죽일 수 있는 플고렌스로 인해서 강을 오가는 배의 출항이나 고기잡이를 위해 배를 띄우는 일이 현저히 줄어들었다.

두 거대 수생 마수는 일정한 영역을 가지고 있기 때문에 일단 사냥을 하면 그 도시는 최소한 고기잡이를 위해 배를 띄울 수가 있었다.

마수와 몬스터 창궐로 인해서 성이나 도시 밖으로 사냥을 나가기 힘들어 고기를 쉽게 먹을 수 없는 상황이라 고기잡이는 더욱 필요했다.

'휴우! 너무 성급했어!'

그렇게 말톤이 자책을 하는 사이에 가온은 노라와 계약서를 작성하고 도장까지 찍었다.

다음 권으로 이어집니다

예지몽으로
히든랭커